RENCONTRE LONDONIENNE

JULIE LESUISSE

<u>Déjà paru</u>

Vivre ou se venger

Vivre ou Protéger

1666

A Camille, la plus anglaises de mes amies françaises, celle qui me soutient depuis tant d'années et depuis l'autre bout du monde.

A Cécilia, qui me donne toujours le sourire, depuis toutes ces années !

Chapitre 1

— A Cassandra et son tout nouveau travail !

Tout le monde leva son verre et se dépêcha de le boire à une vitesse ahurissante. Il nous avait fallu une autre bonne raison de faire la fête, mon nouveau boulot était une excuse toute trouvée. Mes amis étaient là pour appuyer ce nouveau départ après quelques années de galères dans un boulot qui ne m'avait apporté que des angoisses et des nuits blanches. Il ne manquait que ma colocataire et amie de toujours, Victoria. Mais la pauvre avait une bonne raison d'être absente, elle était en stage à Séoul. Cameron, Ezra et Soirse recommandèrent des bières alors que je n'avais pas encore terminé la mienne.

Le bar était loin d'être bondé en ce samedi soir, quelques groupes de jeunes, mais aussi de moins jeunes, occupaient les places en terrasse et venaient se ravitailler lorsqu'il faisait trop soif. Néanmoins, le barman n'était pas débordé. Nous étions peu à être assis au bar et en réalité nous étions les seuls à parler aussi fort. Cameron avait une voix qui portait et il nous faisait beaucoup rire ! Il était le comique de la bande. Nous nous connaissions depuis le lycée et notre amitié avait perduré malgré la fac et les différents chemins que nous avions dû emprunter. Ezra était parti à l'étranger pour faire des études de littérature nordique, Soirse avait choisi la fac de Dublin et Cameron était resté à Londres pour ses études de droit. Victoria était elle aussi restée à la capitale mais ses nombreux stages l'avaient beaucoup poussée à voyager. J'aurais peut-être dû choisir des études de com' plutôt que des études d'histoire de l'art ! Histoire de l'art pour terminer hôtesse d'accueil dans une clinique privée... J'ose espérer que ce poste ne sera que temporaire et que je pourrais travailler dans un musée par la suite, même s'il se trouve sur l'île de Man ! Enfin... Je ne suis pas sûre...

Soirse commençait à être pompette car elle parlait un mélange de gaélique et d'anglais.

> — Tu parles d'une Irlandaise en carton ! s'esclaffa Ezra avant de boire sa bière.
> — Hé ! J'ai perdu l'habitude ! Et toi, tu n'avais pas dit que tu réduirais ta consommation ? se défendit Soirse.
> — Ah ? Je crains ne pas m'en souvenir, répondit-il.

Nous éclatâmes de rire avec Cameron avant de commander deux autres bières. Le barman nous regardait d'un drôle d'air, surtout quand Soirse s'exprimait en gaélique. Nous faisions semblant de la comprendre en scandant « santé » dans cette langue à la fin de ses phrases ! Elle finit par se décider à rentrer, Cameron termina sa bière rapidement et la raccompagna chez elle. Ezra était loin d'être aussi bavard sans son acolyte. Je ne parvins pas non plus à lancer une conversation assez passionnante pour qu'il parvienne à se détacher de son verre. Il avait toujours été un peu dans la lune, ses études de norrois ne l'avaient pas arrangé. Fondu d'histoire scandinave, il était sur le point de repartir pour Stockholm pour s'y installer définitivement. On avait bien assez parlé de son déménagement approchant à grand pas, je n'allais pas le relancer là-dessus. Tout comme sa copine qui l'attendait là-bas. Nous savions déjà tout sur sa future vie loin du Royaume-Uni.

Lorsque son verre fut vide, il prit congé simplement et quitta les lieux. Mon verre était loin d'être vide et je n'avais pas envie de le boire à vitesse grand V. Je décidai de rester encore un peu en espérant qu'aucun vieux pilier de bar ivre ne vienne me draguer. Un titre de Marina and the Diamonds résonnait dans le bar, j'aimais beaucoup cette artiste originaire du pays de Galles. Je buvais ma bière, laissant mon esprit s'évader doucement, fixant d'un air absent le poster des Beatles affiché sur le mur. Il était encore tôt, à peine minuit. Je me surpris à vouloir trainer un peu, ne souhaitant pas retrouver si vite mon appartement vide.

> — Bonsoir, excusez-moi, la place est prise ? me demanda quelqu'un avec un accent du Nord.
> — Non, je vous en prie, répondis-je encore dans mon monde.

Je sortis mon téléphone et regardais si j'avais reçu des nouveaux messages. Cameron avait bien ramené Soirse chez elle sans encombre et me remerciait pour la soirée. Je souris et rangeai mon téléphone.

> — Vos amis vous ont abandonnée ?

Je me tournai vers mon voisin de bar qui se trouvait être beaucoup plus que séduisant. Il était assez grand, vêtu d'une veste en cuir, d'un t-shirt blanc et d'un jean bleu nuit, une mèche blonde lui tombait sur le front et ses yeux bleus avaient quelque chose de particulier, comme une pépite d'or au bord de l'iris. Comment pouvais-je voir tout cela en dépit de l'obscurité cosy du bar ? Le charmant jeune homme était placé juste sous un spot, comme dans une aura de lumière. De là à voir un aspect biblique, il n'y avait qu'un pas.

> — Vraisemblablement, répondis-je avant de boire une gorgée de bière.

3

— Vous parliez fort, difficile de ne pas vous remarquer...

— Mon amie a tendance à trop en faire quand elle a trop bu, dis-je.

— Un peu de gaélique ne fait de mal à personne. Les Anglais sont beaucoup trop coincés pour se lâcher autant.

Je m'étouffais presque avec ma bière. D'où se permettait-t-il de porter un jugement sur les Anglais ? Encore un Irlandais ? Pourtant, il me semblait que les tensions s'étaient apaisées... Il eut la bonté de me taper dans le dos. Sa main prenait une grande place dans mon dos, d'ailleurs.

— D'où venez-vous pour faire de telles remarques sur les Anglais ? lui demandai-je après avoir toussé tous mes organes.

— D'Edimbourg, dit-il en rajoutant un fort accent écossais.

— Si vous ne voulez aucun problème, soyez prudent à l'avenir. Les Anglais ne sont pas tous sourds aux remarques désobligeantes venant des Pictes !

— Je ne souhaitais pas vous vexer, s'excusa-t-il avant de boire une gorgée de sa boisson ambrée.

— Je suppose que c'était de l'humour écossais, auquel nous autres Anglais, n'entendons rien ! Si nous pouvions éviter de parler de votre indépendance et de sujets beaucoup trop sérieux pour un samedi soir...

— Bien.

Je terminais ma bière et me décidais à quitter les lieux. Mais ce bel écossais m'intriguait un peu. Certes, il avait un humour assez spécial mais ne semblait pas méchant.

— Je peux vous offrir un verre ? proposa-t-il.

— Si vous souhaitez vous racheter, répondis-je de but en blanc.

— Quel est votre poison ?

— Faites-moi voyager, dis-je avec une pointe de défi.

Il interpela le barman et lui demanda deux whiskies.

— *Slainte* ! dit-il en levant son verre en ma direction.

Je trinquai avec lui et bus une gorgée.

— Ouh là ! Ce n'est pas pour les p'tites filles ! m'exclamai-je en regrettant amèrement ma bière.

— Celui-ci n'est pas le meilleur, en effet, dit-il avant de reprendre une gorgée sans même grimacer.

Je n'osais pas tremper mes lèvres à nouveau dans cet élixir de la mort. Je préférais de loin les mélanges sucrés destinés à faire oublier le goût de l'alcool fort.

— Et que fait un Ecossais, seul dans un bar rempli d'Anglais ? demandai-je pour éviter de boire une nouvelle gorgée.

— Je m'imprègne de l'ambiance. Et qui ne sort pas un samedi soir ?

— Quelqu'un d'insensé, répondis-je avec un léger sourire.

— En fait, je suis en ville depuis peu et je fais un petit repérage de lieux.

— Touriste ?

— Non, on m'a offert un poste que je n'ai pu refuser. Mais je n'ai jamais eu l'occasion de visiter Londres, du moins pour l'instant.

Il avait vraiment des yeux magnifiques. Ou alors était-ce parce qu'ils étaient au nombre de deux et bleus ? Ou bien la goutte de whisky dans mes veines... Je l'ignore... Mais, je voulais bien lui faire visiter tout Londres à ce moment-là !

Boire une nouvelle gorgée de whisky me tira de ma rêverie, je grimaçai encore. Il le remarqua et se moqua un peu de moi.

> — Il faut vraiment que vous goûtiez un bon whisky, dit-il avant de boire lui aussi une gorgée.
> — Je ne sais pas si j'y tiens vraiment, répondis-je.

Il rit. Homme qui rit...

> — Londres est vraiment une ville magnifique. Bien sûr, cela peut sembler complètement chauvin de ma part étant donné que j'y ai vécu toute ma courte vie. Mais il y a tant à découvrir...
> — Je n'en doute pas. Vous êtes une vraie londonienne ? s'enquit-il.
> — A moitié. Toute la famille de mon père est d'ici, ma mère vient du Lincolnshire.
> — Peut-être pourriez-vous, un jour, me faire visiter votre capitale...
> — A vos risques et périls, très cher, dis-je avant de boire à nouveau.

Il rit et fit de même.

> — Cela dit, je ne fais pas visiter la ville à des inconnus, remarquai-je.
> — Je m'appelle Ian, si cela peut jouer en ma faveur...
> — Cela peut aider. Cassandra, enchantée.
> — On dirait que le whisky commence à vous plaire, dit-il en montrant mon verre plus vide que plein.

— Peut-être...

Il commanda deux autres verres. Je me demandais où j'allais en acceptant un autre verre de sa part. J'avais trouvé bien mieux que mon appartement vide : un peu de compagnie. D'un inconnu, certes, mais d'un très bel inconnu. Je m'habituais beaucoup trop vite au goût du whisky qui remplissait mon verre par vagues. Quelques verres plus tard, j'eus besoin d'une trêve et m'éclipsai aux toilettes.

Mon reflet dans le miroir semblait encore convaincu de ma fallacieuse sobriété. Si en apparence je donnais le change, à l'intérieur c'était Bagdad. Mes pensées étaient torsadées, perdues entre raison et folie. Une petite voix me chuchotait de quitter les lieux, une autre m'invitait à rester avec Ian, à discuter des lointaines contrées dont il était originaire. Était-ce le charme exotique de l'Ecosse qui me poussait à rester ici ? Ou était-ce cette solitude noyée dans un torrent de whisky qui m'ordonnait de creuser davantage jusqu'à trouver des bras accueillants ?

Je me tapotais les joues, pensant me réveiller un peu avant de vider ce qui me servait de vessie ce soir. Je me lavais les mains et retournais d'un pas assuré m'assoir auprès de Bonnie Prince Charlie.

> — Quoi ? Un autre verre de whisky ? Tu comptes me saouler pour me jeter dans le Loch Ness ou quoi ? m'étonnai-je.
> — Tu aurais tout le trajet pour dessaouler, je projette plutôt de te jeter dans la Tamise.
> — Ah... Oui, ça semble plus cohérent, dis-je en buvant une gorgée malgré moi.
> — Tu es plutôt aimable pour une Anglaise, nota-t-il.

— *Aye*[1], répondis-je en imitant l'accent écossais.

Il rit. Je me surpris à me perdre dans son regard, je me repris et décidais de contempler mon verre, faisant tournoyer le liquide ambré. J'étais presque hypnotisée par la robe de cette boisson.

— Et si on quittait ce bar ? proposa-t-il soudain.
— Tu veux aller où ? lui demandai-je.
— Aucune idée, mais je pense que l'air frais te fera du bien.
— Quelle condescendance ! A toi aussi, ça te fera du bien !

Il rit. J'étais décidément très drôle ce soir. Il vida son verre d'un trait, je lui laissais le mien qu'il n'hésita pas à boire aussi vite. C'est bien la première fois que je propose à un inconnu de boire dans mon verre. Il est vraiment temps que je boive de l'eau !

Je pris ma veste et le suivis dehors. L'air s'était bien rafraîchit. Nous quittâmes la rue pour marcher sur Oxford Street. Être à l'extérieur me faisait du bien, j'avais l'impression de ne plus étouffer. Ian parlait peu, regardant droit devant lui.

— Tu es bien silencieux, tu penses à ta douce contrée ? demandai-je pour rompre le silence.
— J'ai cru qu'on arrêtait avec les clichés ?
— Tu as raison. Mais tu parles peu... A quoi penses-tu ?
— Tu es bien curieuse ! remarqua-t-il.
— Et toi, bien mystérieux...

---

[1] Ancienne forme du « oui » encore employée dans la Marine et dans certaines régions du Royaume-Uni dont l'Ecosse.

— Tu suis souvent des inconnus ? s'étonna-t-il.

— Tu offres souvent des verres à des jeunes femmes ?

— Tu réponds toujours à une question par une question ?

J'éclatais de rire. Cette conversation ne menait nulle part mais au moins, il disait quelque chose.

— D'accord, je m'incline, tu es meilleur que moi à ce jeu-là.

— Une Anglaise qui s'incline ! Tes aïeux doivent se retourner dans leur tombe !

Je lui donnai une tape sur le bras.

— Je n'ai pas dans l'habitude de suivre des inconnus rencontrés dans des bars, encore moins de vils Ecossais ! m'exclamai-je.

— Tu es majeure au moins ?

— J'ignore si je dois considérer cette question comme un affront ou un compliment, répliquai-je.

— Libre à toi.

— Pourquoi tu me demandes ça maintenant après m'avoir offert moult verres d'un whisky dégueulasse ?!

— Parce que tu me plais, répondit-il simplement ce qui me désarçonna.

— Ah... Et qui te dit que c'est réciproque ? demandai-je.

— Tu es là.

— Les rues de Londres ne sont pas sûres.... Jack l'Eventreur, tout ça... me défendis-je.

— Je te raccompagne chez toi ? demanda-t-il d'un air innocent.

— Ou chez toi, répondis-je sur le même ton.

Je vis un sourire se dessiner sur son visage, il passa son bras autour de ma taille.

— Tu es sûre ? s'enquit-il.
— Oui, aussi fou que cela puisse paraître. Même si tes manières sont quelques peu cavalières...
— Moi cavalier ? s'offusqua-t-il.
— Tu me demandes si je suis majeure dans le seul but de me montrer ce qu'il y a sous ton kilt...
— Je n'ai pas de kilt et ce n'est pas exactement ce que je veux...
— Tu n'as pas de kilt, du tout ? m'étonnai-je.

Il éclata de rire.

— Si tu es déçue, je peux toujours te ramener chez toi...
— Ce serait peut-être plus raisonnable, commençai-je à dire tout en m'arrêtant de marcher.

Il s'arrêta aussi et me fit face. Sous le réverbère, je voyais mieux son visage laissant peu à peu s'en aller la raison alors que je me rapprochais de lui. Il posa une main chaude sur ma joue et m'embrassa. On puait l'alcool à quinze mètres mais je savais encore très bien ce que je faisais en le suivant. Même s'il n'était pas du tout dans mes habitudes de suivre un parfait inconnu, nous avions déjà beaucoup discuté au cours de la soirée, et j'avais le sentiment que je pouvais avoir un peu confiance. Aussi fou que cela puisse paraître ! Il avait été poli, gentil et ne m'avait pas fait de sous-entendus douteux. Même sa manière de dire qu'il souhaitait passer la nuit avec moi avait été un peu élégante. Je n'allais pas me contenter d'un baiser en pleine rue !

10

Il n'habitait pas loin de la station Lancaster Gate, l'alcool m'avait permis de marcher d'Oxford Street à Bayswater Road sans m'apercevoir de la distance réelle. Je réprimai un juron fort peu élégant pour une dame lorsque nous nous arrêtâmes devant un magnifique bâtiment d'architecture victorienne de pierre d'un blanc immaculé. Je savais très bien quel type de personnes vivait ici et j'étais loin d'en faire partie avec mon petit salaire d'hôtesse d'accueil. A moins qu'il ait hérité, comme moi, d'un super appartement dans cette bâtisse...

Nous prîmes l'ascenseur jusqu'au deuxième étage. Même le couloir était magnifique ! Quelle pauvre je fais à m'émerveiller comme une enfant ! *Tu veux que je te rappelle pourquoi tu es entrée dans ce bâtiment ?* Je secouais la tête pour répondre à cette petite voix, loin d'être aimable et bienveillante !

— Je t'en prie fais comme chez toi, dit-il avant de s'éclipser.

Je ne pus m'empêcher de m'approcher des grandes fenêtres de son séjour.

— Il a même la vue sur Hyde Park ! m'exclamai-je.

J'ignore ce qu'il fait dans la vie, mais cet homme a un appartement de rêve ! Le plafond était décoré de moulures d'époque, la pièce était démesurément grande, la cuisine ouverte sur le séjour donnait envie de passer ses journées à cuisiner. Il refit surface, sortant sans doute de la salle de bain qui devait sûrement être grandiose elle aussi ! De quoi donner envie de passer sa vie dans son bain...

— Tu veux boire quelque chose ? me proposa-t-il.

— Volontiers, un verre d'eau s'il te plait ou nous enterrerons mon foie au petit matin, plaisantai-je.

Il rit et me servit un verre d'eau.

— Ton appartement est vraiment bien décoré, dis-je pour ne pas passer pour une gueuse.
— Oh je n'y suis pour rien, le propriétaire a beaucoup de goût...

Il doit coûter une blinde tous les mois ! Ce mec doit avoir une très bonne paie !

— Et j'aime beaucoup ton jardin, ajoutai-je presque sérieusement.
— Par chance, je n'ai pas besoin de m'en occuper...
— Tu ne gardes que les bons côtés, plaisantai-je.
— C'est ça.

Je m'assis dans le canapé, mon verre d'eau à la main. Il me rejoignit avec un soda, s'asseyant tout près de moi. Cette proximité ne me dérangeait pas du tout.

— A vrai dire... Je suis un peu comme toi... Je n'ai pas pour habitude de ramener quelqu'un chez moi.
— Tu es donc quelqu'un de très sérieux...Que t'arrive-t-il pour t'égarer autant avec moi ? demandai-je avant de poser mon verre sur la table basse en verre.
— Je l'ignore, peut-être est-ce dû à l'air londonien ?
— C'est vrai qu'il est fort pollué, cela fait tourner les têtes...
— Tu veux qu'on discute de cette soirée ? demanda-t-il pas très sûr de lui.

— Je ne pense pas que cela soit une bonne chose, et si nous nous laissions aller pour voir où cette nuit nous mène ? Si tu le veux encore...

— Tu as raison, je réfléchis beaucoup trop alors que j'ai une brune somptueuse en face de moi, dit-il avant de m'attirer contre lui non sans sourire.

Je donnais l'impression de savoir où je mettais les pieds, alors que j'avais envie de me coller des baffes pour me comporter de cette manière. L'alcool avait bon dos, mais je désirais assez cet homme pour envoyer valser tous mes principes de jeune femme raisonnable. Au diable la raison ! Si c'est une erreur, elle me permettra d'avancer et de ne plus commettre d'impair ! Ou bien de ne plus jamais boire de whisky...

J'étais un peu rassurée de savoir qu'il n'était pas habitué aux histoires d'un soir, nous apprenions ensemble. Enfin apprendre... Il ne semblait pas avoir besoin d'apprendre ! Pourtant, je n'étais pas née de la dernière pluie et Dieu sait qu'à Londres elle n'est pas ancienne ! Même au début de l'été !

Un super appart, une belle gueule, un corps entretenu à la salle de sport... Cet homme doit sûrement avoir un défaut ! Et non, être d'Édimbourg n'en est pas un. Ses mains étaient grandes et chaudes, glissant sur mon corps comme une larme sur une joue. Il devait avoir un bon nombre de conquêtes ! J'avais presque l'impression d'avoir hiberné ! Mais qu'ai-je fait tout ce temps ? Ma dernière relation s'était terminée l'an dernier, mais quand même, c'est comme le vélo, non ?

J'étais encore complètement ivre, tout tournait autour de moi. Et Ian n'arrangeait rien à mes vertiges. Je ne voulais pas gâcher ce moment, déjà que ça n'arrive pas souvent...

— Tout va bien ? Tu es toute pâle, s'inquiéta-t-il.
— Je crois que j'ai besoin d'une pause, excuse-moi, dis-je en me relevant et en m'asseyant au bord du lit.
— J'ai fait quelque chose qui n'allait pas ?
— Non, dis-je en prenant ma tête dans mes mains pour qu'elle ne tourne plus inlassablement.

Je m'approchai de la fenêtre, l'ouvris et respirai l'air frais. Je sentis des mains se poser sur mes hanches, il m'embrassa dans le cou.

— Tu veux un peu d'eau ?
— S'il te plait, répondis-je la tête plongée dans l'air londonien.

J'avais honte. Mon ventre hébergeait des montagnes russes sans fin. Mon estomac, à bord d'une voiture, semblait avoir fait un malaise.

— Tiens, bois doucement, dit-il en me tendant un verre.

Je le remerciais et priais pour que l'eau calme le bazar sans nom qui avait remplacé mon corps. Je refermais la fenêtre, m'excusais alors qu'il me prenait dans ses bras. Nous reprîmes le chemin du lit, je conclus un pacte avec le diable pour pouvoir continuer sans encombre.

Je ne regrettais rien. Si c'était une erreur, c'en était une très jolie, peut-être la meilleure ! Mes mains se souvenaient encore de sa peau, sa chaleur. Il m'attira vers lui alors que je me remettais à peine de nos ébats, je remontais la

14

couverture sur nous, il m'embrassa sur le front. Je fermais les yeux, troquant ses bras contre ceux de Morphée.

Lorsque j'ouvris les yeux, je fus aveuglée par le soleil qui inondait la pièce de ses rayons. Quand je pus recouvrer la vue, j'étais dans une pièce totalement inconnue, nue dans un lit qui n'était pas le mien et qui sentait le parfum d'homme. Je me relevais un peu trop rapidement, des vertiges me rappelèrent à l'ordre. J'essayais de me souvenir de ma soirée. Quelques détails scabreux de la nuit me revinrent en pleine face, je sentis le rouge réchauffer mes joues.

Je me levais et tentais de retrouver mes vêtements. Je me félicitais d'avoir tout regroupé dans un coin. La prochaine fois, j'essaierai de penser à les plier. Enfin, s'il m'arrive une telle chose à nouveau. J'ouvris la fenêtre pour finir de réveiller les neurones encore englués dans un fond d'alcool. La chambre avait autant besoin d'air frais que moi. Je me peignais à la hâte avant de sortir d'ici.

Une bonne odeur de café me vint aux narines alors que j'avançais dans le couloir. L'homme séduisant qui m'avait causé quelques courbatures de muscles insoupçonnés était assis dans le canapé, penché sur une tablette numérique. Lorsqu'il m'entendit, il releva la tête.

— Salut, bien dormi ? me demanda-t-il en souriant.
— Et toi ? dis-je d'une petite voix.
— Comme un bébé. Toi, tu as besoin d'un café !
— Bien vu, répondis-je en m'avançant vers la cuisine.

Je n'eus pas le temps de comprendre qu'il m'avait déjà servi un café brûlant dans un grand mug.

— Sucre, lait ? demanda-t-il énergiquement.
— Volontiers, réussis-je à articuler.

Il m'en servit avec le sourire alors que je m'asseyais en face de lui.

— Et voilà, dit-il en français.
— Merci, dis-je en souriant.

La première gorgée de café fut comme une bénédiction céleste ! Je reprenais vie à mesure que le café faisait son bout de chemin.

— Tu sais où j'ai mis mon sac à main ? demandai-je.
— Tu n'en avais pas, seulement une veste...
— Ah...

Je me levais et nettoyais ma tasse. Je jetais un bref coup d'œil dans la pièce, ma veste était posée sur le canapé à côté de Ian.

— Je ne vais pas m'imposer davantage, en plus je ne me sens pas très bien... commençai-je.
— Je comprends, puis la situation est un peu...
— ... Ah ! Tu trouves aussi ?!
— Il n'y a aucun problème, Cassandra. Cependant, tu peux partir à une seule condition...
— Plaît-il ?
— J'étais sérieux pour visiter Londres, je veux bien ton numéro... Enfin, si ça ne te dérange pas...
— Oh ! D'accord, répondis-je en souriant.

Il me tendit son téléphone, j'entrai mon numéro dans ses contacts alors qu'il faisait de même.

> — Merci, dit-il.
> — Il n'y pas de quoi. Merci pour la soirée et... Passe un bon dimanche, répondis-je en prenant ma veste.
> — A toi aussi.

Il me retint par la main avant de m'embrasser sur la joue. Je rougis bêtement et m'en allais en vitesse retrouver mon appartement.

Chapitre 2

— Bonjour, Cassandra Lloyd, je dois commencer aujourd'hui. Mrs O'Connor m'attend normalement, déclarai-je à l'hôtesse d'accueil qui allait sûrement être ma collègue.

— Très bien, je l'appelle, dit la jeune femme blonde.

Elle devait avoir la quarantaine, plutôt jolie et souriante, elle me semblait sympathique. Elle passa un coup de fil et m'invita à patienter dans le hall.

Mrs O'Connor vint me chercher dix minutes plus tard et nous allâmes dans son bureau. J'avais déjà signé mon contrat, elle me fit un rapide briefing des semaines de formations que j'allais avoir avant de m'emmener faire un tour de la clinique pour me familiariser avec les lieux.

Une demi-heure plus tard, stylo et cahier sous le bras, je rejoignis l'accueil pour commencer ma formation. Ma collègue s'appelait Sophie, cela faisait cinq ans qu'elle travaillait ici et semblait beaucoup aimer son travail. Elle m'expliqua que le téléphone servait surtout pour les appels internes et parfois pour les appels externes quand les personnes n'arrivaient pas à trouver bonheur sur le standard automatisé. Elle connaissait tous les numéros internes sur le bout des doigts, elle savait tout ce qu'il y avait à savoir sur la clinique. Elle était d'une réelle amabilité et faisait sourire n'importe qui. Elle était un modèle à suivre.

Je notais tout ce qu'elle me disait et ça faisait un paquet de choses à savoir. Jamais je n'aurais pensé qu'être hôtesse d'accueil demandait autant de compétences. On les imaginait peu qualifiées, aigries et commères. Je peux vous

18

assurer qu'il n'en était rien. Du moins, concernant Sophie. Amanda, ma collègue de l'après-midi allait peut-être avoir une personnalité tout à fait différente...

Ici, il fallait vraiment tout savoir ! On nous demandait même où se situait la banque la plus proche. « Hey, il n'y a pas écrit Office de Tourisme ! ». Mais non, Cassandra, laisse ton cynisme chez toi, ici les gens sont malades et ne viennent pas de gaité de cœur. Chose très importante à savoir quand on travaille en milieu hospitalier en étant en contact avec les gens : ils ne viennent pas ici par plaisir, ils ont peur, sont stressés et doivent être rassurés. Autre détail plus qu'important : le sourire ! Au téléphone il s'entend et face aux gens, il prévient les tensions. Tu peux être la plus idiote du monde, si tu souris, tu gagneras les gens à ta cause. Enfin, presque...

Je faisais davantage attention à certaines choses. Comme garder le sourire toute la journée, me rendre disponible, garder un langage correct. Il m'arrivait souvent de jurer comme un charretier. Ici, c'est une clinique privée, avec un certain standing... Il faut s'adapter.

La pause déjeuner fut bienvenue ! J'avais appris tant de choses en une seule matinée qu'il fallait que mon cerveau se repose. Je consultais mes mails pendant que je grignotais un sandwich. Victoria arrivait dans deux jours. Je voulais lui préparer une petite soirée mais je savais qu'elle voulait voir ses parents en rentrant. Les copains étaient au courant de son retour, il fallait organiser un petit truc avant que notre ami des vikings vogue vers la Scandinavie ! Un peu serré, mais possible !

Il fut rapidement l'heure de reprendre le travail. Amanda et Sophie faisaient les transmissions. Amanda avait mon âge ou du moins ne devait pas être âgée de plus de trente ans. Elle était petite, blonde, avait de magnifiques yeux bleus et semblait sportive. Je fus étonnée de sa voix grave qui tranchait avec son visage de poupée. Elle semblait sympathique, tout comme Sophie. Je m'installais, les écoutant parler boulot et perso. Sophie s'en alla à 14 heures. Il me restait encore trois heures avant de rentrer chez moi.

Nous fîmes connaissance avec Amanda. Elle travaillait ici depuis deux ans et avait fait un passage en comptabilité pour un stage. Elle n'avait pas pu valider son diplôme mais on lui avait donné une seconde chance à l'accueil lorsqu'un poste s'était libéré. Elle était complètement à l'aise, très aimable et disponible avec les patients et visiteurs. Elle en faisait parfois un peu plus, cherchant à rendre service au maximum. L'accueil était entre de bonnes mains avec mes deux nouvelles collègues. Je devais me montrer à la hauteur.

Elles n'avaient pas la même façon de travailler, mais le résultat était le même. C'était très agréable de faire équipe avec elles. Et si l'ambiance est bonne au travail, on a davantage envie de venir travailler !

Lorsque je rentrais chez moi, j'étais un peu lessivée mais satisfaite de ma journée. Je mis toutes mes notes au propre avant de m'attaquer au ménage de l'appartement. Musique à fond, je rangeais tout ce qui traînait encore. Je fis le lit de Victoria, changeais mes draps, préparais une liste de course... A 18 heures, après avoir passé la serpillère, je sortis profiter des quelques rayons de soleil pour aller me promener à Hyde Park. Je n'habitais qu'à 10 minutes à pied, donc c'était bien pratique. Le parc était gigantesque, un petit Central Park en somme. Ce qui me fit penser à Ian. Je n'avais pas eu de nouvelles. Bon d'accord, on est que lundi et je l'ai vu la veille. Est-ce à moi de le contacter ou à lui ? Techniquement, c'est lui qui veut visiter Londres... Et puis, peut-être qu'il a voulu paraître poli en me demandant mon numéro... Après tout, nous ne sommes pas habitués à ce type de relations éphémères... Je ne le reverrai sans doute jamais... Même s'il vit sur Hyde Park et que je m'y promène souvent... Non, ça ne veut rien dire. Londres est une grande ville. Il a sûrement d'autres chats à fouetter cet Ecossais.

Je terminais mon tour et rentrais à l'appartement. J'avais hâte de retrouver Victoria. Cela faisait trois mois qu'elle était partie et nos soirées entre filles me manquaient. Avec Soirse, ce n'était pas pareil, nous n'avions pas les mêmes affinités et je la connaissais depuis un peu moins longtemps. Vic était pour moi comme une sœur, même si j'en avais déjà une, Scarlett. Scarlett était psychologue du développement pour enfant et adolescent, travaillant avec de l'art thérapie. Un nom un peu long pour expliquer qu'elle faisait des merveilles auprès des jeunes. Je la voyais peu car elle travaillait à Plymouth. Les postes étaient rares mais les candidats aussi, donc dès qu'elle avait vu une opportunité après l'université, elle avait foncé dessus. Ma mère, surtout, souffrait de son absence. C'était la petite dernière et celle qui avait le mieux réussi. Du moins, qui avait trouvé dans sa branche ! Moi, ce n'était pas pareil, je vivais encore à Londres, dans l'appartement de notre grand-mère décédée, je rendais visite à mes parents souvent. Enfin, quand je ne m'explosais pas le foie le samedi soir... Un peu de tenue jeune fille ! On ne rend pas visite à ses parents avec une tête de déterrée !

Bref, Victoria me manquait. J'avais hâte de lui raconter ma nouvelle rencontre même s'il n'y avait aucun débouché. Je pourrais en parler à quelqu'un, parce que cette drôle d'expérience me chamboulait un peu.

Le lendemain, je retournais travailler. Aujourd'hui, on faisait face à un décès. Le plus dur était de ne pas me mettre à pleurer avec la famille endeuillée. J'avais tendance à être un peu trop sensible, la perte d'une grand-mère malade m'atteignait toujours, le souvenir de la disparition de Granny Katie était encore frais. Je contins au maximum mes émotions devant les larmes de la fille de la défunte, afin d'être la plus professionnelle possible. Sophie m'expliqua toute la procédure lorsque la famille s'en alla avec l'infirmière. Je notais tout en espérant ne pas avoir ce cas-là souvent. Malheureusement, tout le monde meurt. Même les jeunes.

Heureusement, le reste de la journée se passa mieux. J'avais presque pu chasser ces images négatives de mon esprit. La bonne humeur d'Amanda y joua beaucoup. Elle me proposa d'aller boire un verre le soir-même pour papoter de choses et d'autres. J'acceptai avec plaisir.

Je devais la rejoindre à la fin de son service, à 20 heures. Je profitais des trois heures de battement pour aller faire quelques courses. Je fis le tour de Hyde Park en courant, cela faisait une éternité que je devais me remettre au sport, la motivation était revenue, comme apparue de nulle part. Autant sauter sur l'occasion !

Je me préparais puis rejoignis Amanda au travail. Je fis la connaissance d'Emily, la veilleuse de nuit. Une brune tout aussi sympathique que mes deux autres collègues. Elle avait du courage pour rester toute la nuit au service des urgences ! En plus, elle avait quatre enfants ! Ce ne devait pas être simple pour elle pour s'organiser. Bien sûr, ce fut Amanda qui m'en parla lorsque je lui posais des questions pendant que nous nous dirigions vers un bar. Emily n'avait pas le temps de me raconter les grandes lignes de sa vie à notre première rencontre, elle devait préparer son travail pour la nuit.

Le bar était quasiment vide. Par chance, ils y servaient quelques plats. Nous avions un peu faim. Nous commandâmes deux fishes and chips et deux bières. C'était un peu le repère d'Amanda, elle y venait souvent avec ses amis. Je la trouvais plutôt drôle, ce qui changeait un peu du sérieux qu'elle dégageait au travail. Parfois, les gens se comportent d'une manière très différente lorsqu'ils ne sont pas sur leur lieu de travail. Je me demande si j'agis ainsi.

Amanda avait à peine 24 ans, elle avait pas mal voyagé. Elle parlait français et avait vécu un temps dans le Sud-Ouest de la France lorsqu'elle avait suivi son copain de l'époque. Elle n'avait pas vraiment l'occasion de parler français à l'accueil, il y avait surtouts des patients allemands à la clinique. Sophie avait ainsi son rôle à jouer. J'avais l'air d'une idiote avec mon espagnol rouillé... Je commençais à me demander si j'allais en croiser un jour !

Je lui racontais un peu mon parcours chaotique. Mon master en histoire de l'art me promettait pourtant un avenir à l'abri de la précarité, avec des postes très intéressants. Mais la conjoncture actuelle jouait en ma défaveur. Personne n'avait besoin d'un nouveau conservateur de musée ou d'un galeriste... Surtout avec aussi peu d'expérience. Mes stages n'avaient pas abouti à quelque chose de satisfaisant, en dépit de ma motivation et des nombreux contacts dans le monde de l'art. Mon dernier emploi, en rapport avec l'art, avait été guichetière au musée d'histoire naturelle alors qu'on m'avait promis un poste temporaire de guide...

J'en oubliais presque que nous étions collègues, le courant passait bien entre nous. Si bien que nous fûmes étonnées de voir à quel point le temps avait filé ! Il n'était pas loin de 23 heures lorsque nous regagnâmes nos pénates.

Le lendemain, j'avais hâte de terminer ma journée de travail pour retrouver Victoria ! Elle devait arriver vers 16 heures à Heathrow, le temps de revenir en car à la Gare Victoria... J'aurais peut-être le temps de rentrer à l'appartement avant qu'elle n'arrive !

Mais il fallait déjà aller travailler et ramener quelques sous. Je retrouvais avec plaisir Sophie. Elle me laissa m'occuper du téléphone pour que je prenne un peu l'habitude. Je demandais aussi à Amanda de me le confier pour l'après-midi. C'est vrai que c'était un bon entrainement, beaucoup de choses se passaient via le standard. J'étais en contact avec les services d'hospitalisation, certains patients... C'était très intéressant. J'avais surtout l'impression de servir à quelque chose, même si j'étais loin de tout savoir. Je ne cessais de poser des questions à Amanda. Heureusement elle était patiente ! Je ne me faisais pas d'inquiétudes, je savais que ça viendrait petit à petit. Même si je n'aimais pas être autant à la traine et laisser patienter les gens en attendant de trouver l'info dont ils avaient besoin !

La journée passa beaucoup plus vite que prévu. Je fonçais à l'appartement préparer le gâteau préféré de Victoria. Par chance, la clinique n'était pas loin de chez nous. Bon, on en reparlera quand je devrai y aller à pied sous une pluie torrentielle...

J'entendis le cliquetis d'une clé dans une serrure vers 17 h 30 alors que le gâteau cuisait. Je me précipitai dans l'entrée pour accueillir Victoria.

— Salut !!!! m'exclamai-je en la voyant.
— Hey ! Quel accueil !

Je la pris dans mes bras et lui subtilisai sa valise.

— Tu as fait bon voyage ? lui demandai-je alors que j'amenais sa valise dans sa chambre.
— Un peu fatiguée, le décalage horaire ne me réussit pas ! plaisanta-t-elle.

Nous revînmes dans le salon. Une bonne odeur de gâteau parfumait la pièce.

— Je sais que ça fait un bail qu'on ne s'est pas vues, mais tu m'en veux si je vais faire une petite sieste ?
— Non, pas du tout. Je te réveille pour quelle heure ?
— Dans deux heures ? proposa-t-elle.
— Pas de soucis. Repose-toi bien, lui dis-je en souriant.

Elle regagna sa chambre. Je sortis mon ordinateur pour m'occuper un peu. Je n'avais pas envie de recopier mes notes ce soir. Je me souvins juste à temps que j'avais un gâteau dans le four et évitai une catastrophe !

Je préparais le dîner de manière à n'avoir qu'à le réchauffer, une fois Vic réveillée. Cela m'occupa un bon moment, m'évitant de tourner en rond. J'allais la réveiller vers 20 heures, elle avait déjà meilleure mine.

Nous nous installâmes dans le salon pour dîner. Elle me raconta ses aventures coréennes, me montrant quelques photos au passage. Elle en avait encore des étoiles plein les yeux ! Elle avait même fait des rencontres, mais son retour en Europe n'avait jamais été remis en question. J'en profitais pour lui raconter mon samedi.

— Tu te dévergondes pas mal quand je ne suis pas là ! plaisanta-t-elle.

— Je sais, mais franchement, le jeu en valait la chandelle !

— A ce point ? s'étonna-t-elle.

— Oh ouais ! Puis gentil comme tout... Un vrai gentleman cet Ecossais !

— Vous allez vous revoir ? s'enquit-elle.

— Peut-être. Enfin, il a mon numéro. Il dit vouloir visiter la ville...

— Attends un peu. C'est au mec de rappeler, me conseilla-t-elle.

— Oui, je ne m'en fais pas. Et s'il ne rappelle pas, tant pis.

— Mais il semble beaucoup te plaire quand même...remarqua-t-elle.

— T'en connais beaucoup des hommes qui s'intéressent à moi depuis Archie ?

— C'est parce que tu ne mets pas toutes les chances de ton côté, il a suffi d'une soirée au bar pour que tu repartes avec un numéro...

— Je ne vais pas squatter dans les bars pour repartir avec le premier venu. Ce n'est pas du tout mon genre, ce n'est pas ce que je veux.

— Oui, on ne tombe pas tout le temps sur des types bien. Mais peut-être que... commença-t-elle.

— Je ne m'inscrirai à aucun site de rencontres, je te vois venir. Je me caserai quand je me caserai. Si le hasard fait bien les choses, je me serai stabilisée à 30 ans, la coupai-je.

— Fais gaffe, il ne reste plus beaucoup de temps quand même... ironisa-t-elle.

— Oui, bon... Peut-être que je provoquerai un peu le destin alors. J'ai un nouveau boulot, il y a sûrement un célibataire qui s'y cache !

— J'espère pour toi. Sinon, il y a toujours Cameron... proposa-t-elle.

— Même pas en rêve ! En plus, il est à fond sur Soirse !

— Tiens, c'est nouveau ça...

Je décidais d'amener le gâteau, ça changeait un peu de sujet. Victoria était adorable mais voulait trop me voir en couple. Faut dire qu'elle avait dû supporter mes jérémiades post-rupture et ça n'avait pas été beau à voir... Elle m'avait beaucoup aidée à ce moment-là. Pour Victoria, les hommes n'étaient pas vraiment une priorité. Elle voulait d'abord terminer ses études et trouver le boulot de ses rêves avant de penser à la suite. Ce qui ne l'empêchait pas de batifoler un peu. Après tout, on n'a qu'une vie.

Nous nous couchâmes tard après avoir refait le monde à quelques reprises. J'étais contente de l'avoir retrouvée.

Cela faisait près de trois semaines que je travaillais à la clinique. Les automatismes commençaient à venir et j'avais un peu moins besoin de poser des questions. J'étais entrée dans le roulement du planning, travaillant soit de matin ou d'après-midi. J'avais rencontré de nouvelles collègues au cours de ces semaines. Notamment, Amber et Josy avec qui j'avais un peu de mal pour l'instant. Je n'arrivais pas à accrocher, peut-être qu'il me fallait un peu de temps. J'avais récemment appris à faire une admission en urgence, lorsque le bureau des admissions était fermé. En théorie c'était simple, il fallait seulement un peu de pratique au niveau du logiciel. Dès que je le pouvais, j'allais m'entraîner au bureau des admissions pour m'améliorer.

J'allais bientôt terminer mon service, Sophie arrivait pour les transmissions et Amanda n'était pas encore revenue de sa pause déjeuner. Je rangeais un peu mes notes et le bureau en attendant la relève.

J'étais en train d'informer Sophie sur une livraison de sang en urgence lorsque je vis passer dans le hall trois médecins en tenue. Il y avait une jeune femme, d'environ la trentaine, de longs cheveux châtains, de taille moyenne au visage doux ; un quadra aux cheveux à peine grisonnant, des lunettes épaisses mais qui n'ôtaient rien à son charme et un grand blond à la mèche rebelle qui attira particulièrement mon attention.

— Arrête de baver sur le nouveau gynéco, me lança Amanda qui venait d'arriver.
— Pardon ? demandai-je outrée.
— Le blond, c'est Ian Stewart, il est arrivé il y a un mois, précisa-t-elle.
— Toutes les infirmières de gynéco craquent sur lui ! Ce gars doit faire des ravages ! commenta Sophie.
— Et les autres médecins ? Clementina Peshow et Glenn O'Brian ? demandai-je.
— Ouais. Peshow c'est une tronche. Elle doit avoir à peu près le même âge que Stewart, major de promo, investie dans les actions humanitaires en Asie. On a

28

beaucoup de chance de l'avoir, c'est une très bonne gynécologue, rajouta Amanda.

— Ils ont l'air sympa, dis-je en essayant de cacher mon trouble.

— Rien à voir avec les autres médecins pédants qui te regardent de haut. En fait, Stewart remplace le Dr Hesson qui est parti à la retraite, il était insupportable lui !

— Ah oui, on m'a déjà demandé ce médecin, me souvins-je.

— Il manquait le Dr Campbell, mais il est en congé en ce moment, d'après ce que m'a dit Sonia, la secrétaire.

— D'accord, bon à savoir, dis-je.

Nous continuâmes les transmissions. J'étais encore choquée d'avoir vu mon rancard d'un soir déambuler dans le hall de mon lieu de travail. Je comprenais mieux son appartement de rêve et... Mon dieu, un peu gênant comme situation ! Victoria va sûrement me dire d'aller prendre rendez-vous pour forcer un peu le destin !

La routine s'installait doucement avec ce nouveau travail. J'allais tous les jours travailler avec le sourire et aujourd'hui ne dérogeait pas à la règle ! J'étais d'ouverture. J'arrivai à 6 h 45 à l'accueil, Emily devait être encore aux urgences. J'allumais les lumières du hall et ouvrais ma session sur l'ordinateur, j'enlevais le transfert du téléphone. J'ôtai mon manteau et ressortis mes notes pour être enfin prête à travailler. Emily ne tarda pas à arriver avec sa boîte pleine d'enveloppes à poster et la fiche de garde avec les médecins à contacter en cas d'urgence jusqu'à 8 heures.

— Salut !

— T'es déjà là ? demanda-t-elle.

— Oui, ça allait ta nuit ?

— Assez chargée, comme un peu trop souvent cette semaine ! J'ai hâte de rentrer chez moi !

— J'imagine !

Elle disparut avec ses enveloppes puis réapparut quelques minutes plus tard, prête à partir.

— A demain soir, repose-toi bien, lui dis-je.

— Merci, à demain !

Elle s'en alla. Je m'étendais un bon coup et commençais à faire les quelques bricoles que je devais faire à 7 heures. J'allais chercher une ramette de papier au bureau des admissions pour en avoir au cas où l'imprimante me fasse le coup du papier manquant.

Lorsque je revins à mon poste, je vis à l'extérieur une femme enceinte et un homme arriver assez rapidement. Je me préparais psychologiquement à faire une entrée d'urgence, je me remémorais les documents à demander et attendis qu'ils arrivent à mon niveau.

Mon sourire commença à s'effacer quand je reconnus l'homme. Ian. Alors comme ça on a une compagne et on va devenir père ? Je me sens affreusement stupide, trompée et... et...

— Bonjour, dis-je poliment.

— Bonjour, je viens pour une entrée en urgence à la maternité...Respire Mary...

— Puis-je avoir sa carte d'identité et sa carte d'assurance maladie ?

— Voilà, dit-il en me tendant les papiers.

Je n'osais pas le regarder. Je me concentrais sur mes tâches. J'enregistrais rapidement Mary Stewart, imprimais les étiquettes pour les sages-femmes et tendais le tout à Ian.

— On est bons, dis-je en souriant.
— Merci beaucoup, bonne journée !
— Pareillement.

Il enfouit tout dans le sac de maternité, attrapa Mary par le bras et se dirigèrent vers l'ascenseur. Je me demandai à l'instant s'il était son gynécologue... Je décidai de ne plus y penser et d'oublier totalement ce type qui m'avait prise pour une idiote. Il avait sûrement dû enlever son alliance exprès pour serrer des minettes ! Je n'avais même pas eu le temps de regarder s'il la portait aujourd'hui, sûrement que oui.

Il n'avait même pas semblé surpris en me voyant. Je n'avais rien remarqué de bizarre dans son comportement... Pff ! Je m'étais vraiment faite avoir comme une bleue ! Je me disais bien que cet homme avait un défaut ! Sa femme !

Je quittais mon poste pour m'offrir un café de réconfort au distributeur situé au fond du hall. Il me fallait bien ça. La collègue du bureau des admissions ne tarda pas à arriver. L'activité reprit à l'accueil aussi. Je n'eus plus le temps de repenser à Ian, ce qui était une très bonne chose.

Victoria était dégoûtée pour moi, lorsque je lui racontais mes aventures matinales, une fois rentrée de mon jogging. Parler avec elle me remonta un peu le moral. Elle avait prévu une soirée entres filles ce samedi pour me changer les idées. J'avais hâte que la semaine se termine.

Le lendemain, je commençais à tout préparer avant de plier bagage. Emily allait arriver dans cinq minutes, en théorie. Je préférais avoir tout terminé avant l'arrivée du veilleur de nuit, mais il arrivait que des gens se présentent pour me demander l'impossible, du moins à cette heure-là.

Je ramassai le stylo qui venait de rouler sous mon bureau.

— Bonsoir...

Je me relevais trop vite, me cognant le crâne au passage. Je réprimais un « aïe putain !» tonitruant et essayais de sourire. Je déchantais presque en voyant qui s'adressait à moi.

Ian me regardait, sourire aux lèvres, dans sa jolie blouse de gynécologue. Il n'y avait personne d'autre dans le hall.

— Docteur Stewart...
— Comment tu vas ? J'étais étonné de te voir travailler ici, dit-il.
— Bien et toi ? Ta femme a accouché ? demandai-je poliment bien que sèchement.
— Ma femme ? Ah non pas du tout ! C'est ma sœur ! Et oui, elle a donné naissance à un petit William.
— Oh... Félicitations alors...
— Tu croyais vraiment que nous étions mariés ? s'offusqua-t-il presque.
— Pourquoi pas ? Vous sembliez proches, certains hommes cachent bien leur jeu... Et connaissant ma chance...
— Pas moi. J'ai été très sincère avec toi, répliqua-t-il.
— Alors je te prie de m'excuser.
— Je suis désolé de ne pas t'avoir appelée. Entre les gardes, l'arrivée de ma sœur... C'était un peu compliqué ces temps-ci...

— Pas de problème, dis-je en souriant.

— Tu fais quoi samedi après-midi ? s'enquit-il.

— Je travaille jusqu'à 14 heures mais après je n'ai rien de prévu.

— On pourrait se retrouver sur Hyde Park pour faire un tour ? proposa-t-il.

— Si tu veux.

— Devant chez moi à 14 h 30 ?

— Oui, c'est parfait, répondis-je.

— Bien, je vous remercie pour ces renseignements, bonne soirée Mademoiselle, me dit-il alors qu'Emily arrivait.

— Avec plaisir Docteur Stewart, répondis-je sur le même ton professionnel.

Il se dirigea vers l'ascenseur, rejoignant sans doute son service. Je me rendis compte que je n'avais pas du tout fini !

— Hé bien, tu étais en très bonne compagnie, lança Emily d'un air presque moqueur.

— Toujours ! Tu vas bien ?

— Mieux qu'hier, je suis prête à affronter une nouvelle nuit de dingue aux urgences ! plaisanta-t-elle.

— Parfait ! m'exclamai-je avec le sourire.

Elle disparut au bureau des admissions pour préparer sa boîte de tâches de la nuit, j'en profitais pour rapidement terminer le compte de lits disponibles en cas d'urgence et de fermer quelques logiciels inutiles à ce moment-là.

Il n'y avait pas grand-chose à dire sur cette après-midi, pas de commande de sang en cours, les transmissions se firent très rapidement. Nous discutâmes un peu de choses personnelles puis il fut temps pour moi de partir.

Bien sûr, je fis un petit résumé à Victoria de ma rencontre avec Ian.

— Du coup on maintient notre soirée ou tu vas passer la nuit avec lui ? demanda-t-elle.
— Aucune idée ! Ne vend pas la peau de l'ours avant l'avoir tué ! On va simplement faire un tour en ville.
— Tu me tiendras au courant, si tu peux !
— Évidemment ! m'exclamai-je en souriant.

Nous regardâmes un film de Scorsese, c'était un de ses réalisateurs préférés avec Christopher Nolan. Elle avait déjà vu Shutter Island au moins trois fois, mais elle ne s'en lassait pas. Je n'avais pas la même passion qu'elle pour le cinéma, mais j'appréciais beaucoup ce film. Je terminais la soirée avec un livre sur l'œuvre de Kandisky entre les mains.

Chapitre 3

La semaine passa plus vite que je l'avais imaginé, malgré mon jour de repos durant lequel j'étais allée courir, visiter le Tate Modern et j'avais fait quelques lessives. J'avais hâte de quitter le travail et voir ce que me réservait cet après-midi avec Ian. Je ne savais pas du tout à quoi m'attendre. J'avais le temps de repasser chez moi pour me changer. Je serai beaucoup plus à l'aise dans une paire de jeans et un joli petit haut, plutôt que tirée à quatre épingles dans mon tailleur.

Victoria n'était pas là, elle passait l'après-midi avec une amie de la fac. Je me remaquillais un peu, vérifiais mon reflet puis sortais rapidement de l'appartement. J'avais une dizaine de minutes pour aller à l'appartement d'Ian. J'évitais de me presser pour ne pas arriver un peu essoufflée. Nous étions pratiquement voisins, il ne m'avait pas fallu longtemps pour être en bas de chez lui. Je me repeignais un peu puis lui envoyais un texto pour le prévenir de ma présence. Il ne tarda pas à sortir du bâtiment.

— Salut, dis-je poliment.
— Tu es en avance ! remarqua-t-il.
— Toujours ! Tu vas bien ?
— Oui et toi, ça s'est bien passé ce matin ? s'enquit-il.
— Oui, la routine.
— D'accord. Alors, où allons-nous ? Quel tour m'as-tu préparé ? plaisanta-t-il.
— Tu es déjà allé à Notting Hill, voir Julia Roberts ?
— Non.
— Alors c'est l'occasion, en plus ce n'est pas trop loin à pied.

Il me sourit, nous continuâmes le long de Hyde Park pour rejoindre le fameux quartier. Nous parlions de tout et de rien. L'air était doux, le soleil haut dans le ciel sans un seul nuage susceptible d'arroser Londres, tout était parfait pour passer un bon après-midi. Il me parla de sa sœur qui avait quitté la clinique et qui avait pu retourner chez elle.

Il me parla un peu de son parcours, je voulais en savoir davantage sur ses études de médecine. Il avait étudié à la très renommée école de médecine d'Édimbourg et avait travaillé dans plusieurs hôpitaux écossais avant d'arriver à Londres. Il était même parti en stage à Melbourne. Les études de médecine étaient très longues, surtout lorsqu'on choisissait une spécialité. Du coup, tu sors des études, tu es trentenaire et parfois célibataire. Mais tu as un travail ! Pas comme l'histoire de l'art… Faire des études en fonction de sa passion ne marche pas à tous les coups. Est-ce que ça signifie que la passion d'Ian est de voir l'intimité des femmes toute la journée ? Est-ce qu'avoir une petite copine, c'est ramener du boulot à la maison ?

Je préfère que ces questions restent sans réponse…

> — Si tu veux prendre des photos, n'hésite pas ! Ces maisons d'architecture victorienne sont vraiment jolies ! Je ne m'en lasse pas !

Il me sourit et dégaina son téléphone pour immortaliser le moment. Nous avançâmes sur Portobello Road, découvrant les nombreuses boutiques peu à peu. Chacune des maisons était d'une couleur différente, les devantures des boutiques étaient aussi colorées. Et avec ce soleil, c'était plus qu'agréable de marcher dans cette rue. Il y avait beaucoup de touristes et de riverains.

— Oh ! Highland Store ! Est-ce que ça t'ennuie qu'on y fasse un tour ? me demanda Ian.

— Bien sûr que non !

Nous entrâmes dans la boutique de tartan. Il y en avait de toutes les couleurs ! Des écharpes, des kilts, des jupes, des plaids... Je regardais un peu les écharpes, même si l'hiver était encore loin. Les plus douces étaient aussi les plus chères, faut dire c'était vraiment fait en Ecosse...

— Il n'est pas trop tard pour acheter un kilt aux couleurs de ton clan Macstewart !

— Je l'achèterai pour une bonne occasion comme un mariage ou...

— ... Pour fêter ton premier accouchement de triplés ! le coupai-je en riant.

— Par exemple...

— En plus, ça ne se verra pas sous ta blouse...

— Enfin ! On verra bien que je n'ai pas de pantalon !

— C'est vrai, puis vos grosses chaussettes, ça va faire bizarre... dis-je en réfléchissant.

— Remarque dans le *sporràn*[2], je pourrais y mettre quelques pinces et un speculum...

Il me montra une petite sacoche en cuir noir qui faisait à peine la taille d'une main.

— Ben voilà ! Tu en auras toujours sur toi comme ça !

Il rit. Je n'avais aucune idée de ce à quoi ressemblait un speculum ! Je regardais les jupes d'un peu plus près. Elles étaient faites d'un tissu épais, aux mêmes couleurs que les écharpes. Je me demandais avec quoi je pourrais bien en

[2] Petite sacoche portée à la taille par-dessus le kilt dans la tenue traditionnelle.

porter une. Et surtout à quelle occasion ? Sûrement pas à un mariage ! Je me dirigeais alors vers les grands plaids doux et épais, eux aussi. Ils semblaient parfaits pour les nuits froides d'hiver ! Leur prix me refroidit alors que j'étais presque prête à m'en prendre un.

— Ils sont beaux, n'est-ce pas ?

— Oui, répondis-je à Ian qui se tenait derrière moi.

— J'en ai à la maison, ils sont vraiment bien. Ils tiennent chaud et ils ne grattent pas.

— Bon à savoir, peut-être que je reviendrai en prendre un cet automne, on aura moins froid devant la télé avec Victoria, dis-je en riant.

— Victoria ?

— Ma coloc'.

— Tu as la reine Victoria pour colocataire, je l'ignorai ! s'exclama-t-il avec un air tout à fait sérieux.

— Hé oui ! Hélas, elle n'accorde aucune audience, alors si tu veux lui demander une quelconque faveur...

— Seulement qu'elle m'autorise à revoir son amie, dit-il en souriant.

— Si elle ne l'avait pas autorisé, je ne serais point en votre compagnie très Cher, répondis-je avant de me rendre compte que j'avais fait une boulette.

— Tu lui as parlé de moi ?

— Ben... Tu sais les filles... Ben oui, tu le sais tu es gynéco... Bref, ça parle de choses et d'autres. Et quand je t'ai vu au travail, ça m'a tellement choqué que je lui ai brièvement raconté notre rencontre, dis-je d'un air innocent.

— Je ne t'avais pas dit que j'étais médecin ?

— Non. Et puis tu frimais bien assez avec ton whisky, là...

Il éclata de rire. Nous finîmes par sortir de la boutique sans avoir acheté quoique ce soit.

> — Je te propose d'aller jusqu'au bout de la rue puis de bifurquer par une autre petite rue pour atterrir vers Hyde Park ?
> — Bien, chef, opina-t-il.

Nous continuâmes notre promenade sur Portobello Road. Il semblait content de la balade. Nous nous arrêtâmes en repartant sur Hyde Park pour boire un café. C'était vraiment agréable de passer du temps avec lui. Il était très intéressant, je pouvais parler de tout avec lui, je sentais qu'il était très cultivé mais qu'il n'étalait pas sa connaissance comme on étale de la confiture. J'aurais presque pu devenir son amie si je ne l'avais pas autant reluqué... J'espérais juste que ça ne se voyait pas... Il donnait l'impression de s'intéresser à moi que de manière platonique. Un peu bizarre après la nuit mémorable que nous avions passée. Nous n'en avions pas du tout parlé d'ailleurs.

Nous restâmes à peu près trente minutes à papoter autour d'un café avant de retourner en direction de Hyde Park. Je voulais l'emmener voir le palais de Kensington, mais nous eûmes la mauvaise surprise de voir qu'il était fermé depuis peu. Trop tard.

Il était un peu plus de 17 heures. Nous avions quand même pas mal trainé. Notre allure était loin d'être très rapide, comme si nous nous promenions dans les bois.

Nous décidâmes de nous assoir dans l'herbe à Hyde Park, puisque nous étions sur place !

— On est loin d'avoir tout vu aujourd'hui, mais c'était sympa, non ?

— Oui, j'ai passé un agréable moment, merci à toi, répondit-il en souriant.

Je ne me sentais pas tout à fait à l'aise. Nous parlions de tout sauf de ce qui me travaillait particulièrement. J'hésitais à le lancer sur ce sujet... L'instant était sympathique, je ne voulais rien gâcher.

— Quelque chose te tracasse ? demanda-t-il en voyant sûrement mon drôle d'air que j'avais du mal à dissimuler malgré tous mes efforts.

— Non, tout va bien.

— Sûre ?

— Oui, ne t'inquiètes pas, répondis-je en souriant.

Je me repeignais, un peu gênée par mes cheveux emmêlés par la petite brise. Il se pencha vers moi et vint ranger une mèche rebelle derrière mon oreille. Nos regards se croisèrent, nous étions proches, puis il se recula sans rien dire.

— Je t'ai connu moins farouche, lâchai-je malgré moi.

— Qu'est-ce que tu espérais ? demanda-t-il surpris.

— Oh, rien du tout.

— Je sais... Je sais qu'on a commencé sur les chapeaux de roues sans vraiment réfléchir. Et même si je ne regrette pas du tout, je pense que ce genre de relation n'est pas le meilleur pour nous... déclara-t-il.

— Alors, que désires-tu ? m'étonnai-je.

— Te connaître un peu, déjà.

— Tu en as appris beaucoup plus sur moi en une nuit que tu pourrais le faire en quelques visites de Londres...

— En fait, je crois que je préfère la relation que nous avons actuellement...

— Tu veux qu'on soit amis ? Je croyais que je te plaisais, remarquai-je.

— Je veux juste quelque chose de simple, avoua-t-il.

Je le regardai en essayant de comprendre. Rien n'était moins simple que la situation actuelle.

— Qu'attends-tu de moi ? Ce serait plus simple pour moi de le savoir, dis-je de but en blanc.

— Pour moi aussi. Mais je dois avouer que je ne le sais pas. Je te trouve très intéressante, charmante et j'aimerai te revoir.

— Mais...

— Je pense que tu dois être respectée. L'autre nuit, j'ai un peu eu l'impression de dépasser les bornes avec toi. Cela ne me ressemblait pas, je ne suis pas comme ça. Jai senti que je m'étais comporté comme un con... De par mon métier, je respecte la Femme. Et là, je ressemblais à n'importe quel connard qui prend ce qu'il veut où il veut.

Je posai ma main sur la sienne et le regardai sérieusement.

— Alors je t'arrête tout de suite. Si je n'avais pas voulu passer la nuit avec toi, je serais partie et te l'aurais fait comprendre. Moi aussi, j'ai eu l'impression de faire une bêtise mais au final, on se revoit, on s'entend bien... On s'en fout, non ?

Ce n'était visiblement pas la chose à dire. Il me regardait un peu outré. Hé ben, on n'est pas sortis de l'auberge !

— Mais si c'est plus simple pour toi d'être amis, alors soyons amis, rajoutai-je.

— Je préfère.

— Et si tu changes d'avis... commençai-je.

— Cassandra...

— D'accord, répondis-je rapidement.

J'ignore si je dois le rayer de ma liste de cibles potentielles ou si je dois garder un petit espoir. Aux dernières nouvelles, je lui plais toujours et je doute que cela change du jour au lendemain. Je ne pensais pas qu'une nuit avec un homme me mettrait dans cet état. Mais quelle nuit !

Ce fut dur de rebondir après cette conversation. J'avais l'impression d'avoir jeté un froid. Mais je ne pouvais qu'admirer son côté « chevalier servant hyper respectueux ». Sur le moment ça m'avait dérangé, mais maintenant je me rendais compte que c'était une qualité.

Il reçut un coup de fil du travail. Il n'était pas de garde mais le docteur Peshow avait besoin d'un avis. Il s'excusa, m'expliqua qu'il devait partir et m'embrassa sur la joue avant de s'éloigner.

Je n'avais plus qu'à rentrer chez moi. J'étais un peu déçue. Mais je savais que nous allions nous revoir, au moins au travail, sinon peut-être en ville, qui sait ?

Il était 18 heures lorsque je rentrais à l'appartement. Victoria me demanda de lui raconter mon rancard et devant mon air un peu abattu et blasé, décida que ce soir nous allions quand même sortir. Nous commandâmes des sushis puis sortîmes aux alentours de 22 heures. Nous prîmes le métro pour nous rendre à Soho où un bon nombre de bars n'attendaient que nous !

Pour commencer, j'optai pour un bloody mary, Victoria choisit un mojito. Le bar était bondé mais nous avions pu trouver un endroit où nous poser. Des gens déjà imbibés dansaient sur la petite piste, arrosant le parquet avec leurs bières. Nous les regardions faire en nous moquant un peu d'eux.

— Bon alors, tu vas faire quoi avec ce type ? me demanda-t-elle.
— Je n'en sais rien ! Je ne sais pas trop ce qu'il veut.
— Mais il te plait...
— Ouais, mais j'ai l'impression qu'il a besoin de temps ou d'une excuse pour ne pas coucher avec moi...
— Je comprends ta frustration. Bah, laisse tomber ! Fais ta vie et s'il tient à toi d'une quelconque manière, il reviendra...
— Tu as raison, dis-je en levant mon verre.
— Comme d'habitude ! plaisanta-t-elle en trinquant avec moi.

Nous discutâmes de tout et de rien, enchainant les verres en oubliant totalement la fée Modération. Je décidais de faire une pause lorsque je me rendis compte que j'avais complètement perdu de vue le nombre de verres que j'avais bus. Victoria était sur la piste, en train de danser comme s'il n'y avait personne autour d'elle. Je disparus aux toilettes, vérifiant au passage mon maquillage. Au bout de combien de week-ends bien arrosés avons-nous un problème avec l'alcool ? Avec un peu de chance, j'en suis encore loin.

Je retournais au bar et alors que j'allais commander un cidre, on me plaça une pinte de bière sous le nez. Je me tournais. Un homme, plutôt grand, aux cheveux foncés et avec un sourire charmeur, me regardait.

43

— Bonsoir, je peux vous offrir cette bière ? demanda-t-il en me regardant avec insistance.

— On dirait que vous vous êtes passé de mon autorisation, dis-je en prenant la pinte.

— Josh, dit-il en tendant une main en ma direction.

— Irina, répondis-je en lui tendant la mienne.

Il commanda un scotch et s'approcha de moi. Nous trinquâmes. La bière était fraiche et efficace. Josh était assez charmant. Des yeux bleus hypnotiques, un parfum enivrant et une voix apaisante... Je le trouvais plutôt séduisant. Il me faisait rire et me changeait les idées. J'aperçus Victoria qui avait trouvé un partenaire pour danser et semblait s'éclater.

L'alcool aidant, je me rapprochais de plus en plus de Josh à qui cela semblait plaire particulièrement. *Pour quelqu'un qui n'a pas l'habitude de fricoter avec des inconnus, ça en fait beaucoup en peu de temps...*

Victoria vint s'installer à côté de moi avec son nouvel acolyte. Nous avions une petite habitude lorsque nous sortions, ne jamais donner nos vrais prénoms. Ce soir, elle s'appelait Sophia. Elle présenta Zach qui visiblement était venu avec Josh. Ils nous proposèrent d'aller faire un tour avec eux. Je lançais un regard entendu à Vic qui semblait du même avis que moi.

— On vous rejoint dehors, on doit faire un tour aux toilettes, dit-elle.

Ils parurent satisfaits et sortirent alors que nous nous éclipsions par une porte de service juste à côté des toilettes. Sans un bruit, nous marchâmes dans les petites rues sombres jusqu'à nous éloigner suffisamment du bar. Nous retrouvâmes notre chemin jusqu'au métro puis rentrâmes à l'appartement.

Je me sentis très fatiguée alors que j'enlevais mes chaussures.

> — Je crois qu'il a mis un truc dans mon verre, dis-je en réfléchissant à haute voix.
> — Ah bon ? T'es sûre que tu n'es pas juste bourrée ?
> — Non ça ne fait pas comme d'habitude...
> — On a bien fait de rentrer, dit-elle en refermant la porte d'entrée.
> — Ouais...Bonne nuit, dis-je en m'éloignant vers ma chambre.
> — A demain !

Je m'effondrais sur mon lit sans prendre le temps de me changer.

Lorsque j'ouvris les yeux, j'étais complètement à l'envers sur mon lit, encore toute habillée, la bouche pâteuse et un mal de crâne épouvantable. Je me levais péniblement et trainais les pieds jusqu'à la cuisine. J'avais besoin d'un grand mug de café et d'une aspirine pétillante à souhait ! Il était déjà midi et le soleil était haut dans le ciel. Le son du café qui coulait dans ma tasse était atroce. Je pris en vitesse une aspirine en croyant naïvement que cela ferait fuir tous mes problèmes.

J'allais m'attaquer au café lorsque Victoria débarqua dans le même état que moi. Je lui servis un café et une aspirine qu'elle accepta avec plaisir.

Nous bûmes nos boissons sans bruit. La journée n'allait pas être productive. Je partis prendre une douche, dans l'espoir de me réveiller complètement. Je me sentis un peu mieux mais n'avais toujours pas la pleine maîtrise de mes moyens. Je retrouvais mon téléphone et allais m'échouer sur le canapé.

Victoria me rejoignit dix minutes plus tard, elle avait meilleure mine. Elle avait coiffé ses cheveux châtains en une queue de cheval haute et ses yeux verts avaient retrouvé leur pétillant.

— Et si on regardait Downton Abbey aujourd'hui ? lança-t-elle.
— Tu crois qu'on en est capables ?
— Oui, ça va venir, me rassura-t-elle avant d'allumer la télé.

Avachies dans le canapé, nous étions confortablement installées pour ne rien faire de tout l'après-midi !

Entre deux épisodes, j'allais nous préparer une bonne casserole de pâtes arrosée d'une bonne dose de sauce tomate que nous mangeâmes devant la télévision.

C'était une occupation parfaite pour un lendemain de soirée difficile. Nous nous sentions déjà beaucoup mieux en fin de journée.

Le lendemain, j'arrivais au travail en tout début d'après-midi. Amber et Amanda me firent un bref résumé du week-end et du lundi matin. Rien de bien intéressant. Un lundi comme un autre en somme.

— Ah ! J'oubliais ! On nous a livré ça pour toi ce matin, dit Amber avant de disparaître derrière l'accueil où se situaient les boîtes aux lettres des différents services.

— Je n'ai rien commandé, dis-je.

Amber revint avec un bouquet d'œillets rouges et oranges dans les mains qu'elle me tendit. Je la remerciai et décachetai l'enveloppe dans laquelle je trouvai une carte « Passe une bonne semaine, merci pour ta compagnie ». Je rougis malgré moi.

— Alors ? On a un admirateur ? plaisanta Amanda.

— On dirait, dis-je.

— Les œillets signifient une relation sincère et promise pour durer. Le rouge représente l'amour… Tu as beaucoup de chance…

— Tu as travaillé comme fleuriste Amber ? m'étonnai-je un peu ennuyée par son commentaire.

— Ma sœur est fleuriste. Qui est l'heureux élu ? demanda-t-elle.

— Quelqu'un de romantique, visiblement, répondis-je sèchement.

Mon ton étonna Amanda mais Amber ne chercha pas à en savoir davantage. Elle ne tarda pas à s'en aller non sans passer dire au revoir aux collègues du bureau des admissions.

Je posais les fleurs dans un coin et essayais de me concentrer davantage sur mon travail que sur ce qu'avait raconté Amber. Je ne connaissais pas trois millions de personnes susceptibles de me livrer des fleurs au travail. Peut-être que mon cher ami écossais voulait me faire passer un message plus ou moins clair sur ses intentions. Ou alors, il n'y connaissait rien au langage des fleurs et voulait seulement me montrer qu'il pensait un peu à moi. Les amis ont l'habitude de s'offrir des fleurs ?

> — N'importe quoi ! lança Victoria lorsque je discutais avec elle en rentrant le soir.
> — Peut-être qu'en Ecosse, commençai-je.
> — Bien sûr que non, c'est l'Ecosse pas un pays complètement culturellement opposé ! Il t'offre des fleurs parce qu'il tient à toi et qu'il veut te le montrer. Il ne veut sûrement pas rester ton ami...
> — Il m'aurait offert des roses dans ce cas-là, c'est quand même moins subliminal ! remarquai-je.
> — Mais ça aurait été contradictoire avec ce qu'il t'a dit samedi.
> — C'est vrai. Alors, il me reste peut-être une petite chance...
> — On dirait bien, fit Victoria dans un sourire.

Voilà qui me plaisait bien.

> — Tu crois que je lui envoie un message pour le remercier ? demandai-je après un instant de réflexion.
> — Oui, mais ne t'emballe pas, reste neutre.
> — Tu as raison, dis-je en attrapant mon téléphone.

Je cherchais Ian dans mes contacts et lui envoyais un message on ne peut plus neutre ! « Merci pour le joli bouquet. Bonne semaine à toi aussi. A bientôt »

Simple et efficace. Je ne pouvais pas faire mieux. Je m'occupais ensuite du bouquet, cherchant un vase pour le conserver. Placé sur le buffet, il égayait la pièce. J'étais assez contente de moi. Je retournais dans la cuisine voir ce qu'on pouvait manger ce soir.

Le lendemain, je retournais travailler. On me fit quelques remarques par rapport aux fleurs, notamment en me disant que je n'avais rien reçu aujourd'hui. Les collègues du bureau des admissions devaient être jalouses de ne rien recevoir de leur conjoint... Je ne fis aucun commentaire, elles arrivent toujours à avoir le dernier mot pour des choses qui n'ont aucune importance. Amanda semblait de mon avis, en tous cas, elle n'en reparla pas.

Il m'arrivait de voir Ian passer dans le hall avec ses collègues. Il me jeta même un bref regard alors qu'il discutait avec le docteur Peshow et une sage-femme. Je lui souris discrètement et repris mon travail comme si de rien n'était.

Un soir, lorsque je rentrais à l'appartement, je fus surprise d'entendre plusieurs voix dans le salon. Je posai mon sac à main, ôtai mes chaussures et m'avançai, curieuse de savoir qui discutait avec Victoria.

— Salut ! lançai-je en arrivant.

Victoria était avec Thomas, notre voisin de palier.

— Regarde qui nous rend visite, dit-elle en souriant.
— Bonsoir Cassie, ça va ? demanda-t-il.
— La forme et toi ?
— Pareil.
— Tu étais passé où ? Ça faisait longtemps !
— J'étais parti étudier en Allemagne, je suis rentré la semaine dernière.
— Je l'ai croisé en rentrant de courses, précisa Vic.

— Et elle a une super nouvelle, continua Thomas avec un grand sourire.

— Ouais, Asos m'a appelée et... J'ai le poste ! s'exclama-t-elle.

— Génial ! Faut fêter ça ! On a des bières ? demandai-je avec entrain.

— Non, je n'y ai plus pensé, répondit-elle un peu embêtée.

— Ben venez chez moi, j'en ai ramené justement !

— Vendu ! lança Victoria.

Nous passâmes la soirée chez Thomas à découvrir les meilleures bières allemandes et à refaire le monde. C'était agréable de retrouver Thomas. Il était plus jeune que nous mais on s'entendait bien avec lui, il nous était arrivé de faire quelques soirées avec ses amis de l'université quelques années auparavant. Il était le fils d'une amie de ma Granny Katie qui avait vécu là juste avant de partir en maison de retraite. Lui aussi avait hérité de l'appartement de rêve. Il avait aussi dû faire quelques travaux de rafraîchissement pour y vivre. C'était bien d'avoir un voisin jeune plutôt que de vieux croûtons aigris qui ne tolèrent pas grand-chose.

Victoria commençait à travailler dans deux jours, autant dire que la semaine serait très courte pour elle. Commencer un jeudi... On n'a pas idée ! Ce week-end nous avions prévu de rester à l'appartement, de ne pas sortir bousiller nos foies. A la limite, aller voir un film au cinéma, mais pas de folies. Puis, Victoria avait besoin d'être parfaitement alerte pour sa première vraie semaine de travail.

De mon côté, j'étais beaucoup plus à l'aise et j'arrivais même à prendre des initiatives. Nous avions fait un petit point avec

Mrs O'Connor qui était assez satisfaite de mon travail et qui avait eu de bons retours de la part de mes collègues de l'accueil, des services d'hospitalisation et du bureau des admissions. J'étais de plus en plus confiante et ne me laissais pas démonter par quelques médecins râleurs et à la limite de l'irrespect !

Le dimanche soir, nous étions prêtes à affronter toutes les deux une nouvelle semaine de travail.

Chapitre 4

Deux semaines passèrent. Victoria prenait ses marques à Asos et s'en tirait pas trop mal. Elle me racontait ses journées et j'avais l'impression de ne pas travailler en comparaison. Elle avait des missions intéressantes, un contact permanent avec des créateurs de mode, des délais insensés à respecter mais un bon salaire. Mais le soir, Victoria ne faisait pas long feu. Je me couchais plus tard qu'elle sauf quand je commençais à 7 heures, évidemment.

Je ne savais pas si je préférais commencer tôt et avoir tout mon après-midi pour faire du sport et d'autres choses ou si je préférais faire la grasse matinée et finir vers 20 heures. La question ne se posait pas lorsque je travaillais en horaires de bureau. Il nous arrivait d'en discuter avec les collègues, Amanda préférait dormir alors que Sophie pouvait s'occuper de ses deux filles les après-midis après l'école. Tout le monde y trouvait un peu son compte au final.

Je n'avais pas eu de nouvelles d'Ian depuis la semaine passée. Il n'avait pas non plus répondu à mon message. En même temps, que pouvait-il répondre ? Je le croisais parfois dans le hall lorsqu'il redescendait de la cafeteria. Un midi, nous fûmes ensemble dans l'ascenseur principal, avec ses deux collègues. Bien évidemment, nous ne discutâmes pas. Je leur souhaitai une bonne journée et m'éclipsai pour rejoindre l'accueil. Il avait beaucoup de gardes ces temps-ci, je supposais que c'était pour ça qu'il ne me recontactait pas...

J'aurais pu forcer un peu le destin et lui envoyer un message, mais à quoi bon ? Pour lui dire quoi ? Je savais qu'il n'avait pas le temps de sortir avec son emploi du temps chargé. Mais je me rendis compte que le croiser dans le hall n'était pas du tout suffisant et que même s'il avait mis le holà sur ce qu'aurait pu devenir notre relation, j'avais envie de le revoir et de discuter avec lui. J'appréciais sa compagnie et il avait montré qu'il s'intéressait quand même à moi. Il fallait que je tente quelque chose et ce aujourd'hui. Peut-être que je passerai le voir ou que je lui enverrai un message ce soir. J'ai encore tout l'après-midi pour y réfléchir.

Lorsqu'Amber fit une remarque sur le standard défaillant du secrétariat de gynécologie, je sautai sur l'occasion.

— Vu qu'on est deux et qu'il n'y a pas encore trop de monde, je peux aller voir s'il y a un souci ?
— Bonne idée, parce que même le numéro interne ne fonctionne pas, remarqua Amber.
— D'accord, dis-je en me levant sans montrer mon enthousiasme.

Je m'avançais vers l'ascenseur et bifurquais dans le couloir. Maintenant seule dans le grand couloir, j'arrangeais un peu ma tenue. Je réfléchissais à ce que je pourrais dire à la secrétaire pour pouvoir m'entretenir avec le docteur Stewart... J'entrais sans frapper dans le secrétariat et tombais sur une patiente qui sortait au même moment d'un bureau. La secrétaire n'était pas derrière son bureau.

— Alexandra, j'aurais besoin que vous me tapiez... Oh salut, me dit Ian qui sortait de son bureau.
— Docteur Stewart...

Il s'avança vers moi et me fit une bise.

— Tu viens remplacer Alexandra ? Je ne savais pas qu'il t'arrivait de quitter ton accueil... plaisanta-t-il.

— Je venais voir s'il n'y avait pas un problème avec la ligne du secrétariat, je n'arrive pas à transférer les appels, expliquai-je.

— Je lui dirai. Je crois qu'elle est partie aux archives. Tu vas bien ?

— Oui et toi ? Pas trop fatigué ? J'ai vu que tu étais souvent sur le tableau des gardes...

— Ne m'en parle pas ! Je remplace Clementina, elle est à un colloque sur les nouveaux stérilets... Il y a eu pas mal de problèmes avec un aux hormones notamment... Tu as quoi toi ? me demanda-t-il comme s'il parlait à sa collègue gynécologue.

— Euh... Je prends la pilule...

— Tant mieux, même s'il y a aussi des effets secondaires... Tu es à jour au fait ?

— Tu me demandes si je veux un rendez-vous de suivi ? Tu as besoin d'une nouvelle patiente ? plaisantai-je.

— Non, mais si tu as besoin d'un renouvellement d'ordonnance ou...

— ... J'ai tout ce qu'il faut, merci de t'en inquiéter... Mais si je dois prendre rendez-vous pour te revoir...

— Je suis désolé... Je voulais t'inviter justement, on m'a donné deux billets pour une expo nocturne au British Museum pour vendredi... Tu serais intéressée ?

— Ce vendredi ?

— Oui, c'est à 20 h 30. C'est sur Rodin et l'art de la Grèce antique... précisa-t-il.

— Je pensais que le British Museum fermait ses portes à cette heure-là...

— Oui, habituellement, mais comme c'est la dernière journée d'exposition ils ont modifié quelques peu leur horaire, m'expliqua-t-il.

— D'accord. Écoute, ça me dit bien. Je ne l'ai pas vue, en plus.

— Génial. On peut s'y retrouver devant, un quart d'heure avant ?

— Ça marche, répondis-je en souriant.

— N'oublie pas de demander l'autorisation à Sa Majesté, dit-il en me faisant un clin d'œil.

— Je n'y manquerai pas. Bon, je vais retourner travailler, tu pourras dire à ta secrétaire de débloquer la ligne ? Sinon, il faudra contacter la technique pour qu'ils viennent réparer le problème.

— Dès qu'elle revient, je le lui dis. Merci d'être passée, ça m'a fait plaisir de te voir.

— A moi aussi, bonne journée, dis-je avant de sortir du secrétariat.

J'essayais d'effacer ce sourire satisfait en revenant à l'accueil et expliquais brièvement à Amber que j'avais croisé un médecin et que la secrétaire était absente.

— J'ai cru jamais te revoir ! T'en as profité pour prendre rendez-vous ?

— Non, la secrétaire n'était pas là. On l'a un peu cherchée avec le médecin et en passant j'en ai profité pour aller aux toilettes. Ce café a un effet sur ma vessie...

— ... Pas besoin d'entrer dans les détails, me coupa Amber.

Je souris intérieurement et repris le tableau de garde que je modifiais juste avant de partir au secrétariat gynécologie. Le téléphone sonna, je décrochai.

— Accueil, bonjour.

— Quelle douce voix, on est bien mieux reçu par toi que par ta collègue...

— C'est gentil ça, dis-je à Ian que je venais de reconnaître.

— J'ai retrouvé Alexandra, le téléphone fonctionne, mais tu n'hésites pas à m'appeler s'il y a un problème de ce genre, je sais que tu as du travail et que te déplacer te fait perdre du temps...

— Ah c'est vraiment gentil à vous de me tenir au courant, docteur.

— Y a ta vilaine collègue ?

— Oui, tout à fait, répondis-je en m'efforçant de ne pas rire.

— Tu ne lui passes pas le bonjour. A cause d'elle et de son amie infirmière en néphro, tout le monde sait que je fais mes courses à côté de la clinique. Je ne te dis pas combien de fois j'ai dû me retourner en rentrant chez moi, une aide-soignante m'avait suivi !

— Je n'y manquerai pas, dis-je avec autant de difficultés.

— Tu ne leur donnes pas mon adresse, hein ?

— Tout dépend... Qu'avez-vous à proposer ? demandai-je avec un ton des plus sérieux.

— Un verre. Elle écoute toujours ? Tu m'étonnes que tout se sache dans cette clinique !

— C'est entendu, répondis-je en jetant un coup d'œil discret à Amber qui avait une oreille qui trainait.

— Va pour un verre après le musée. Bon courage avec ta collègue et sois gentille avec les patients !

— Très bien, je verrai ce que je peux faire. Passez une bonne journée docteur.

Je raccrochai en restant la plus sérieuse possible. Il avait vraiment essayé de me faire rire avec Amber à côté, je m'en souviendrai à l'avenir. Moi aussi je peux l'appeler pour l'embêter. Mais j'avais moins de travail que lui et je n'auscultais personne, donc je n'allais pas le déranger.

— C'était qui ? demanda Amber sans attendre.
— Le gynéco qui m'informait que le standard fonctionnait.
— Et tu marchandais quoi avec lui ? s'enquit-elle transpirant de curiosité.
— Une consultation gratuite contre service rendu.
— Sérieux ?
— Mais non voyons ! Il m'a dit qu'il attendait un colis hyper important et qu'il voulait qu'on l'appelle dès qu'on le reçoit. En échange, il fera en sorte qu'on ait le tableau de gardes plus rapidement tous les mois.
— Ah, ça c'est une bonne idée !
— Je ne pouvais pas laisser passer une telle occasion ! plaisantai-je.

Je pense que j'aurais pu recevoir le BAFTA pour la meilleure actrice de l'année. Elle n'y avait vu que de feu. Par contre, il faudrait que je demande à Ian de secouer sa secrétaire pour qu'on ait ce foutu tableau de gardes.

Lorsqu'Amber s'en alla déjeuner, j'en profitai pour appeler Ian.

— Docteur Stewart, dit-il en décrochant.
— Tu es en consultation ? demandai-je avec un peu d'appréhension.
— Ça dépend qui le demande, répondit-il.
— Quelqu'un qui a une vilaine collègue.
— Dis-moi tout... Que t'a-t-elle fait ?

— J'ai dû dire un gros mensonge par ta faute, je t'appelle pour réparer cette erreur, du coup.

— Ah la voilà qui te fait rejoindre le côté obscur ! En quoi puis-je t'aider ? demanda-t-il de sa voix suave.

— Il faudrait qu'on ait les gardes un peu plus rapidement chaque mois, on galère après quand il faut joindre un médecin en urgence.

— Bon, j'en parlerai aux collègues. Tu n'as donc pas pu échapper à sa curiosité ?

— Non, là je peux enfin souffler un peu.

— Tu finis à 14 heures ?

— Oui, pourquoi ?

— Pour savoir, quoi de prévu cet après-midi ?

— Un peu de sport sans doute, répondis-je.

— Oh cela explique certaines choses... fit-il avec un ton légèrement coquin.

— Quoi donc ? demandai-je curieuse de voir ce qu'il pourrait bien répondre.

— Ah, je dois te laisser Maman, j'ai une patiente qui vient d'arriver...

— Aha, tu ne perds rien pour attendre Ian.

— Je sais, à vendredi, répondit-il avec un ton satisfait.

Je raccrochai, le sourire aux lèvres. Je retins un rire lorsque je le vis passer dans le hall, à peine deux minutes après avoir raccroché. Il était avec son collègue, il me regarda brièvement, sourit et disparut dans la cage d'escaliers, hochant la tête d'une manière innocente quand son collègue lui parlait. Je me surpris à repenser à notre nuit, ce qui me fit piquer un fard immédiatement. Reprends-toi ! Tu es au travail !

La relève arriva, j'étais bien contente de rentrer. Je passais chez moi pour me changer et allais courir à Hyde Park. Je rentrai me doucher et me posai devant un film.

Je n'avais plus eu d'appels saugrenus d'Ian durant la semaine. Je profitais de mon jeudi après-midi libre pour aller sur Oxford Street faire un peu de shopping. Du lèche-vitrine chez Selfridges, quelques emplettes à Primark... J'avais besoin d'une jolie robe pour vendredi. Je n'allais pas y aller en jeans, ce devait être une soirée avec un dress code assez classique. Je me dénichais une petite robe noire avec un décolleté plutôt sage qui ferait pourtant son petit effet. J'avais bien envie qu'Ian revienne sur sa décision. On pouvait tout à fait avoir une relation simple en s'accordant quelques parenthèses agréables... Non ?

Je marchais vers Zara lorsque je reconnus Cameron qui discutait avec un type assez grand à la tignasse dorée, devant House of Fraser. Je traversais la rue et allais à leur rencontre.

— Salut Cameron, dis-je arrivée à sa hauteur.
— Tiens ! Salut Cass ! Tu vas bien ?
— Super et toi ? Salut, lançai-je poliment à l'encontre de son ami assez séduisant vu de plus près.
— Nickel, Harry, je te présente Cassandra, une amie de longue date. Cassandra, Harry un pote de fac...
— Enchantée, fis-je en souriant.
— Pareillement...
— On allait boire un coup, ça te dit de venir ? proposa Cameron.
— Un peu tôt pour l'apéro, plaisantai-je.
— Ah mince...

Je les suivis. Nous finîmes par nous poser au Macdonald's qui était un peu plus loin. Les sodas bien frais furent bienvenus ! Nous discutâmes un peu de tout et de rien.

— Vic pourra venir samedi ? demanda Cameron.
— Samedi ?
— Pour la soirée de départ d'Ezra...
— Ah purée c'est vrai que c'est ce samedi ! Oui, je pense qu'elle pourra. C'est où déjà ?
— A Camden. Soirse sera là aussi et beaucoup d'autres amis de la fac et du lycée, expliqua Cameron.
— Génial ! Je pense qu'il s'en souviendra de sa dernière soirée londonienne ! m'exclamai-je.
— Il y a des chances, dit Harry en riant.
— Tu y seras aussi ? demandai-je à Harry.
— Ouais, répondit-il en souriant.

Nous évoquâmes quelques souvenirs de lycée et de soirées apocalyptiques pendant lesquelles Ezra avait carrément pété les plombs. On aura pu se croire dans un épisode de Skins[3]. A cette époque, une brebis galleuse s'était collée à notre groupe d'amis et nous avait lentement menés vers les confins obscurs de la Force... Je n'étais pas du tout fière de cette période et même si je n'avais jamais abusé de substances illicites, j'en avais vu les dégâts sur Ezra. Heureusement tout avait fini par rentrer dans l'ordre la première année de fac où Angus était parti aux Etats-Unis pour ses études. Les soirées étaient redevenues plus saines, si on oubliait les montagnes de verres d'alcool ingurgités... A mesure que la trentaine approchait, faisant planer son ombre sur nous, nous nous étions quelque peu assagis. En

---

[3] Série anglaise à succès sur la vie délurée d'ados, mêlant soirées arrosées, drogues, sexe et autres problèmes d'adolescents.

espérant que samedi ne soit pas l'exception qui confirme la règle...

Peut-être qu'une vie bien trop rangée attendait Ezra de l'autre côté de la mer du Nord et qu'il voulait marquer le coup avant de se caser pour de bon ? Ce n'était pas impossible mais il semblait avoir changé. Enfin, on verra bien samedi ce que ça donne !

Je n'avais pas vu le temps passer, en compagnie des deux acolytes. Il était près de 17 heures lorsque je les abandonnais pour terminer mes achats avant de rentrer. Je filais sous la douche et m'occupais d'ôter toutes les étiquettes accrochées aux nouveaux vêtements. Je préparais aussi une machine à laver avant de trouver quelque chose à cuisiner pour le dîner.

Victoria rentra peu avant 19 heures, elle se servit un grand verre de limonade fraîche et s'installa dans la cuisine. Nous discutâmes de nos journées respectives. Elle me rappela qu'elle allait chez ses parents demain soir mais qu'elle serait rentrée à temps pour la soirée d'Ezra. Elle insista pour voir ce que j'avais acheté aujourd'hui et valida ma tenue pour demain soir.

> — Si avec ça tu ne conclues pas... plaisanta-t-elle.
> — On verra bien, dis-je pleine d'espoir.
> — Tu me raconteras, hein ?
> — Bien sûr ! S'il y a quelque chose à raconter, répondis-je pensive.
> — Ne pars pas défaitiste, ça va le faire !

Nous passâmes à table peu de temps après. J'allais étendre ma lessive pendant qu'elle prenait une douche, puis nous

nous installâmes dans le canapé pour regarder quelques épisodes de Downton Abbey.

J'eus beaucoup de mal à trouver le sommeil, trop impatiente de revoir Ian et de passer une bonne soirée. J'appréhendais un peu, j'avais peur qu'il se braque comme la dernière fois au parc et qu'il me rappelle à quel point il préférait qu'on soit amis.

En allant travailler, je n'avais qu'une hâte : que la journée passe à la vitesse de la lumière. Mais la matinée était loin d'être à la hauteur de mes espérances. C'était calme, le téléphone ne sonnait pas, il y avait peu de personnes qui avaient besoin de renseignements... Je crus presque mourir d'ennui. Vers 11 heures, cela se réveilla un peu. Il y eut des commandes de sang en urgence, l'arrivée de l'entreprise qui s'occupait de l'entretien des espaces verts, un médecin qui n'arrivait pas à joindre le service de facturation... Cependant, cela ne suffisait pas à m'occuper assez.

Je réfléchissais à ce que j'allais faire de mon après-midi. Déjà commencer par un jogging sur Hyde Park, puis une bonne douche revigorante, ensuite j'avais bien envie de me poser sur le balcon avec un livre.

Ah ! Voilà Amber... Presque à l'heure pour changer...Mais ça veut dire que je suis bientôt libre de partir ! Nous échangeâmes des banalités avant de faire les transmissions puis je m'en allai, heureuse d'être en week-end !

Je rentrais chez moi à la hâte, me changeais et allais courir. Nous avions vraiment beaucoup de chance d'avoir du beau temps aussi longtemps ! C'était tous les jours un plaisir d'aller travailler sous ce grand soleil. Peut-être que le temps changerait à l'arrivée du mois d'août...

Beaucoup de monde dans le parc profitait de cette belle journée, je faillis rentrer dans quelques personnes qui ne regardaient pas où elles marchaient. C'était assez énervant de devoir faire attention à tout et tout le monde. Les enfants qui couraient comme des poules décapitées, les chiens qui tapaient des sprints en s'arrêtant sans prévenir, les touristes qui marchaient puis qui s'arrêtaient en plein milieu du chemin pour prendre un arbre en photo...

Je ne fus pas fâchée de rentrer. La douche me détendit davantage que cette séance de jogging en plein air ! Je laissais mes cheveux sécher à l'air libre, j'aurais tout le temps de les coiffer ce soir. Je me préparais un grand verre de citronnade, attrapais un bouquin et allais prendre le soleil sur le balcon pour le reste de l'après-midi.

Je fis réchauffer les restes de la veille un peu avant 19 heures puis partis me préparer tranquillement. J'enfilais mes bas cubains fixés parfaitement, ma toute nouvelle robe noire, je me parfumais puis passais à l'étape maquillage. Un peu de poudre de teint, un trait d'eye-liner, du mascara et un soupçon de rouge à lèvres. Je démêlais péniblement mes cheveux et les ondulais à l'aide de mon fer à friser. J'attrapais mon sac à main, mes escarpins ainsi qu'une petite veste puis quittais l'appartement.

Je sautais dans le premier métro pour rejoindre le British Museum. Il y avait encore beaucoup de monde dans les rames. Je descendais à Tottenham Courtyard et marchais jusqu'au British Museum. Comme d'habitude j'étais en avance. Je dégainais mon téléphone pour m'occuper.

Ian arriva pile à l'heure et me fit une bise. Il était très élégant, nous allions de paire. Il était rasé de près et sentait bon l'aftershave aux effluves de bois de sental. Nous nous dirigeâmes lentement vers l'entrée du musée où quelques personnes attendaient déjà. Il sortit ses deux invitations pour gagner du temps. En réalité, l'exposition se terminait dimanche, mais le musée avait voulu marquer le coup aujourd'hui. L'œuvre de Rodin était affichée sur de grandes banderoles partout à l'entrée du musée. Il y avait un peu de monde devant nous, surtout des quinquagénaires. L'homme au guichet vérifiait chacune des invitations, ce devait être exceptionnel car d'habitude l'entrée au musée était gratuite. Ian m'expliqua qu'un petit cocktail allait être servi pour les invités et c'était une soirée où quelques grands noms du domaine artistique étaient présents.

— C'est l'occasion pour toi de faire des rencontres, tu ne crois pas ? me dit-il.
— Un peu compliqué de s'incruster dans des conversations d'inconnus alors que je ne suis personne...
— J'ai un ami écossais qui sera présent ce soir, je pourrais te le présenter, cela t'ouvrira quelques portes, chuchota-t-il en me faisant un clin d'œil.
— C'est vraiment très gentil à toi, je ne pensais pas que cette exposition pourrait être pleine de surprises...
— Quand on peut mêler l'utile à l'agréable, répondit-il en posant sa main au creux de mon dos pour me pousser à faire quelques pas vers le guichet.

Ce contact rapide suffit à me faire frissonner et espérer une fin de soirée dans son appartement. Il tendit les deux invitations au guichetier avait l'air hyper heureux d'être ici. *Allez ! Pense aux sous que tu vas te faire ce soir grâce à nous ! Tu seras bien content de les claquer dans un fish and chips, non ?*

Nous déposâmes nos vestes au vestiaire avant de pénétrer dans le magnifique hall du musée, célèbre pour sa gigantesque verrière. Puis, nous suivîmes les flèches pour nous rendre à l'exposition, passant devant la boutique de souvenirs du musée encore ouverte pour l'occasion. L'exposition tenait place dans la salle 30, située au rez-de-chaussée. Dans l'antichambre, un bar était installé. Quelques serveurs proposaient des coupes de champagne et des petits-fours. Ian nous attrapa deux coupes puis nous entrâmes dans la salle. Les œuvres les plus connues de Rodin trônaient magistralement au sein de la salle. Le Penseur réfléchissait parmi les amateurs d'art, Le Baiser n'était pas loin non plus. Je m'approchais de la première œuvre pour admirer le travail du sculpteur. Ian n'était qu'à quelques mètres à contempler une autre œuvre. Je passais doucement à une autre sculpture, buvant un peu de champagne.

Je préférais la peinture à la sculpture, mais Rodin était un monument dans son domaine et chaque artiste savait qui il était et ce qu'avait accompli l'artiste français. Il y avait quelques uns de ses dessins. Le British Museum avait sûrement fait quelques emprunts au Musée Rodin à Paris pour réaliser cette exposition.

— Cassandra, mon ami vient d'arriver, me dit Ian avec le sourire.
— Je te suis, répondis-je après avoir bu une gorgée de champagne.

Quelques mètres plus loin, un homme au crâne rasé, nous tournait le dos, admirant une œuvre de l'artiste phare de l'exposition.

— Doug, arrête de prendre des notes lui lança Ian d'un air moqueur.

Quand l'homme se retourna, j'eus comme une vague de chaleur. Douglas Gordon, grand artiste vidéo écossais, se tenait devant nous en toute simplicité. Il portait un costume sombre, des chaussures grises en peau de serpent sans doute. Seul défaut de cet homme selon moi, bien que je n'aime pas les serpents…

— Toujours aussi bien accompagné Ian ! Ravi de te revoir ! s'exclama-t-il en lui serrant la main énergiquement.
— Pareillement !
— Tu ne me présentes pas ta délicieuse amie ? Où sont passées tes bonnes manières ?
— Cassandra Lloyd, veuillez l'excuser Londres n'a pas une si bonne influence sur lui, dis-je en plaisantant.
— J'espère que ça s'arrangera en vous fréquentant, répondit-il.
— Pas sûr ! s'exclama Ian.
— Qu'est-ce que tu fais à Londres ? s'étonna Douglas.
— J'ai obtenu un poste dans une clinique privée, les perspectives d'avenir en Ecosse étaient un peu floues, j'ai préféré m'expatrier…
— Je comprends. Sont-elles plus belles que nos femmes ici ?
— On voit de tout, répondit simplement Ian.
— Je vois que tu as su trouver un joli spécimen, dit-il en me regardant avec un air qui me gêna un peu.
— Nous ne sommes pas ensemble, rétorquai-je un peu sèchement.

66

— Je ne voulais pas vous offenser très chère... Vous a-t-on déjà dit que votre visage avait des proportions parfaites ?

— Euh... Jamais de cette manière, du moins pas d'un point de vue artistique.

— Cassandra a fait des études d'histoire de l'art, tu ne connaitrais pas quelqu'un qui serait à la recherche d'un profil tel que le sien ? demanda Ian avec la délicatesse d'un éléphant dans un magasin de porcelaine.

— Dites-m'en plus sur vous, Cassandra...

— Hé bien, j'ai fait un master en histoire de l'art avec option courant classique. J'ai pu effectuer quelques stages au Tate, Musée de Londres et j'ai été assistante à la Galerie Bartoux. J'aimais beaucoup ce que je faisais à cette galerie, la préparation d'expositions et la promotion d'artistes. C'était vraiment intéressant.

— Je vois... Ecoutez, laissez-moi vos coordonnées, si j'entends parler de quelque chose, je vous appellerai, dit-il.

— Merveilleux ! s'exclama Ian avant de boire un peu de champagne.

Douglas me tendit son téléphone, j'enregistrais mon nom et mon numéro avant de le lui rendre.

— Parfait. Je rajoute juste que vous êtes l'amie du meilleur gynéco de toute l'Ecosse pour me souvenir un peu mieux de vous...

— Ce n'est pas parce que j'ai accouché ta femme que je suis le meilleur, se défendit Ian.

— Pas loin !

Nous rîmes. Vu l'âge de Douglas Gordon, sa femme devait être beaucoup plus jeune que lui. A moins qu'on puisse encore accoucher à cinquante ans...

Ils discutèrent un peu du pays puis Douglas s'éloigna lorsque des connaissances le hélèrent à travers la galerie. Nous reprîmes tranquillement notre contemplation de Rodin.

— Il parait un peu bourru, mais c'est un homme bien.
— Ce qui m'étonne, c'est que tu connaisses un homme comme lui. Vous n'avez pas du tout le même métier et encore moins le même âge !
— Comme je l'ai dit, j'ai accouché son épouse. Bon je n'étais pas tout seul, mais disons qu'on avait bien sympathisé et on est restés en contact. Au début, je ne savais pas vraiment qui il était. Mais tu as bien vu, il n'a pas du tout la grosse tête.
— Oui, c'est vrai, remarquai-je.

Nous continuâmes notre petit tour. Quand nous eûmes tout vu nous quittâmes le musée. Il était presque 22 heures.

— On m'a parlé d'un super bar à whisky à Soho et comme je voulais t'en faire goûter des bons...
— Je te suis ! Mais il va falloir que je grignote quelque chose à un moment donné, dis-je.
— Un bout de haggis ?
— Je doute qu'ils en fassent, plaisantai-je en espérant vraiment avoir raison.

Manger de la panse de brebis farcie ne me disait rien qui vaille !

Nous marchâmes une bonne dizaine de minutes avant d'arriver au Miloy's. C'était un bar plutôt chic mais sans paraître trop huppé. Nous nous installâmes à une table un peu en retrait et le serveur ne tarda pas à venir prendre notre commande. Je fis confiance à Ian, étant complètement néophyte en matière de whisky.

— Tu verras, ça n'a rien à voir avec ce qu'on a pu boire l'autre soir, dit-il avec le sourire.
— Il y a intérêt ! Parce que c'était vraiment de la...
— Ah ! C'est rapide ! lança Ian en voyant le serveur arriver.

Nous le remerciâmes puis trinquâmes. Je portai le verre à ma bouche et bus une petite gorgée. Je m'attendais à quelque chose d'infect mais le goût me surprit. Il y avait beaucoup de finesse, différentes saveurs, presque un soupçon de caramel. Sans parler de l'arrière goût végétal qui venait parfaire le goût. C'était très intéressant.

— Alors Miss Lloyd ?
— Voilà qui est mieux !
— Ah ! fit-il très satisfait.

J'étais contente de passer du temps avec lui à parler de tout et de rien. Il me raconta sa semaine de travail, les demandes saugrenues de patientes, les frasques de ses secrétaires. Ma semaine était loin d'être aussi palpitante mais je lui en parlais un peu.

Les verres se suivirent sans se ressembler, je finis par obtenir de quoi grignoter et je me rendis compte qu'il s'était rapproché de moi. Doucement mais sûrement, sa chaise était quasiment contre la mienne, si cela continuait, j'allais finir sur ses genoux.

Il riait aux éclats, je l'admirais telle une sculpture de Rodin, mémorisant chaque trait de son visage, ses rides lorsqu'il riait, ses yeux et leur pépite d'or... Cela aurait pu être seulement physique. Une attirance purement charnelle comme beaucoup d'autres. Mais cet homme avait quelque chose en plus. Outre son intelligence, sa culture, il était drôle, attachant et avait un petit quelque chose de spécial. Peut-être était-ce son coté écossais ? Je ne saurai l'expliquer...

Quoi qu'il en soit, j'avais l'impression de me consumer à ses côtés. Ou alors était-ce le whisky ? J'avais déjà ôté ma veste, je n'allais pas non plus ôter ma robe ! Du moins, pas ici.

> — Et si on allait admirer les bords de la Tamise ? lança-t-il d'un coup.
> — D'accord, dis-je très enthousiaste à l'idée de sentir un peu d'air frais sur ma peau.

Nous quittâmes le bar après avoir terminé nos verres puis marchâmes jusqu'à Big Ben. Il fallait une bonne vingtaine de minutes pour arriver au célèbre clocher londonien. Nous longeâmes les bords de la Tamise depuis l'autre côté, passant tout près du London Eye. La vue était splendide, Dieu que je l'aime cette ville !

> — C'est très joli de nuit, remarqua Ian.
> — Oui, mais tu dois aussi voir le Tower Bridge, c'est remarquable !
> — C'est beaucoup plus loin, c'est ça ?
> — Oui, mais franchement ça vaut le coup. En métro, ce serait dommage.
> — Alors, je te suis, dit-il en me prenant gentiment le bras.

Nous continuâmes notre balade que je trouvais particulièrement romantique, à moins que je sois particulièrement ivre... L'air était beaucoup plus frais et c'était une très bonne chose.

Je me rendis compte, alors que nous approchions du Millenium Bridge, que ma main s'était glissée dans la sienne comme échappant à tout contrôle. Je songeais à la retirer, mais il ne semblait pas être dérangé par sa présence. Bien évidemment, je rougis et fis comme si de rien n'était.

Nous décidâmes de ne pas aller jusqu'au Tower Bridge mais de traverser sur le London Bridge. Nous marchions depuis presque une heure et il commençait vraiment à faire frais, mais je ne voulais pas remettre ma veste de peur de ne plus tenir sa main...

Nous admirâmes la vue, le Tower Bridge éclairé donnait un mélange victorien futuriste assez intéressant.

> — Décidément, je ne peux pas visiter Londres sans toi. Tu me montres toujours de jolis endroits, déclara-t-il en contemplant le pont.
> — Je fais de mon mieux pour que tu apprécies la capitale des Red Coats[4] !
> — Parfois il m'arrive d'oublier que tu es Anglaise...
> — J'imite encore très mal ton accent, mais je sais que je pourrais m'améliorer.
> — Je n'en doute pas, dit-il en souriant.

Nous reprîmes notre route jusqu'au métro le plus proche, Bank Underground Station. Il fallait encore vingt bonnes minutes avant d'arriver à Lancaster Gate.

---

[4] Surnom donné à l'armée anglaise faisant référence aux tuniques rouge que portaient ses soldats jusqu'en 1914.

— Merci pour cette soirée, Ian. J'ai vraiment apprécié.

— Moi aussi, très agréable. En plus, tu aimes le whisky maintenant...

— Ahaha ! Je remonte dans ton estime, tu veux dire ?

— J'ai toujours eu une très haute estime de toi, Cassandra. En plus d'être très charmante et de bonne compagnie, tu es une collègue très motivée...

— Nous ne sommes pas vraiment collègues, je suis presque au plus bas de l'échelle...

— Si tu veux un poste de secrétaire, ça peut s'arranger...

— Oh non ! Je ne pourrais pas te supporter tous les jours ! Je sais que tu m'appelleras juste pour me déconcentrer dans mon travail ! m'exclamai-je en riant.

— Ce n'est pas du tout mon genre, je suis vexé ! bouda-t-il.

— Je ne veux pas prendre le poste d'une autre plus compétente que moi et j'ose espérer trouver un jour un emploi en rapport avec mes études !

— Tu as raison, j'espère que Doug pourra faire quelque chose pour toi. Mais c'est dommage, je suis sûr qu'on aurait fait une très bonne équipe...

— Nous faisons déjà une très bonne équipe, remarquai-je doucement.

— C'est vrai, répondit-il en souriant.

Je ne me sentais plus du tout ivre, mais pourtant j'avais l'impression de ne plus toucher terre. Cette fois-ci, l'alcool ne servirait plus d'excuse. J'avais seulement envie de me blottir contre lui, d'être à nouveau dans ses bras. Il n'avait pas repoussé ma main, peut-être qu'il changeait d'avis ? Je passerai à l'offensive une fois sortis du métro. Je serai fixée.

Les minutes passaient doucement lorsque nous ne parlions pas. La fatigue commençait à se faire sentir, mais je n'avais pas du tout envie d'y céder. Même s'il était pratiquement une heure du matin, j'avais autre chose à faire que de m'effondrer sur mon lit ou le sien, d'ailleurs.

En sortant du métro, l'air frais me fit l'effet d'une claque. Je gagnais un peu de répit sur Morphée.

> — Je te raccompagne ? Je n'aimerais pas que tu fasses de mauvaises rencontres...
> — Moi non plus, dis-je en riant.

Nous prîmes la direction de mon appartement. Sa main frôlait la mienne par moment, j'avais une folle envie de la saisir mais j'avais peur qu'il retire la sienne. Nous approchions à grands pas de mon appartement et je n'avais pas du tout envie de le laisser retourner chez lui.

Nous arrivâmes devant la grande porte de l'immeuble.

> — Tu veux monter boire un dernier verre ? proposai-je en priant très fort le dieu des âmes en peine.
> — Je pense que j'ai assez bu, dit-il.
> — On n'est pas obligés de boire de l'alcool, j'ai de la très bonne limonade ! insistai-je doucement.
> — Cassandra...
> — Du temps... Encore du temps... Je suis navrée... Je pensais que tu le voudrais aussi, tu ne m'as pas repoussée...dis-je un peu vexée.
> — Te tenir la main est une chose, passer la nuit avec toi en est une autre, répliqua-t-il.
> — Pourquoi ? Tu ne trouves pas ça un peu contradictoire ? Tu n'as pas envie de...

— ... J'ai envie de prendre le temps avec toi, après tu ne veux peut-être pas la même chose... Mais j'aime bien être avec toi et je voudrais faire ça bien. Je ne pensais vraiment pas m'entendre à ce point avec toi. Je sais que nous avons quelques années de différence, mais j'ose espérer que, malgré ta jeunesse, tu comprennes que je cherche autre chose qu'une relation physique.

— Euh... Je ne veux pas que coucher avec toi, Ian. Je ne fais pas tout ça, seulement pour que tu finisses dans mon lit.

— Je n'ai pas dit ça. J'ai seulement l'impression que tu es pressée.

Je le regardai, sans savoir quoi répondre. Il voulait clairement construire une relation avec moi. Quelque chose de sérieux ? Voulais-je aussi d'une relation sérieuse ? Mon horloge interne me soufflait qu'il était temps. De toute manière, je n'avais jamais couru après les relations éphémères. Mais là, j'avais la sensation de passer pour une nymphomane, tout ça parce que je désirais être à nouveau dans ses bras. Rien que d'y penser, des bribes de notre première nuit défilaient devant mes yeux comme un film. J'en frissonnais.

— Je suis... Pressée de te revoir, lâchai-je.

Il me regarda un moment puis s'avança vers moi.

— Moi aussi, tu veux qu'on déjeune ensemble lundi ?

— Euh... A la clinique ? demandai-je soufflée.

— A l'extérieur, cela nous fera une vraie coupure.

— D'accord, dis-je en souriant.

— On se redit ça. Passe une bonne nuit, Cassandra.

Il se pencha et alors que je m'attendais à une énième bise, il m'embrassa doucement puis se recula.

— Bonne nuit, pus-je seulement articuler.

Il était déjà parti et je me retrouvai bête devant mon immeuble. Lorsque j'eus repris toutes mes facultés cognitives, j'insérai la clé dans la serrure et montai chez moi. Je me changeai rapidement, me résignai à me démaquiller et allai me jeter dans mon lit.

Cet homme me rendait complètement marteau ! Mais j'avais bon espoir. Et l'espoir m'aida à trouver le sommeil.

Chapitre 5

Victoria et moi arrivâmes au pub à Camden. Cameron avait loué la salle du dessus pour la soirée. Il y avait déjà de l'ambiance, nous commandâmes deux bières puis allâmes saluer Ezra qui discutait avec Harry, Cameron et un autre type que nous n'avions encore jamais vu. Il avait bonne allure, des cheveux bruns, une barbe travaillée, vêtu d'un jean sombre et d'un polo.

— Salut les filles ! Content de vous voir ! nous lança Ezra avant de nous enlacer toutes les deux.

Nous saluâmes ses comparses.

— Paul, je te présente Victoria et Cassandra, deux amies du lycée, déclara-t-il.

Victoria semblait déjà connaître Harry. Ezra discuta un peu avec nous avant d'être appelé ailleurs. Cameron demanda à Victoria comment se passait son nouveau travail. Je buvais tranquillement ma bière.

— Et toi, tu fais quoi dans la vie ? demanda-t-elle à Paul qui semblait se demander comment son verre s'était vidé aussi vite.
— Je suis pilote de ligne, répondit-il avec une certaine fierté.
— La classe ! m'exclamai-je.
— Plutôt, reconnut-il.

Ses yeux verts pétillaient. Cameron nous abandonna pour remplir son verre.

— Et tu fais quoi comme vols ? m'enquis-je.

— Londres-Los Angeles, Londres-Le Cap...Il m'est déjà arrivé d'aller en Asie.

— Ça fait rêver, dis-je.

— Mais ce n'est pas trop long ? Il faut quoi... Une dizaine d'heures jusqu'à L.A ? demanda Vic.

— 11 heures 30, c'est un peu long surtout qu'il y a la préparation de vol avant. Mais c'est une question d'habitude, expliqua-t-il.

— Pour la vie de famille ce doit être compliqué, dis-je en réfléchissant.

— Pour l'instant, ce n'est pas un problème. On verra, dit-il.

— Et tu voles sur quels avions ? l'interrogea Vic.

— Surtout de gros Airbus, A380, A350... Parfois des Boeings...

— Et tu préfères lesquels ? m'enquis-je.

— Plutôt les européens, mais question d'habitude.

— Hé Soirse ! interpela Victoria qui venait de l'apercevoir dans la cage d'escalier.

Elle nous rejoignit, nous délaissâmes un peu les gars pour aller papoter plus loin. Cameron avait invité plein d'amis de la fac d'Ezra, nous étions au moins trente personnes. Je ne connaissais qu'à peine dix personnes sur toute la foule.

Je descendis me chercher une pinte après avoir fait un tour aux toilettes. Harry était au bar, discutant avec le barman. Je m'assis à côté de lui.

— Tu fuis la soirée ? plaisantai-je.

— Ouais, Cameron a invité mon ex par mégarde. Je n'ai pas trop envie de la croiser.

— Ah, je comprends. Mais tu ne peux pas rester ici jusqu'à la fermeture... remarquai-je.

— J'ose espérer qu'elle ne restera pas trop longtemps.

— Enfin... Tu ne vas pas passer une bonne soirée en restant à part...

— Tu as l'intention de me laisser seul ? demanda-t-il.

— Non, je veux bien te tenir compagnie. Mais peut-être que tu te lasseras de ma conversation...

— J'en doute, répondit-il avec une certaine lueur dans ses yeux.

— On remontera quand tu seras prêt, lui dis-je en souriant.

Il me sourit à son tour. Si de premier abord il semblait être quelqu'un de timide, une fois apprivoisé il devenait plus bavard et très drôle. L'alcool devait aider un peu, mais j'étais persuadée que ce n'était pas le principal déclencheur. Il travaillait en tant qu'assistant juridique dans une chocolaterie. Bien sûr, le chocolat ça me parle ! Il m'avait tout de suite plu en me parlant de son entreprise ! Il m'avait même proposé de la visiter ! Comment refuser ?

Je me demandais quels types de litiges pouvaient être rencontrés dans une chocolaterie. Mais je n'avais pas envie de trop parler travail avec lui. Le week-end est fait pour relâcher la pression avant d'attaquer une semaine de malades !

Nous n'eûmes bientôt plus rien à boire. Deux pintes plus tard, nous étions en train de danser sur la petite piste sur une chanson de Kim Wilde.

Il était vraiment très sympathique, j'en oubliais même pourquoi j'étais à cette soirée.

— Nous allons pouvoir remonter, dit-il à un moment.

— Ah bon ?

— Je viens de la voir passer... Elle s'en va. Dommage, on s'amusait bien, déclara-t-il en me souriant.

— Oui, mais nous sommes là pour profiter un peu d'Ezra avant qu'il ne parte pour le Pôle Nord...

Il hocha la tête, nous prîmes nos boissons et retournâmes à l'étage. Victoria discutait avec Luke Alstair dans un coin de la salle, elle semblait n'avoir d'yeux que pour lui. Cameron semblait en plein milieu d'une imitation, faisant rire aux éclats Paul et Ezra. D'autres jeunes inconnus au bataillon discutaient en petits clans dispersés dans la salle.

— Ta copine semble passer un très bon moment... remarqua Harry.

— Ouais, je vais peut-être rentrer seule ce soir, dis-je en riant.

— Ou pas, fit-il avec un sourire.

Je me sentis un peu bête. Je rêve ou c'est du rentre-dedans ? Ou alors il a remarqué que je plaisais à quelqu'un ?

— Elle est bonne ta bière ? dis-je soudainement.

— Ouais, tu veux goûter ?

— Non, je te crois... répondis-je en buvant une grosse gorgée de la mienne.

— Où est Soirse ?

— Ah c'est vrai ça fait longtemps qu'on ne l'a pas vue...fis-je en remarquant que maintenant qu'elle manquait à l'appel.

— Bah elle a dû descendre recharger son verre...

— Et parler en gaélique avec le barman, c'est bien son style ! m'exclamai-je en riant.

Cela fit rire Harry. Cameron l'entendit et nous invita à les rejoindre. Je bus une gorgée de ma bière et m'avançais en sa direction.

— Vous étiez où, vous deux ?
— Si tu savais, répondit Harry avec plein de mystère.
— On évitait son ex, précisai-je.
— Encore désolé pour ça, vieux ! dit Cameron avait un air convaincant.
— C'est bien un truc qui ne m'arrivera pas, la mienne est à des milliers de kilomètres, plaisanta Paul.
— Pratique ! m'exclamai-je en riant.
— Bon, je vous laisse, ça fait longtemps que je n'ai pas vu Soirse, j'ai peur qu'elle soit aux toilettes à rendre ses tripes, lança Cameron un peu inquiet.
— Ouais, tu ne trompes personne, rétorqua Ezra.
— Quoi ? s'étonna Cameron.
— Va rejoindre ta belle demoiselle en détresse, plaisanta Paul.

Cameron secoua la tête mais s'en alla vers les escaliers.

— Faudrait qu'il arrête d'être aussi timide, depuis le temps qu'il lui court après...
— C'est toi qui dis ça Harry ? plaisanta Ezra.
— Ouais, justement. J'ai fait beaucoup d'efforts, mais comme tu n'es jamais au pays, tu ne peux pas t'en rendre compte... fit sèchement l'intéressé.
— Je ne suis pas venue pour un combat de coqs, lâchai-je moins amusée.
— Ce n'est pas dramatique, les gars. Et ne le jugez pas, ce ne doit pas être évident pour lui, ils sont amis depuis si longtemps... répliqua Paul.
— Un point pour Paul, fis-je.
— Merci.

— C'est facile pour toi, avec ta classe de pilote de ligne ! Elles doivent toutes tomber comme des mouches ! rétorqua Harry un brin piqué.

— Oui, justement, c'est trop facile. Je préfère la difficulté. Heureusement il y a les stewards pour occuper les autres hôtesses de l'air...

Ce nom fit tiquer mon cerveau. Je repensai à Ian. Je cherchais un peu la difficulté avec lui, je m'en rendais compte à présent. Visiblement, j'aurais très bien pu trouver la simplicité dans une relation avec Harry qui semblait assez intéressé en ma personne. Si j'avais bien interprété ses dires...

— Hé voilà, tu te la pètes ! lança Ezra en riant.

— Les filles n'aiment plus ça, c'est fini, répliqua Harry qui avait du mal à avaler la pilule.

— Non mais elles apprécient l'humour.

— Merci, me dit Paul.

— Avec plaisir. Arrêtez de vous prendre la tête les gars. Ezra, tu as une belle qui t'attend au pays et toi Harry tu as beaucoup de charme, tu ne mettras pas longtemps à te mettre en couple aussi... Bon Paul, visiblement c'est une autre histoire...

Je finis ma bière et la posai sur la table.

— Tu veux boire autre chose ? me proposa Paul.

— Je veux bien un coca, s'il te plait, répondis-je.

— Ça marche, fit-il avant de s'éclipser.

Cameron revint sans Soirse en nous expliquant que tout allait bien, qu'elle était en bas en train de discuter avec un type, qu'il ne portait visiblement pas dans son cœur. La situation n'était pas à son avantage et il n'avait pas osé mettre les pieds dans le plat. D'un côté je le comprenais. D'un autre, s'il ne tente pas, il ne saura jamais...

Paul revint avec un verre de scotch et un verre de coca. Nous trinquâmes. Je discutais avec Paul alors que les garçons discutaient plus loin avec Cameron.

— Si à l'occasion, tu veux profiter d'un petit vol, tu n'hésites pas, me dit-il alors qu'on parlait voyages.
— Tu peux faire monter des personnes en VIP ?
— C'est à peu près ça. Après tout, c'est moi le pilote !
— Mais comment ça se passe du coup ?
— Déjà, faut me prévenir. Sur une destination que je fais essentiellement, on choisit un jour où j'ai un vol et sur place on y reste deux trois jours en fonction de la date du vol retour. Tu passes en prioritaire avec un billet spécial...
— Wow ! Génial ça ! Je pensais que ce serait juste pour la famille du pilote.
— Oui, mais il y a moyen de négocier... Ma famille a un peu peur de l'avion donc bon...
— Hé bien, c'est très gentil de me proposer en tous cas !
— Mais de rien, ça me fait plaisir. Et puis tu as vraiment l'air d'aimer voyager.
— Oui, malheureusement je n'en avais pas encore les moyens jusque là. Mais lorsque je pourrais avoir des congés, tu peux être sûr que je partirai en vacances !
— Tu as bien raison, dit-il en souriant.

Je le trouvais vraiment sympa de me proposer un petit voyage pratiquement aux frais de la princesse alors que nous venions juste de nous rencontrer ! C'en était même étonnant. On verra si j'ai envie d'aller à New-York ou en Afrique du Sud...

Je papotais encore avec lui un bon moment puis je sentis la fatigue arriver. Nous échangeâmes nos numéros, je pris congé et essayais de trouver Victoria pour lui dire que je rentrais. Je ne la trouvais nulle part. Je lui envoyais un texto, saluais Ezra et les gars puis m'en allais.

J'espérais ne faire aucune mauvaise rencontre. Je n'avais pas mon chevalier servant pour me raccompagner chez moi en toute sécurité. Je sautais dans un métro et arrivais une petite demi-heure plus tard chez moi. Je pris le temps de me démaquiller et de me changer avant de sauter dans mon lit pour dormir jusqu'à tard le lendemain.

Lorsque j'ouvris les yeux, je fus soulagée de ne pas avoir la gueule de bois. Je n'étais pas tout à fait alerte mais quand même j'arrivais à me lever sans avoir de vertiges. Je m'étendis et ouvris la fenêtre. Mon réveil indiquait pratiquement midi. Je me dirigeai vers la cuisine et fis couler du café dans une grande tasse achetée chez Starbucks. J'y jetai un sucre, y ajoutai un nuage de lait et m'assis face au balcon. Le vent jouait dans les feuilles des arbres, le petit air frais était très agréable. Le soleil se cachait derrière les nuages, assombrissant la pièce par la même occasion. J'avais bien envie de profiter du temps clément pour aller courir ou au moins me promener en ville.

J'entendis un bruit de pas derrière moi qui me tira de ma rêverie. Je m'attendais à voir Victoria en me retournant, mais c'était Luke Alstair. Ah !

— Salut, lui dis-je alors qu'il déambulait en caleçon jusqu'à la cuisine apparemment attiré par la machine à café.

— 'Lut, répondit-il surpris de croiser quelqu'un.

Je repris ma contemplation en buvant mon café comme un précieux nectar. Je ne les avais pas entendus rentrer, j'avais vraiment trop bien dormi !

J'entendis le café couler et la bouilloire siffler. Ce Luke est un gentleman pour préparer une tasse de thé à Victoria ! Je finis mon café d'une traite, lavai ma tasse en vitesse et fonçai monopoliser la salle de bain pour me réveiller une fois pour toute !

Je décidai de passer mon après-midi en ville, pour les laisser seuls. Je savais que Victoria flashait sur Luke depuis un bon moment, malgré son obsession pour ses études. Elle n'avait jamais perdu de vue qu'il faudrait tenter quelque chose avec lui et la veille elle avait transformé l'essai.

Je pris ma veste, mon sac à main et m'éclipsai. Hyde Park semblait m'attendre ! Je m'allongeais dans l'herbe et fixais le ciel changeant. J'étais bien, je n'entendais presque pas les bruits de circulation, j'aurais très bien pu me croire en rase campagne.

— Vous ici ? s'étonna une voix familière à côté de moi.

Je me relevai un peu et découvris avec plaisir mon Ecossais préféré ! Ah merde ! Si j'avais su j'aurais pris le temps de me maquiller ! Je dois avoir une tête épouvantable ! Je me demande même comment il a fait pour me reconnaître !

— Salut, dis-je plus qu'enthousiaste.

— Tu as la tête dans les nuages ? demanda-t-il en s'asseyant à côté de moi.

— Un peu. Je récupère d'hier soir, répondis-je en riant un peu.

— On a encore fait des folies ? s'enquit-il.

— Non, pas vraiment. Moins que Victoria, pouffai-je.

— La reine a fait quoi ????

J'éclatai de rire.

— Rien de mal. Et toi, tu fais quoi ?

— Je me promène un peu, j'avais besoin de prendre l'air. Et il fait plutôt beau aujourd'hui.

— Tu tournais en rond dans ton appartement ? plaisantai-je.

— Un peu, avoua-t-il.

— On peut continuer à explorer la ville si tu veux vraiment profiter du beau temps, proposai-je.

— Et si, on quittait Londres ?

— Pour aller où ? m'étonnai-je.

— Dans la campagne autour ou en bord de mer, ça te dirait ?

— A Southend on Sea ?

— Je ne sais pas du tout où c'est, mais par exemple !

— C'est à une bonne heure d'ici à l'Ouest, précisai-je.

— Il est encore tôt, non ? Ça te dirait ?

— Carrément ! C'est assez inattendu mais c'est une bonne idée, répondis-je en souriant.

Il se releva, me tendit une main.

— Allez viens, j'ai ma voiture garée pas loin.

Je le suivis avec entrain. Cinq minutes plus tard nous étions devant son appartement, il monta prendre ses clés de voiture et nous démarrâmes. Je paramétrais le GPS de sa jolie Volvo V40 et nous mîmes le cap sur Southern on Sea, station balnéaire située à l'estuaire de la Tamise.

Il avait une conduite agréable, je me sentais parfaitement en sécurité. Nous discutâmes plus que nous écoutâmes la radio. J'en appris un peu plus sur son enfance. Il avait grandi dans une grande maison aux abords d'Edimbourg. Il avait un frère plus jeune que lui, nommé Philip et une sœur qui venait d'avoir vingt-trois ans nommée Mary que j'avais déjà rencontrée. Philip travaillait à la Royal Bank of Scotland à Edimbourg et sa sœur faisait des études d'événementiel. Ses parents tenaient déjà leur entreprise d'événementiel et Mary devait reprendre l'affaire familiale. Ils semblaient être une famille unie, le grand-père maternel d'Ian vivait toujours avec eux. On lui avait aménagé un espace adapté à ses besoins car il avait un peu de mal à marcher.

Je lui en dis davantage sur ma famille qui vivait à Barnet à environ une heure au Nord de Londres. Je lui parlais de ma sœur, Scarlett et de mes parents qui travaillaient en tant qu'architectes à Edgware. Nous n'avions pas une grande maison mais un cottage très confortable en sortie de Barnet avec vue sur la campagne environnante. Il faudrait peut-être que j'aille leur rendre visite un week-end… La dernière fois que je les ai vus c'était pour Pâques !

Mon ventre se mit à gronder alors qu'il restait une grosse demi-heure de route. Ian l'entendit et me proposa une pause pour manger un bout.

> — Non, je peux tenir jusqu'à ce qu'on arrive, on mangera quelque chose au bord de la mer, répondis-je.

— Bonne idée ! J'espère que la plage ne sera pas trop bondée pour avoir un petit coin tranquille.

— Nous verrons bien !

Ce ne fut pas une mince affaire de trouver à se garer dans un endroit pas trop éloigné du bord de mer et du centre-ville. Nous tournâmes une bonne dizaine de minutes avant qu'une voiture ne daigne quitter son emplacement, nous laissant ainsi une opportunité !

Nous marchâmes tranquillement jusqu'au bord de mer où se suivaient de nombreux restaurants, boutiques et autres magasins...

Nous prîmes un sandwich dans une petite échoppe puis allâmes nous asseoir sur la longue jetée. Il y avait un peu de passage mais nous n'étions pas si mal. L'air marin nous faisait le plus grand bien. La pollution londonienne était loin, c'était un plaisir de respirer à pleins poumons.

Lorsque nous eûmes terminé de grignoter, nous fîmes retournâmes sur la plage.

— C'était vraiment une très bonne idée de quitter la ville ! On est vraiment bien ici ! dis-je à Ian.

— J'ai l'impression d'être en vacances ! Pas toi ?

— Si ! La reprise va être dure demain ! plaisantai-je.

— C'est sûr ! En plus, j'ai du bloc !

— Ah oui ? Tu as quoi comme interventions ?

— Une hystéro-résection et une ablation de kyste par cœlioscopie.

— Et moi qui pensais bêtement comprendre ton dialecte...

— Fallait pas demander ! plaisanta-t-il.

Il m'expliqua ensuite ce qu'était une hystéro-résection, une opération de l'utérus visant à retirer quelque chose qui n'avait rien à faire là, dans ce cas, c'était un fibrome qu'il fallait enlever. La cœlioscopie était une manière d'opérer sans passer par les voies naturelles mais sans non plus ouvrir la patiente en deux pour accéder au kyste. Voilà qui allait l'occuper une bonne partie de la matinée.

— Je penserai à toi lorsque je serai chez moi tranquillement...
— Tu travailles l'après-midi ? s'enquit-il.
— Oui, je commence qu'à 13h30. D'ailleurs, tu me diras vers quelle heure on va déjeuner. Je suppose que ça dépendra du bloc...
— Oui, normalement j'aurais terminé avant 12h30. Je te tiendrai au courant.

Nous marchâmes encore un bon moment avant de faire demi-tour et de retourner vers le centre-ville. Beaucoup de touristes arpentaient les rues de Southend on Sea, ralentissant notre promenade à certains endroits. La ville était agréable et attirait un bon nombre de retraités. Pourtant il y faisait plus frais qu'à Londres, mais l'air devait être relativement doux en hiver. Du moins, je supposais.

Nous nous éloignâmes de la ville en voiture pour faire un tour dans les environs. Il y avait un château en ruines qui surplombait la mer, la vue était magnifique. Je pris quelques photos avec mon téléphone portable.

— Tu veux qu'on reste pour voir le coucher de soleil ? me proposa Ian.
— Tu es sûr que ça ne nous fait pas rentrer trop tard ?
— On t'attend à la maison ?
— Pas vraiment, répondis-je.

— Alors raison de plus, dit-il en souriant.

Et puis je restais un peu plus avec lui. Je n'allais pas refuser ! Nous étions en train de descendre sur la plage lorsqu'il me prit la main. J'avais l'impression d'être adolescente et de découvrir les balbutiements d'une relation amoureuse. Cela faisait un peu bizarre et d'un côté c'était très agréable.

Nous nous assîmes dans le sable, fixant la mer qui allait et venait vers nous. Il faisait un peu frais, le soleil baissait doucement mais il nous restait quelques heures avant qu'il ne disparaisse pour de bon.

Ian passa son bras autour de moi, m'attirant vers lui. J'avais un peu moins froid et le rouge me montait aux joues. J'en ai marre de réagir comme une ado alors que j'ai vingt-sept ans !

— Il faudra qu'on remonte avant la nuit si on ne veut pas se casser la figure ! dis-je.
— Ne t'en fais pas. Et que dirais-tu de diner en regardant le soleil couchant ? J'ai repéré un petit restaurant sur la route... Je pense qu'on pourrait être bien !
— Ma foi... Tu es bien romantique aujourd'hui...
— C'est l'air marin, je crois. Tu trouves que j'en fais trop ? s'étonna-t-il.
— Pas du tout. C'est une belle entrée en matière. Toi qui voulais la jouer tranquille...
— Tout à fait. Peut-être que je te manquerai un peu plus après ça, plaisanta-t-il.
— Si c'est pour me malmener, autant faire un macdo !
— Tu trouves que je te malmène ?

89

— Juste un peu. Peut-être est-ce ainsi que vous draguez dans vos contrées…

— Ouh là non ! On hisse les *lassies*[5] sur nos chevaux et en avant pour les montagnes !

J'éclatai de rire.

— Ce doit être fort confortable ! Je vois bien la scène…

— Alors, laisse-moi t'emmener au restaurant, me dit-il avec une certaine douceur dans le regard.

— Très bien. Où tu veux… répondis-je en souriant.

Je me blottis un peu contre lui, il me serra un peu plus fort. Bon, ce soir je vais encore rentrer seule chez moi, mais tout ça est en très bonne voie. En plus, plus ça va et moins j'arrive à ne pas penser à lui… J'ignore où tout ça va nous mener mais pour l'instant je profite de l'instant présent, même si je réagis comme une adolescente. Maintenant, ça m'est complètement égal. J'espère seulement ne pas trop m'attacher pour rien.

Plus tard, nous remontâmes de la plage puis nous dirigeâmes vers la voiture. Il retrouva sans peine le restaurant qu'il avait repéré. Il avait une vue dégagée sur la mer et par chance il restait une table avec vue !

Nous nous installâmes, on nous apporta les menus. C'était une cuisine à la française et les plats qui arrivaient sur les tables voisines étaient magnifiquement présentés ! Je choisis le poisson du jour et sa farandole de légumes alors qu'Ian choisit un bœuf bourguignon revisité. Le soleil commença à tomber dans la mer lorsque nos plats arrivèrent. Nous

---

[5] Terme écossais pour « jeunes filles ».

contemplâmes ce spectacle en nous délectant des mets succulents. Tout était parfait.

C'était un vrai dîner en tête à tête, le cadre était somptueux, la cuisine délicieuse, Ian plus que charmant, je ne pouvais rêver mieux. Je fus un peu triste lorsque le charme se brisa au moment de retourner à la voiture. Je n'avais pas vraiment envie de retrouver ma vie à Londres loin de la quiétude de la mer. Heureusement que nous avions prévu de nous revoir le lendemain !

La route du retour me parut moins longue, je n'étais pas pressée d'arriver mais je dus me résigner lorsque nous arrivâmes près de Hyde Park. Il se gara juste devant chez moi.

> — Merci beaucoup pour cet après-midi, j'ai vraiment passé un chouette moment avec toi, lui dis-je.
> — Moi aussi. J'aurais aimé ne jamais rentrer...
> — Chiche un jour on ne rentre pas !
> — C'est la clinique qui va être contente ! plaisanta-t-il.
> — C'est sûr !

Je pris mon sac qui était à mes pieds et commençai à ouvrir la portière.

> — Attends ! fit-il.
> — Oui ?

Il s'approcha et m'embrassa. J'aurais pu rester là des heures, mourir d'asphyxie me semblait presque une mort agréable.

> — A demain, lui dis-je avant de sortir.

Je fermai la portière, le regardai partir puis rentrai. Quand je vais raconter ça à Victoria !!!

Chapitre 6

J'avais un peu la tête dans les nuages pour aller travailler cet après-midi. Nous avions déjeuné dans un pub à quelques rues de la clinique. Ses opérations avaient pris un peu de retard et nous avions dû manger rapidement. Cependant, le repas avait été agréable. Nous avions beaucoup discuté de tout et de rien, j'en apprenais plus sur lui au fur et à mesure. Je commençais réellement à m'attacher à lui, à ses mimiques, sa voix et son regard qui me faisait parfois frissonner. J'avais toujours envie d'en savoir plus. Était-ce dû à l'espèce de distance qu'il avait voulu instaurer pour nous permettre de nous connaître, ou bien parce que sa personnalité était telle qu'elle m'hypnotisait un peu ? Je n'avais plus vraiment l'impression d'être moi-même lorsque j'étais à ses côtés. Comme si mon esprit divaguait et que seul mon corps assurait le service.

Il m'avait embrassée après le restaurant, j'aurais aimé rester accrochée à lui. Mais nous avions tous deux du travail. Ses consultations reprenaient, en plus avec une échographie de premier trimestre qui prenait bien une demi-heure, donc impossible de gratter quelques minutes. Il était parti devant, je l'avais suivi à une bonne distance, prenant une autre rue pour arriver à la clinique. J'avais commencé mon service avec cinq minutes d'avance, la tête ailleurs. J'imprimais à peine ce que me disait Josy lors des transmissions.

Je profitais d'une accalmie pour aller me chercher un café, histoire d'être un peu plus réveillée. L'après-midi me sembla long jusqu'à 17 heures, puis l'activité reprit avant de connaître le calme en tout début de soirée.

Fred arriva pile à l'heure pour les transmissions, il y avait une commande de sang pour le service d'urologie, une autre en début de matinée pour le service de néphrologie... Je pliais bagage à l'heure, lui souhaitais une nuit pas trop chargée et rentrais chez moi.

Je fus étonnée de ne trouver personne à l'appartement. J'envoyai un message à Vic pour savoir ce qu'elle faisait, elle me répondit quelques minutes plus tard qu'elle était chez Luke. Je me préparais une grosse salade composée et allumais la télévision. Renouer avec la solitude me faisait bizarre, l'appartement semblait tellement vide. Je me couchais tôt. Je voulais me lever aux aurores pour aller courir à Hyde Park.

Le lendemain, je me levais vers 6 heures, m'habillais en vitesse et partais courir à Hyde Park. L'air était encore très frais, il y avait déjà un peu de circulation sur Baywater Road, je ne fus pas étonnée de rencontrer quelques coureurs dans le parc. Je fis mon parcours habituel après m'être un peu échauffée, je pris le soin de m'étirer après l'effort et rentrais en marche rapide à l'appartement. La douche fut bienvenue ! J'attachais mes cheveux encore mouillés en un chignon et allais me préparer un petit-déjeuner. Le café coulait pendant que je toastais mes muffins. Je cherchais du *cottage cheese* dans le réfrigérateur et me faisais des tartines. Je préparais ensuite une petite liste de courses car il n'y avait presque plus rien à manger. Cette matinée s'annonçait productive !

Je rentrais de mes emplettes vers 9h30 et profitais de ma motivation inhabituelle pour faire le ménage dans tout l'appartement. Je m'installais dans le canapé avec mon ordinateur le temps que les sols sèchent. J'eus envie d'attraper mon bloc de dessin. Je le saisis à bout de bras avec mes crayons. Bien sûr tout était bien rangé loin du canapé, ce qui m'obligea à faire une acrobatie pour éviter de poser un pied sur le carrelage encore humide !

Cela faisait longtemps que je n'avais pas dessiné. Je retrouvais mes portraits de Victoria, des croquis de paysage ou de natures mortes. J'avais un paysage en tête que je voulais dessiner, la vue depuis le restaurant où nous avions diné dimanche soir avec Ian.

Je laissais aller mon crayon sur le papier, l'odeur et le son du papier gratté me parurent si familiers et réconfortants... Je fermais les yeux un court instant pour me remémorer la mer, ses vagues et le coucher du soleil. Puis, ce fut lui que je vis. Je tournais la page et donnais libre court à mes souvenirs. Lorsque je relevais la tête, le travail terminé, un portrait assez fidèle d'Ian occupait la page. J'étais plutôt satisfaite de moi. Il était assez réussi, j'avais su capter l'éclat dans son regard. Bien évidemment, le modèle original était beaucoup plus beau ! Mais en attendant d'avoir une photo ou de le voir, l'ersatz d'Ian suffirait !

Le sol était sec, je pus reprendre mes activités. Je décidais de mettre une robe cet après-midi. J'en cherchais une qui correspondait à mon humeur du jour, j'allais démêler mes cheveux et les laissais sécher naturellement. Il fut rapidement l'heure de préparer le repas. J'optais encore pour une salade composée. J'adorais l'été pour ça ! Des salades avec des légumes frais de saison tous les jours ! Cela faisait la moyenne avec les menus d'hiver qui réconfortaient cœur mais rajoutaient une couche protectrice dont on n'avait pas vraiment besoin !

Je partis travailler de bonne humeur. Et il fallait bien ça car je travaillais avec Amber et son manque de motivation mais aussi d'enthousiasme perpétuel parvenait toujours à me faire déprimer !

Le soir en rentrant, j'appelais mes parents pour prendre de leurs nouvelles. Je leur proposais de passer les voir ce week-end. Par chance, ils n'avaient rien de prévu et étaient enchantés de me revoir. Je me retrouvais à nouveau seule ce soir, Vic étant encore chez Luke. Je passais ma soirée à dessiner. J'allais me coucher que lorsque mes doigts devinrent douloureux.

Le lendemain, je commençais tôt. Je savais que je travaillais avec Amanda à partir de 9 heures, donc je passais acheter quelques mignardises à la boulangerie. Parfois, ça nous prenait et nous apportions quelques cochonneries à grignoter à l'accueil. Cochonneries que j'allais éliminer au cours du jogging de l'après-midi. Je rangeai le sac en papier kraft dans le tiroir spécial et me mis au travail.

Quand elle arriva, elle fut plus qu'heureuse de trouver de quoi pallier le petit creux de 11 heures. Je vis passer Ian qui remontait sans doute du bloc pour aller voir quelques patients. Je le vis brièvement sourire alors qu'il marchait dans le hall. Cela suffit à me redonner la pêche !

Nous avions eu à faire à quelques visiteurs désagréables au ton condescendant et à l'impolitesse inouïe qui nous avait bien refroidies, Amanda et moi. J'avais failli m'emporter mais j'avais réussi à me cacher derrière un sourire complètement hypocrite et ils avaient fini par partir voir la personne hospitalisée.

Je ne fus pas fâchée de voir arriver Amber, pour changer. Je rentrais chez moi me changer avant d'aller éliminer les cookies et autres sucreries ingérées dans la matinée. Je fus surprise de retrouver Vic à l'appartement en fin d'après-midi.

Elle me raconta un peu ses aventures avec ce cher Luke qui semblait avoir volé son cœur, ou du moins son esprit pour quelques temps. J'étais heureuse de la voir ainsi, cela faisait longtemps qu'elle n'avait pas lâché prise avec un homme et elle semblait vraiment aller bien. En quelques jours, c'est fou comme les choses peuvent évoluer.

> — Et que dirais-tu d'une bonne bière ? Il fait assez chaud, non ? me demanda-t-elle en s'approchant du frigo.
> — Je n'aurais jamais l'indécence de laisser boire Sa Majesté seule !

Elle pouffa de rire et sortit deux bières du réfrigérateur. Nous nous installâmes dans le canapé, les pieds sur la table basse, profitant de la fraîcheur de la boisson.

> — Tu n'appréhendes pas trop de revoir tes parents ?
> — Pourquoi ? Tu as peur qu'ils fassent encore des louanges de ma sœur préférée ?
> — Entre autre...
> — Je sais déjà ce qui m'attend. Tu crois que je devrais ramener mon gynéco avec moi ? m'enquis-je en riant.
> — Peut-être ! pouffa-t-elle.

Je bus une gorgée de bière en imaginant mes parents rencontrer le magnifique docteur avec qui j'entretiens une relation naissante.

— Ils trouveraient moyen de me demander comment on s'est rencontrés, je ne me vois pas leur dire la vérité.

— Tu peux toujours que tu l'as rencontré au boulot, ce qui pourrait être tout à fait vrai, remarqua-t-elle.

— Il comprendrait, je pense, réfléchis-je à haute-voix.

— Mais je doute qu'il soit prêt à les voir dès ce week-end !

— Il est à peine prêt à m'embrasser... Je ne vais pas prendre le risque de lui faire peur après ma petite victoire dominicale, soulignai-je.

— Très juste !

On sonna à la porte. Vic fut plus rapide que moi pour aller ouvrir.

— Sa Majesté la reine, je suppose, dit une voix d'homme qui me fit m'étouffer avec ma bière.

— Certainement et à qui ai-je l'honneur ?

— Ian, Cassandra est-elle là ?

Je me repris, posai ma bière et m'avançai vers la porte d'entrée.

— Salut, dis-je en souriant.

— Je vous laisse, Cass n'oublie pas que ta bière peut vite se vider en ma présence, lâcha Vic avant de retourner dans le salon non sans m'avoir lancé un regard impressionné.

— Je ne vous dérange pas ? Je passais devant chez toi et...

— Ne t'en fais pas, entre, je t'en prie, l'invitai-je poliment.

Il fit quelques pas, je fermai la porte et nous passâmes au salon où je pus récupérer ma bière promise à une mort certaine.

— Tu veux boire quelque chose ? proposai-je.
— Non, merci. Je suis ravi de faire ta connaissance, Victoria. Cassandra m'a beaucoup parlé de toi, déclara Ian.
— Vraiment ? s'étonna-t-elle.
— Bah, pas dans les détails, la rassurai-je avant de finir ma bière.
— J'espère bien ! Cela dit, j'ai beaucoup entendu parler de toi de mon côté, répliqua-t-elle avec une once de malice.
— Maintenant, je crains pour ma vie, dit-il en riant.
— Tu peux.
— Et euh... Qu'est-ce qui t'amène ici ? demandai-je rapidement à Ian.
— Je voulais t'inviter à boire un verre, du moins un second, au bar.
— Ma foi, je ne saurai refuser telle proposition...
— Parfait. Tu es prête d'ici combien de temps ?
— Parce qu'il faut que je me change ? Tu m'emmènes où ?
— Non, tu es magnifique dans cette robe. Mais je ne voulais pas te prendre au dépourvu...
— Pas du tout, j'en ai pour trente secondes, dis-je avant de disparaître pour aller me remaquiller brièvement à la salle de bain.

J'attrapais ma veste et mon sac à main dans ma chambre puis le rejoignis. Je saluais Vic et suivis Ian.

Nous marchâmes près de cinq minutes en discutant un peu de nos journées respectives.

— Je ne veux pas te prendre au dépourvu, mais nous serons plusieurs au bar.

— Ah oui ? demandai-je en enterrant à tout jamais l'idée d'être seule avec lui.

— Oui, Clem et Glenn seront là.

— Attends... Tu veux dire, tes collègues ? Les médecins ? demandai-je un peu affolée.

— Oui.

— Tu m'étonnes que tu me prennes au dépourvu ! S'ils me reconnaissent... Je ne suis qu'hôtesse d'accueil... Et...

— Calme-toi Cassandra, dit-il en se mettant face à moi et en posant ses mains sur mes épaules.

— Tu parles d'un traquenard... sifflai-je entre mes dents.

— Tu es mon amie avant tout et ce n'est pas parce qu'ils sont médecins et toi secrétaire que tu dois te sentir inférieure.

— Hôtesse d'accueil, c'est encore en-dessous, précisai-je.

— Pas du tout. Et là, nous ne sommes plus collègues mais de simples personnes. Le contexte n'est pas le même. Tu n'aurais pas couché avec moi si je t'avais dit que j'étais médecin dans la même clinique que toi ?

— Bah... Je te retourne la question.

— Rien ne m'empêche de continuer à te fréquenter, même si tu te sens un peu inférieure à moi par rapport à ton poste. Ce qui est complètement nul, je trouve.

— Vous êtes les rock stars de la clinique...

— Mais ça ne fait pas de toi une groupie. Écoute, Glenn et Clem sont des gens normaux, comme toi et moi. Sois toi-même. Ne te sous-estime pas, m'encouragea-t-il.

— D'accord. Et nous sommes quoi ? Amis ? On ne s'embrasse pas assez pour être amants, mais un peu trop pour être amis.

— Hey Ian ! l'interpella un homme de l'autre côté de la rue.

— Sauvé par le gong, ronchonnai-je alors que l'homme s'approchait.

Le docteur O'Brian arriva à notre hauteur.

— Salut, ça fait longtemps que tu attends ? lui demanda Ian.

— Je viens d'arriver. Hé bien... Je ne t'imaginais pas en si bonne compagnie, dit O'Brian en me voyant.

— Glenn, je te présente Cassandra. Cassandra, Glenn...

— Ravi, dit-il en un sourire.

— Moi de même, répondis-je poliment.

Nous suivîmes Glenn dans le bar. Nous nous installâmes, Glenn lança Ian sur une salpingectomie à venir.

— Messieurs, nous ne sommes point ici pour parler chiffons, lançai-je avant de boire une gorgée.

— Tu as raison Cassandra. Nous aurons le temps d'en parler demain au café, remarqua Glenn.

— Pardon, Cassandra. On y passe tellement notre vie...

— D'ailleurs je suis de garde ce soir... Donc, je ne sais pas combien de temps je serai des vôtres... Qu'est-ce qu'elle fout Clem ?

— Elle doit être avec son neuro...

— Elle a conclu finalement avec Hanson ?

101

— Elle sort avec le docteur Hanson ? m'étonnai-je.
— On lui demandera, mais ça semblait bien parti. Pourquoi, tu le connais ? demanda Glenn.
— Juste de vue. C'est vrai qu'il est... bel homme, remarquai-je en fuyant le regard d'Ian.
— Mais il n'a pas autant de fans que notre très cher Ian... Tu sais que j'ai encore entendu des bruits de couloirs à ton sujet, vieux ? Cette petite infirmière... Daisy... Elle raconte partout que tu lui as fait un examen à la hauteur de ses espérances...

Je regardai Glenn, choquée. Ian avala une gorgée de son whisky.

— Mais voyons, une infirmière Ian... Une hôtesse d'accueil pendant que tu y es ! s'exclama Glenn.
— Je ne vois pas ce qu'il y a de mal, lançai-je piquée.
— Moi non plus, explique-nous ton point de vue Glenn, poursuivit Ian.
— Tu sais à quel point ça jase dans cette clinique. Si la direction apprenait que tu fricotais avec une subalterne de premier niveau, alors une subalterne de second niveau...
— Parce qu'une hôtesse d'accueil c'est en dessous d'infirmière ? Ce n'est pas parce qu'on ne fait pas d'actes médicaux qu'on est des moins que rien. Sans nous, vous n'êtes pas foutus de trouver un numéro ! On vous fait gagner un temps considérable comme vos pauvres secrétaires ! Je déteste cette arrogance que vous pouvez avoir, vous les médecins ! En plus, techniquement on n'est même pas sous vos « ordres » !
— Mais c'est quoi son problème ? lança Glenn à Ian qui avait déjà attrapé ma main.

— Salut les gars !

Nous nous tournâmes, Clementina Peshow venait d'apparaître tout sourire.

— Salut, répondirent-ils.
— Bonsoir, Cassandra, c'est ça ? demanda Clementina avec politesse et gentillesse.

J'étais impressionnée qu'elle sache mon nom. Pourtant je n'ai pas oublié d'enlever mon badge... Cela dit, cela aurait pu...

— Oui, bonsoir, répondis-je avec un sourire.
— Tu la connais ? s'étonna Glenn.
— Bien sûr, c'est une des hôtesses d'accueil de la clinique. Si je puis me permettre, vous êtes vraiment efficace et adorable. Certaines de vos collègues par contre...
— Merci beaucoup. Je ne fais que mon travail. Même si certains ont la faiblesse de croire à l'inutilité de celui-ci, répliquai-je en regardant Glenn avec un regard noir.
— Glenn a dénigré le boulot des infirmières et des hôtesses d'accueil, lui expliqua Ian.
— J'ignorai qu'elle bossait à la clinique ! se défendit Glenn.
— Veuillez excuser Glenn, il est un peu de l'ancienne école. Malgré son jeune âge. Tous les médecins ne partagent pas la même opinion. Je suis ravie de vous voir en dehors du travail, cela dit.

Je lui souris. Elle commanda une bière. Ian me caressa doucement la main avant de la reposer sur son genou.

— Alors et Hanson ? s'enquit Glenn.

— C'est mort, il sort avec la radiologue...

— O'Connor ? s'étonna Glenn.

— Ouais, fit-elle avant de boire une gorgée de bière.

— Et la cardiologue, dis-je en baissant la tête.

— Ah bon ?

— Oui, ma collègue les a vus ensemble sur le parking, expliquai-je.

— Intéressant... Quels sont les autres ragots à l'accueil ? demanda Glenn.

— Secret professionnel.

— Tu viens de balancer Hanson, dit Ian.

— Pour le bien du docteur Peshow, me défendis-je.

— Tu peux m'appeler Clementina, dit-elle.

— Très bien.

— Ah ouais, donc tu mets ça sur le compte de la solidarité féminine... Mais on est gynécos, ça ne compte pas ? lança Glenn.

— Non, répondis-je simplement.

J'entendis Ian rire un peu. Je bus une bonne rasade de bière. Heureusement, nous finîmes par changer de sujet. J'appréciais vraiment Clementina, elle était très gentille et très intéressante. Elle me raconta un peu ses voyages à travers l'Asie. Elle avait le cœur sur la main, s'impliquait véritablement dans ses voyages humanitaires. Je ne fus pas étonnée d'apprendre qu'elle était végétarienne, sans jugement aucun de ma part. Elle adorait les animaux, elle me montra même ses deux chiens. A côté de ça, j'exécrais Glenn. Au début il m'avait semblé sympathique, mais il était vite descendu dans mon estime. Pédant, arrogant, voire macho, à des années lumières d'Ian. J'aurais pris un malin plaisir à lui coller des baffes à longueur de journée.

Par chance, il fut appelé vers 20 heures pour une urgence, nous étions en train de manger un bout. Clementina ne tarda pas non plus à partir, exténuée de sa garde précédente. Nous finîmes donc de dîner avec Ian.

— Tu risques quelque chose si la direction apprend qu'on se fréquente ? lui demandai-je alors qu'on sortait du bar.

— Moi non, mais toi oui. Tu risques sans doute ta place.

— C'est complètement débile ! Nous ne sommes pas à l'armée ! Ce n'est qu'une clinique !

— Je suis d'accord avec toi, c'est totalement absurde. Seulement la direction ne semble pas être logique, remarqua-t-il.

— Quand je pense que le directeur voit une des filles de la facturation... Bizarrement ça ne gêne personne...

— Je ne voudrais pas que tu risques ta place, me dit sérieusement Ian.

— Rien ne prouve que nous sommes ensemble. Nous ne l'avons pas clairement dit à tes collègues.

— C'est vrai mais...

— S'il y a des rumeurs, tu sauras très bien t'en débrouiller et moi aussi. Il suffit d'être prudent, fis-je.

Nous marchions en direction de mon appartement. J'espérais seulement avoir raison et que Glenn ne lancerait pas une rumeur suite à cette soirée au bar. Con comme il est, on n'est à l'abri de rien.

— Tu es sûre de toi ?

— Oui, au pire je perds mon boulot et alors ? Le monde ne va pas s'arrêter de tourner, tout le monde perd son travail.

— Oui mais...

Je lui attrapais la main et le regardais intensément.

— On sera prudents.

Il se pencha pour m'embrasser et tout me sembla lointain. Nous marchâmes main dans la main. Je voyais déjà ma rue apparaître petit à petit. Je n'avais pas envie de retrouver mon lit, vide. J'étais trop bien en sa compagnie pour retrouver ma routine.

— M'offrirais-tu l'hospitalité pour cette nuit ? demandai-je à tout hasard.

— Tu as été assez sage ?

— Victoria fait sûrement les 400 coups à l'appartement avec son nouveau copain, je n'aimerai pas arriver comme un cheveu sur la soupe...

— Je vois. Dans ce cas, c'est d'accord, répondit-il en souriant.

Ce fait pouvait tout à fait s'avérer et je n'avais pas du tout envie de voir ça. Cinq minutes plus tard, j'étais dans son salon en train d'apprécier un verre de bon whisky.

J'étais assise tout près de lui, enivrée par son parfum à l'écouter me conter fleurette. J'étais bien et c'était tout ce qui m'importait à ce moment.

Je reposai mon verre vide sur sa table basse et me blottis contre lui. Il me caressait doucement les cheveux, j'avais l'impression qu'il faisait ça par automatisme, comme s'il dormait debout.

106

— Tu t'endors ? demandai-je.

— Un peu, excuse-moi... dit-il en se relevant un peu.

— Tu veux... Que je parte ?

— Non, répondit-il en m'embrassant doucement.

Il se leva, je fis de même, prenant au passage nos verres pour les poser dans l'évier. Je le vis partir dans sa chambre, je le rejoignis.

Il était clairement fatigué. Il se déshabilla à la vitesse de la lumière, le spectacle fut de très courte durée et je n'espérais même plus une seconde nuit torride dans ses draps.

J'ôtais ma robe gracieusement sans la jeter en boule sur le fauteuil et prenais place dans le lit.

— Je suis désolé, je suis beaucoup trop fatigué pour te respecter ce soir, me dit-il avant de m'embrasser.

— Tu veux dire, ne pas me respecter ?

— Je ne sais même plus comment on dit. Écoute, tu sais à quel point je te trouve magnifique et désirable mais cette nuit...

— Je sais très bien dormir et tu sembles avoir eu une rude journée, le coupai-je avant de l'embrasser et de me blottir contre lui.

— Je saurais me rattraper, merci pour ta compréhension.

J'étais un peu déçue. Les souvenirs de notre première nuit étaient encore ancrés dans mon esprit et je ne pouvais m'empêcher d'y repenser alors que j'entendais sa respiration ralentir. Il s'endormait et je ne parvenais pas à trouver le sommeil. J'improvisais des exercices de relaxation pour sombrer plus rapidement. Mais la simple idée de me trouver à côté de lui venait ruiner tous mes efforts. Je finis par me lever discrètement pour aller dans le salon. J'ouvris la fenêtre pour me changer les idées, regardant Hyde Park et le peu de passants nocturnes. Je sentis une opportunité de fermer l'œil et retournais me coucher un bon moment plus tard. Je recouvris Ian avec la légère couette et m'allongeai à ses côtés.

Ce fut la sonnerie de mon réveil qui mit un terme à ma nuit. Il me fallut un petit moment pour comprendre que je n'étais pas dans ma chambre. Je m'habillais rapidement et me dirigeais vers la cuisine. Ian était déjà habillé, parfumé et prêt à partir.

— Coucou, toi, dit-il en s'approchant pour m'embrasser.
— Tu vas déjà bosser ?
— Oui, mais tu peux rester si tu veux, répondit-il en prenant sa veste.
— Non, je vais passer chez moi pour me préparer avant le travail...
— D'accord.

Nous quittâmes l'appartement, il m'embrassa avant de partir en direction de la clinique. Je rentrais chez moi pour boire un énorme café, histoire de me réveiller complètement. Une fois douchée et tout à fait alerte, je vérifiais la météo pour savoir comment m'habiller. Malheureusement, il allait pleuvoir et la robe d'été n'était pas conseillée. Je filais travailler, prête à affronter tous les microbes à venir !

J'étais en train de préparer du courrier à envoyer, lorsque quelqu'un se pencha au dessus de la banque de l'accueil, me faisant de l'ombre par la même occasion. J'entendais Amber, très occupée au téléphone avec un patient vraisemblablement très bavard.

— Cassandra…

Je relevai la tête, étonnée qu'on m'appelle par mon prénom, surtout que je ne reconnaissais pas vraiment la voix de mon interlocuteur masculin.

— Oui, bonjour, fis-je en voyant Glenn.
— Tu vas bien ? s'enquit-il très poliment.
— Oui et toi ? Tu n'es toujours pas rentré chez toi ? m'étonnai-je en voyant qu'il était déjà 10 heures et les traits tirés de mon interlocuteur.
— Hé non, on a eu une réunion exceptionnelle, mais Clem va prendre le relais en attendant que je sois d'attaque pour rattaquer ma nouvelle garde.
— Deux gardes de suite, ça doit être éprouvant. En quoi puis-je t'aider ?
— Je tenais à m'excuser pour hier. Je n'ai pas été correct envers toi et je le regrette.

Est-ce bien le lieu et l'endroit pour me présenter tes excuses, avec Amber qui a toujours une oreille qui traine ?

— C'est vrai. J'accepte tes excuses, répondis-je.

Il posa un petit bouquet de fleurs sur le comptoir. Je crois qu'il vit dans mon regard à quel point il était dénué d'intelligence de faire une pareille chose. Il ne répondit que par un sourire. Amber avait raccroché et s'apprêtait à dire un truc. Je le sentais !

— Oh… Euh… Merci beaucoup, mais il ne fallait pas…
— Hé ben ! Tu en reçois beaucoup des fleurs toi ! lança Amber presque jalouse.

109

— C'est parce que je fais bien mon travail, répondis-je sans réfléchir.

— Tout à fait, renchérit Glenn en souriant.

— Merci, mais vraiment il ne fallait pas, répétai-je.

— Ce n'est pas grand-chose, mais j'espère repartir sur de meilleures bases avec toi...

— Assurément... Elles sont très jolies, dis-je en prenant le bouquet pour le mettre à l'abri des regards.

— Ravi qu'elles te plaisent. Bien... Passe une bonne journée, à bientôt.

— Toi aussi, merci.

Il tourna les talons et se dirigea vers la porte principale. Je devais être rouge pivoine. Je sentais Amber bouillonner à côté de moi. Je repris mon travail sérieusement.

— Hé ben... Tu leur fais quoi aux médecins ?

— Rien du tout, répondis-je.

— Vous avez l'air de bien vous connaître... Tu l'as vu en dehors du boulot ? s'enquit-elle.

— On a un ami commun. Je ne vois pas en quoi ça te regarde, par contre.

— Ouh ! J'ai touché la corde sensible ! Tu sors avec ?

— Tu aimerais bien... Mais non.

— C'était clairement une invitation à autre chose, fit-elle en se penchant pour mieux voir les fleurs.

— Il me présentait des excuses, c'est tout.

— Tu savais qu'il s'était tapé une nana à la compta ?

— Non et je m'en fiche. Et comment tu sais tout ça ? m'étonnai-je.

— J'ai l'œil.

— Et les oreilles, sifflai-je.

— Putain ! J'en reviens pas ! Il veut sortir avec toi !

110

— Arrête tes conneries et réponds au téléphone. Il ne veut pas sortir avec l'hôtesse d'accueil, c'est beaucoup trop en deçà de ses standards...
— On verra... Accueil, bonjour ?

Ah ! Enfin la paix ! Par contre, pas sûr qu'elle tienne sa langue. Je sens que ma réputation va être faite à la vitesse de la lumière !

J'essayais de ne plus y penser et me concentrais sur mes tâches répétitives. Ce fut un soulagement de pouvoir rentrer chez moi après cette longue journée. J'enfilais ma tenue de sport et allais courir sur Hyde Park pour me défouler un peu. Je rentrais une bonne heure plus tard, découvrant l'appart aussi vide qu'à mon retour du travail. Je pris une douche et attrapais mon carnet de croquis.

On sonna à la porte peu avant 19 heures. Peut-être que Victoria avait oublié ses clés ou que c'était notre voisin qui venait demander je ne sais quoi... Bref, je n'attendais personne.

Lorsque j'ouvris, j'eus l'agréable surprise de trouver Ian.

— Salut, je ne te dérange pas ? me demanda-t-il avant de m'embrasser.
— Jamais.
— Tu es seule ? s'enquit-il avec un certain éclat dans son regard.
— Euh oui, Vic doit être avec son Jules... Pourquoi ?
— Alors, je peux te kidnapper ce soir ?
— Encore ? Où allons-nous cette fois-ci ?
— Chez moi.
— Ah, tu ne perds pas de temps, pouffai-je.

111

Il rit. Je me surpris à le trouver encore plus séduisant.

— Tu es d'accord ? me demanda-t-il.
— Oui, je prends ma veste et j'arrive, répondis-je.

J'attrapai mon vêtement sur la patère ainsi que mon sac à main puis le suivis. En effet, nous allâmes chez lui. Je fus étonnée de voir que la table était dressée et une délicieuse odeur s'échappait du four.

— Je voulais t'inviter à dîner mais pas te partager...
— Hé bien... C'est un choix judicieux de m'inviter chez toi, alors. Tu mets les petits plats dans les grands...
— Je tiens à toi, je veux faire ça bien, répondit-il humblement.

J'avais des papillons dans le ventre. Il semblait vraiment vouloir cette relation avec moi. Il me faisait la cour alors que ce n'était plus nécessaire. Du moins, je le pensais. Je l'embrassais longuement, blottie dans ses bras réconfortants. L'alarme du four mit fin à notre étreinte, nous passâmes à table.

Je le dévorais des yeux et je savais qu'il en faisait de même. Seulement, il le faisait beaucoup plus discrètement que moi. Je buvais ses paroles, oubliant mon verre de vin. Le repas était très réussi mais mon attention était ailleurs. Je ressentis une espèce de soulagement lorsqu'arriva le dessert. Je me demandais quand même quand il avait eu le temps de préparer tout ça. Si en plus d'être charmant, c'est un parfait cordon bleu, j'ai trouvé un très bon parti !

Je l'aidais à tout ranger, la soirée n'était pas finie et je ne voulais pas qu'elle se déroule uniquement dans la cuisine.

Nous nous assîmes dans le canapé après avoir tout nettoyé. Je le complimentais et le remerciais pour ce repas.

— Maintenant que tu m'as impressionnée par tes talents culinaires, comment souhaites-tu poursuivre la soirée ? demandai-je d'une voix suave.
— Hé bien... dit-il en me caressant doucement le cou.

Il m'embrassa d'abord délicatement puis plus fermement. Il se pencha davantage sur moi, je me retrouvai complètement allongée sur son canapé, noyée sous ses baisers. Voilà qui commençait bien. Sa chemise qui n'attendait que moi pour être déboutonnée, ne tarda pas à terminer sur la table basse. Sentir sa peau douce et particulièrement chaude sous mes doigts était un véritable plaisir. Il sentait bon et continuait ses caresses, pleinement conscient de mes frissons. D'une main il dégrafa mon soutien-gorge, me libérant de ce carcan qui me comprimait un peu. Il s'arrêta de m'embrasser un moment et me regarda. Je devais être belle, tiens ! Les cheveux ébouriffés, le rouge à lèvres plus ou moins bien étalé sur mes lèvres, le soutien-gorge de travers... Il me sourit puis se leva. Je le regardai, surprise. Soudain, je n'étais plus du tout allongée sur le canapé mais dans ses bras.

— Le canapé n'est pas l'endroit le plus confortable, me dit-il simplement alors que nous allions dans sa chambre.

Il me posa sur le lit. Il semblait beaucoup plus à l'aise ! Ses caresses reprirent et j'avais l'impression de le découvrir à nouveau. J'admirais chaque centimètre carré de son corps, profitant pleinement de la vue. Il était si beau, parfait à mes yeux. Du bout de mes doigts je suivais la courbe de ses muscles, discrets mais présents.

Je finis par lâcher prise, basculant avec lui dans la nuit. Je m'endormis étonnement plus rapidement que la veille, confortablement blottie dans ses bras.

Chapitre 7

— Cassie…

J'ouvris un œil, Ian était penché vers moi. Une délicieuse odeur de café arriva à mes narines. J'ouvris un autre œil et me relevai.

— Salut, dis-je, la tête dans le pâté.
— Bien dormi ?
— Pas assez, je crois. Quelle heure est-il ?
— 6 h 30. Désolé de te tirer du lit, je voulais passer un peu de temps avec toi avant d'aller travailler…

Je me levai et m'étirai, puis je me souvins que mes vêtements gisaient un peu partout dans son appartement. Visiblement, je n'ai rien appris de la dernière fois…

— Mets ça, si tu ne veux pas attraper froid ! me dit-il en me lançant une robe de chambre en polaire.
— Merci.

J'enfilais sa robe de chambre, retrouvant mes vêtements au sol.

— Viens déjeuner, tu retrouveras tes petits après, plaisanta-t-il.

Je posai mon tas de fringues sur le lit et le suivis dans la cuisine. Il y avait un mug fumant de café, des toasts grillés, de la marmelade, un paquet de flocons d'avoine. Je m'assis et bus une gorgée de café.

— Tu as déjà déjeuné ? demandai-je.
— Oui, répondit-il en s'asseyant devant moi.

— J'ai vu que tu étais de garde ce week-end, dis-je en trempant un toast beurré dans mon café.

— Oui, j'espère qu'il n'y aura pas trop d'urgences. On a quelques grossesses à risques...

— Je ne sais pas ce qui serait le pire pour moi... Être de garde en gynéco ou aller voir mes parents...

— Tu n'as aucune connaissance en gynécologie...

— Je sais, mais je suis sûre que ça se passerait mieux, dis-je en éclatant de rire.

— Cela se passe si mal avec tes parents ? s'étonna-t-il.

— C'est juste que j'ai l'impression de ne jamais être à la hauteur. Je n'ai pas le sentiment d'avoir raté ma vie, mais on dirait que ce que j'en fais n'est jamais assez bien. J'ai fait des études d'art et je me retrouve hôtesse d'accueil. A côté de ça, tu as ma magnifique sœur Scarlett, psychologue pour les jeunes, qui s'en sort super bien...

— On te compare souvent à elle ?

— Un peu trop. Je ne suis pas du tout jalouse, mais je n'ai plus l'impression d'exister...

— Tu leur en as déjà parlé ?

— Oui, mais rien ne change. J'ai toujours cette sensation d'être la fille qui n'a pas « réussi ». Bientôt la trentaine, pas d'emploi fixe, pas de mari, pas d'enfant...L'horloge tourne comme dit l'autre...

— Et ne pas avoir ta propre famille, ça t'angoisse ?

— Tout vient à point à qui sait attendre. Ce n'est pas en m'angoissant que je vais avoir mon petit cottage avec ce qui va avec !

— Si je n'avais pas été de garde, je serais venu en soutien, me dit-il sincèrement.

— Je peux leur dire que je suis en couple ? demandai-je prudemment.

— Tu as intérêt ! Dis leur bien que je suis docteur, rajouta-t-il avec le sourire.

— Seulement s'ils me le demandent, je n'aime pas trop me vanter... Le plus beau docteur de toute l'Ecosse !

— Si tu préfères !

J'éclatai de rire. Il se pencha pour m'embrasser.

— Je sais que c'est un peu prématuré de parler famille, si tôt dans notre relation... avouai-je.

— Ne t'en fais pas. On a chacun nos aspirations. Moi aussi j'aimerai une épouse et des enfants avant ma quarantaine, vu que j'ai déjà atteint la trentaine... Et il faudrait qu'elle soit plus jeune... Rien que pour me supporter...

Je ris.

— J'ai de la chance que tu n'aies pas trouvé tout ça dans ton pays avant d'arriver ici, déclarai-je avant de l'embrasser.

— Tu es encore assez jeune, tu pourrais même faire l'affaire ! plaisanta-t-il.

— Pour te supporter ? J'en doute !

Je lui fis un clin d'œil et bus ce qu'il me restait de café. Je débarrassais mes affaires et nettoyais ma tasse dans l'évier lorsque deux mains se posèrent sur mes hanches. Je m'essuyais les mains dans le torchon. Je sentis Ian dénouer le nœud de la robe de chambre, elle ne tarda pas à glisser par terre.

— N'est-ce pas un peu présomptueux de votre part, très cher ? Je ne suis peut-être pas d'humeur, dis-je en me retournant.

117

— Je tente, on ne sait jamais...

— Tu es sûr que nous avons le temps ?

— On va le prendre, répondit-il avant de me prendre dans ses bras.

Ce type me rend dingue. Heureusement qu'il m'a réveillée tôt, j'arriverai à l'heure au travail même en prenant mon temps. Mais s'il veut être à la clinique à 8 h, il vaut mieux qu'il ne perde pas de temps.

Ian m'embrassa sur le front alors que je reprenais mes esprits. Il disparut vite dans la salle de bain. Je retrouvais mes vêtements et m'habillais rapidement. Je me recoiffais en vitesse et allais dans la salle de bain. Ian sortait à peine de la douche.

— J'y vais, lui dis-je.

— On essaie de manger ensemble ce midi ? me demanda-t-il en attrapant la serviette que je lui tendis.

— D'accord, passe-moi un coup de fil au standard, je travaille avec Amanda ce matin.

— Je trouverai bien une excuse... A tout à l'heure, fit-il avant de m'embrasser.

Je lui souris et m'éclipsais. Je rentrais prendre, moi aussi, une bonne douche. Je me souvins que je n'avais pas du tout préparé mes affaires pour aller chez mes parents. Je ne partais que demain, mais j'aimais bien ne pas m'y prendre à la dernière minute. Je trouvais une jolie robe cintrée dans mon armoire, me maquillais rapidement et partais travailler.

J'avais hâte de le revoir à la pause-déjeuner. Il était déjà trop tard, je sentais que je m'étais déjà un peu trop attachée à lui. Il semblait beaucoup mieux que tous les hommes que j'avais pu fréquenter avant lui. Il était stable, doux, respectueux, magnifique... Bon d'accord, ce n'est pas un vrai critère de comparaison. Ils n'étaient pas moches. Mais... Ian a ce petit quelque chose en plus. Puis, il est attentionné... Il aura réussi à me rendre accroc en quelques mois à peine... Je ne le connais encore très peu et me voilà dans cet état...

Autant vivre ces moments à fond, s'il me brise le cœur plus tard, au moins je garderai ces bons souvenirs. Cela me réchauffera les longues nuits d'hiver.

Lorsque je le vis passer dans le hall, mon cœur fit un bond dans ma cage thoracique. Comme s'il avait loupé la marche. Je sentis mes joues rougir.

— Alors, c'est vrai ce qu'on dit sur le Docteur O' Brian et toi ?
— Pardon ?
— Il t'a offert des fleurs, c'est Amber qui le dit à tout le monde.
— Certes. Il avait des excuses à me présenter.
— Et là, il passe et tu rougis... Il s'est passé quelque chose depuis hier ? demanda Amanda curieuse.
— Euh non, non. Je ne sors pas avec O'Brian, dis-je simplement.
— Tu devrais peut-être le dire à Amber, elle en a déjà fait un article dans la gazette de la clinique.
— Tu déconnes ? Elle existe vraiment cette gazette ?
— Non, mais tu passes pour une charmeuse de médecins...
— Génial. J'avais vraiment besoin de ça. Tu imagines si ça remonte à la direction ? Je pourrais perdre mon poste à cause de rumeurs infondées ! m'exclamai-je.
— Tout le monde sait qu'Amber est la reine des ragots, personne n'en tiendra compte...

119

— Non mais j'aurais l'air con si Glenn... O'Brian se ramène et me demande des explications...
— Tu n'auras pas l'air con trop longtemps, il l'a cherché, il t'a offert des fleurs.
— Pas faux.

J'espérais que cette histoire soit vite oubliée. Je n'avais pas besoin d'attirer l'attention. Amanda ne semblait pas trop y croire, mais ma réaction d'adolescente au passage d'Ian n'avait pas joué en ma faveur.

Nous ne reçûmes aucun appel de sa part. Je décidais de tenter ma chance en allant à son cabinet à ma pause. Peut-être allais-je le croiser ou voir un collègue... Je marchais avec assurance jusqu'à son cabinet, frappais trois fois à la porte et entrais. Le bureau de la secrétaire était vide. Les bureaux des gynécologues étaient fermés. Je frappais à celui d'Ian.

— Un instant, s'il vous plait, l'entendis-je dire du fin fond de son bureau.

Je patientais un peu. Je blêmis lorsque je vis Amber sortir de son bureau. Elle ne s'attendait pas non plus à me voir ici, au vu de sa réaction.

— Si tu cherches O'Brian, il est parti manger, me dit-elle avec sa voix de crécelle.
— Bon à savoir mais je cherchais sa collègue, répondis-je poliment.
— Ah... Merci Docteur Stewart...
— Bonne journée.

Elle quitta le cabinet, visiblement plus légère. J'étais contente de la voir partir.

— Je suis désolé, j'ai oublié de t'appeler ! C'est quoi cette histoire avec Glenn ? me demanda-t-il après m'avoir embrassée.

— Il m'a offert des fleurs pour se faire pardonner son comportement de goujat. Sauf qu'il l'a fait à l'accueil et devant Amber... Donc, le bruit court que je me tape ton collègue...

— Hé bien... Tu ne perds pas de temps...

— On dirait. Et elle te voulait quoi, Amber ? m'enquis-je.

— Une consultation pour un truc... Tu as combien de temps de pause ?

— Une petite heure, répondis-je.

— Alors, on se dépêche, fit-il avant de m'embrasser.

Il ôta sa blouse et la posa sur son bureau avant de refermer la porte. Nous quittâmes la clinique par deux portes différentes pour nous retrouver un peu plus loin dans la rue. En fait, nous allâmes chez Ian, il y avait des restes de la veille. C'était amplement suffisant.

Son téléphone sonna, il devait filer en urgence à la clinique. Il me laissa ses clés et me dit de rester aussi longtemps que je le voulais. Il m'embrassa et partit en courant.

Je finis tranquillement de manger, je lui mis quelques bricoles dans une boîte hermétique pour qu'il puisse manger quand même entre deux consultations ou interventions. Je partis ensuite au travail, passant au cabinet juste avant de reprendre mon poste.

Par chance Clementina était là, je lui confiais le sac et retournais travailler. Quelle joie de retrouver Amber pour terminer cette journée... Bien sûr, elle en rajouta une couche sur ma prétendue relation avec Glenn... Je gardais mon calme, ce qui relevait du miracle.

Encore une fois, je fus ravie de rentrer chez moi. Je fus prise d'un coup de fatigue et m'effondrai sur mon lit. Je me réveillai une heure plus tard, avec la sensation d'avoir dormi trois cents ans. J'allais dans la cuisine pour me servir un grand verre d'eau lorsque j'entendis mon téléphone sonner. Je l'attrapais au fond de mon sac et décrochais.

— Allô ?
— Cassie, c'est Ian. Tu fais quoi ?
— Pas grand-chose, pourquoi ?
— Tu veux venir ce soir ? me demanda-t-il.
— A la clinique ? Euh...
— Non, chez moi. Je finis mon tour d'ici une petite heure, il est possible que je reparte cette nuit, mais ça nous permettra de nous voir un peu...
— D'accord, écris-moi quand tu sors de la clinique, proposai-je.
— Parfait. A tout à l'heure.

Je raccrochai. Je terminais de préparer mes affaires pour aller chez mes parents sans oublier un change pour chez Ian. J'allais prendre une douche, histoire de mieux me réveiller de cette sieste inopinée. Je m'occupais un peu en attendant de recevoir son message. J'avais hâte de passer du temps avec lui. Je n'arrivais pas à me concentrer assez pour dessiner, je décidais d'allumer la télé et de regarder quelques clips musicaux.

Je mis moins de cinq minutes pour arriver chez lui, nous arrivâmes en même temps. Il m'embrassa longuement puis nous montâmes chez lui. Il me servit une bière et se prit une limonade bien fraîche. Nous discutâmes un peu de nos journées, blottis l'un contre l'autre dans le canapé. Je lui proposais de préparer le repas cette fois-ci. J'improvisais une salade composée avec ce qu'il avait dans les placards et dans le réfrigérateur. Nous dînâmes tranquillement, en parlant de tout et de rien. Il avait son téléphone professionnel à portée de main et pour l'instant les sages-femmes et infirmières de nuit n'avaient pas besoin de lui. Je l'aidais à se détendre un peu en lui massant les épaules. Il avait déjà eu une grosse journée de consultations et il hésitait toujours à dormir lorsqu'il était de garde.

Vers 22 heures la situation n'avait toujours pas changé, nous décidâmes d'aller nous coucher. Le portable toujours à proximité, des affaires prêtes pour partir à la clinique en urgence, tout était en ordre. Je m'endormis rapidement dans les bras d'Ian, en dépit de ma petite sieste.

Son téléphone sonna en plein milieu de la nuit, il m'embrassa rapidement, s'habilla en vitesse et déguerpit. Je me rendormis presque aussitôt. Je ne l'entendis pas rentrer quelques heures plus tard.

Il fut l'heure de me lever et de me préparer pour partir mes parents. Je ne le réveillai pas et fis le plus silencieusement possible. Je lui laissai un petit mot sur le réfrigérateur avant de m'éclipser.

Je marchais jusqu'au métro pour aller prendre le train à la gare de Paddington. J'en avais pour une petite heure. J'avais l'intention d'acheter un bouquet de fleurs et un truc pour mon père une fois arrivée à Barnet. Ensuite, je sauterai dans un taxi.

Le trajet me parut à la fois interminable et à la fois trop court. J'appréhendais toujours le moment des retrouvailles avec mes parents. J'avais toujours la sensation qu'ils faisaient bonne figure et qu'une fois tranquilles, ils parlaient dans mon dos. En plus de me faire part de leurs impressions désagréables... Je pensais beaucoup à Ian pendant le voyage, je l'imaginais au bloc en train de donner des directives aux infirmières. Comme dans un épisode d'Urgences ou de Docteur House, les mains dans les boyaux ou pratiquant une césarienne en urgence... Rien de bien ragoûtant, je le conçois. J'étais sûre qu'il avait l'air très séduisant malgré la tenue stérile, ses magnifiques yeux dépassant du masque en papier sous une charlotte bariolée... Je pense que ça me monte un peu trop à la tête. Si je me mets à fantasmer sur des tenues médicales, on n'a pas fini !

Je me refis une beauté avant d'attraper mon sac et de descendre du train. Je filais à la boutique pour acheter un bouquet et une bouteille de vin avant de monter dans le taxi. Encore un peu de répit...

La circulation n'était pas des meilleures pour un samedi à Barnet. Il devait y avoir un événement au centre-ville... J'arrivai pourtant à destination et sonnai. Des pas ne tardèrent pas à se faire entendre puis, la porte s'ouvrit sur mon père.

— Cassandra ! Quelle joie de te revoir ! Tu as fait bon voyage ? me dit-il après m'avoir enlacée.
— Oui, oui. Malgré un peu de monde sur la route...
— Ah ne m'en parle pas ! Ils font des travaux, c'est une vraie galère ! s'exclama-t-il.

Il me fit entrer. Je lui donnais mes présents alors que ma mère sortait de la cuisine, affublée de son éternel tablier rayé. Elle m'enlaça, me posa la même question que mon père et me remercia pour les fleurs.

Je m'éclipsai pour monter mon sac qui commençait à peser sur mon épaule. Mon ancienne chambre n'avait plus rien à voir avec celle qu'elle était dans ma jeunesse. A chaque fois, j'avais un petit pincement au cœur. Ils l'avaient repeinte en gris et blanc, équipée de meubles modernes sûrement achetés à Ikea. Elle avait davantage les allures d'une chambre d'ami. Ma mère avait laissé quelques affaires de toilette à disposition, sur le lit. Je posai mon sac dans un coin et redescendis rapidement. Mon père avait préparé l'apéritif dans le salon. Quelques bières, du whisky qu'Ian aurait qualifié de piquette, quelques amuse-gueules faits-maison... Ma mère avait posé son tablier et m'invita à m'assoir sur le sofa.

— Ton père arrive, il s'occupe des grillades, me dit-elle en prenant place en face de moi.

Rien n'avait changé dans ce salon. Toujours les mêmes photos de famille, les copies des diplômes de Scar, les miens... Un magnifique bouquet de tournesol trônait sur la cheminée, apportant un peu de chaleur et de soleil à cette pièce aux couleurs froides. Depuis que mes parents regardaient des émissions de décoration intérieure, ils avaient repeint chacune des pièces dans des tons sobres et froids. On aurait pu se croire dans un magazine déco, seuls quelques bibelots venaient personnaliser un peu la maison. Il ne s'agissait pas d'attrape-poussière mais surtout de photographies ou de documents encadrés, comme dans le salon. Je trouvais que ça manquait de vie. Certes, la maison était impeccable, mais elle manquait de cachet. Peut-être

125

était-ce parce qu'elle n'était habitée que par des adultes et que mon âme d'enfant vagabondait dans ce monde d'adultes sans trouver un point d'ancrage rassurant. Je n'allais pas m'auto-analyser, ma sœur faisait ça très bien.

J'attrapais une bière et commençais à en verser dans une chope. Mon père arriva enfin, marquant le début de l'apéritif. Nous échangeâmes des banalités sur le temps, la vie dans nos villes respectives, puis mon père commença à parler de son travail. L'âge de la retraite approchait doucement mais sûrement, tout comme pour ma mère. La fatigue d'une vie de labeur, les « jeunes d'aujourd'hui et leur mentalité », les clients... Il y avait de quoi se plaindre et de quoi être en désaccord. Est-ce qu'ils me rangeaient aussi dans la catégorie « jeunes d'aujourd'hui » alors que je frôlais la trentaine ? Ou étais-je dans la catégorie intermédiaire ? Je n'osais pas demander. Je savais que la prochaine question serait pour ma pomme.

— Scarlett va venir nous voir quelques jours à la fin de l'été, ce serait bien si tu pouvais être là. Il me semble que ça fait longtemps que vous ne vous êtes pas vues, commença ma mère.
— Je n'ai pas encore mon planning, je verrai ce que je peux faire, dis-je prudemment avant de boire une gorgée de bière.
— Tu pourrais peut-être échanger avec une collègue ? proposa ma mère.
— Ce n'est pas comme si Scarlett vivait à l'autre bout du monde, au pire on trouvera d'autres moments, répondis-je un peu piquée par sa façon de gérer mon planning.
— C'est juste qu'on aime bien vous avoir toutes les deux, puis elle doit venir avec son fiancé...

— Ça te laissera le temps d'en trouver un, pouffa mon père.

Sa blague aurait pu être drôle, mais pour quelqu'un d'autre.

— Je sors avec un médecin, pas sûr que nos plannings concordent... Je ferai ce que je peux.
— Tu sors avec un médecin ? s'étonna ma mère.
— Oui, il s'appelle Ian. Il travaille aussi à la clinique.
— Ah les relations au travail... Tu te souviens, chérie ? se souvint mon père un brin nostalgique.
— Nous ne nous sommes pas rencontrés au travail, à vrai dire, lançai-je en oubliant toute l'histoire que j'avais prévu de raconter.
— Il fait quelle spécialité ton Ian ? demanda ma mère.
— Gynécologue, répondis-je simplement.

Mes parents s'étouffèrent avant de se reprendre.

— Vous auriez préféré gérontologue, peut-être ? lançai-je pour les taquiner.
— Au moins... Tu es sûre d'être en bonne santé, plaisanta mon père.
— C'est très fin ça, Papa. Je ne vais peut-être pas vous le présenter au final...
— On te taquine ma chérie, mais ça ne te fait pas un peu bizarre ?
— Bah... Je ne vois pas en quoi, c'est son travail. Il est très compétent, très bon chirurgien, les patientes de la maternité sont très satisfaites... Il soigne et met au monde, je trouve cela admirable, dis-je avec un peu de fierté.
— Il va peut-être te donner envie d'avoir un enfant...

127

Je lançai un regard torve à mon paternel qui se voyait déjà papi gâteau.

— Parce qu'il serait temps, ton père a raison, renchérît ma mère.

— Alors, vous allez vous calmer un peu. Je n'ai pas les gamètes flétris, on peut être enceinte jusque très tard maintenant et nous ne sommes pas ensemble depuis longtemps. Tout cela demande de la stabilité financière, du temps et de la confiance. Je ne vais pas faire un enfant avec le premier venu pour que vous soyez grands-parents rapidement. Aux dernières nouvelles, je mène ma vie comme je l'entends !

— Oh ça va ! Pas la peine de monter sur tes grands chevaux Cassandra ! C'est juste qu'à ton âge...

J'étais à un quart de seconde d'exploser. Ils adoraient comparer leur époque à la mienne. Tout était plus facile avant pour fonder une famille. Ils ne comprenaient pas que les temps étaient plus compliqués, que la situation économique n'était plus la même qu'au siècle dernier. J'avais le choix entre dire le fond de ma pensée sans filtre ou respirer profondément et finir ma bière tout en souriant hypocritement.

— Très bonne cette bière !

C'était mieux que de pourrir l'ambiance pour tout le week-end...Par chance, le téléphone sonna, ce qui changea les idées à tout le monde. Pendant que ma mère allait répondre et que mon père se réfugiait derrière son barbecue, je débarrassais la table de l'apéritif en profitant de ce moment de quiétude auditive. Je comptais un peu les heures qui me séparaient de Londres et de ma routine. Je serais bien partie demain matin mais ce n'était pas très correct. En plus, je n'avais aucune excuse valable pouvant expliquer un retour précipité.

Nous passâmes à table. Les sujets difficiles ayant été pleinement abordés durant l'apéritif, il n'était plus nécessaire de s'y attarder. Par contre, ils me racontèrent la vie de Scar de long en large. Je faisais semblant d'y prêter une oreille attentive alors que mon esprit était de retour à Londres, chez Ian plus précisément. Je me demandais ce que nous allions faire tout l'après-midi. Je n'eus pas à poser la question, mon père proposa d'aller faire du golf. Il y en avait quelques uns autour de Barnet. Cela faisait une éternité que je n'y avais pas joué, il me faudrait un petit temps pour me réhabituer.

Au final, ce week-end se passa mieux que je l'avais espéré. Peut-être qu'ils profitaient d'être seuls pour dire du mal dans mon dos. Ian me passa un coup de fil dans la nuit de samedi à dimanche, ce qui contribua grandement à me remonter le moral. Il m'attendait de pied ferme le dimanche, ce qui me donnait encore plus envie de rentrer !

Chapitre 8

Londres se parait de ses plus beaux atours, le temps était froid et les beaux jours très loin derrière nous. Mais cela m'était égal, j'adorais cette période de l'année. Il y avait de la magie dans les rues, dans les vitrines des magasins, dans les cœurs des gens et surtout de bons plats bien riches pour nous aider à passer l'hiver !

L'hiver anglais n'était pas des plus agréables, je me demande même si un hiver peut être agréable... Peut-être en Andalousie, mais est-ce vraiment un hiver ? Les lourds manteaux étaient de sortie dans les rues londoniennes, je trouvais que les gens en faisaient un peu trop. C'est Londres, pas Moscou ! Ou Rovaniemi !

Au travail, il faisait froid à l'accueil. Les portes automatiques s'ouvrant et se fermant à volonté laissaient s'échapper un mauvais courant d'air qui nous glaçait derrière la banque. Même le radiateur d'appoint peinait à nous réchauffer. Amber était clouée au lit avec une angine, ce qui m'arrangeait bien d'un certain côté. Même si nous devions nous organiser un peu pour la remplacer, j'étais bien heureuse de ne pas avoir à la supporter. A chaque fois que je faisais équipe avec elle, je savais que la journée promettait d'être longue. Amanda ne semblait pas trop se plaindre de l'absence de notre collègue. Il y avait une baisse de ragots dans la clinique, ce qui n'était pas pour nous déplaire.

A ma grande surprise, on m'avait laissé prendre quelques jours pour Noël. J'avais donc un long week-end qui commençait le vendredi soir et se terminait le mercredi à 13 heures. Pour le nouvel an, je ne reprenais le travail que le jeudi 3 janvier. Par chance, mes congés concordaient un peu avec celles d'Ian. Seulement, il avait pu avoir davantage de congés.

Notre relation s'apprêtait à franchir un pas avec ces vacances de Noël. Il avait l'intention de me présenter à ses parents. C'est tout naturellement que nous devions passer quelques jours en Ecosse pour Noël. J'étais assez stressée, pour ce que j'avais pu comprendre, sa famille avait beaucoup d'argent et même si mes parents avaient une vie confortable à Barnet, les parents d'Ian semblaient vivre un cran au dessus. J'avais trainé Victoria sur Oxford Street pour m'aider à refaire un peu ma garde robe. Je ne voulais pas passer pour quelqu'un de trop simple ni de trop sophistiquée. Peut-être avoir ce petit côté classe, à la française. Je ne m'habillais pas habituellement comme une souillon non plus, seulement je voulais être à la hauteur. Peut-être que j'en faisais trop ou que je m'en faisais trop. Ian ne m'a jamais fait de remarques sur mes tenues, hormis quand elles étaient particulièrement à son goût.

Je bouclais ma valise en passant en revue toutes mes tenues. J'avais quelques robes dont une très jolie pour Noël, un jean sombre et un jean un peu moins classe au cas où nous devions partir randonner, mes chaussures de marche, un gilet, une polaire et quelques chemises. Mes cadeaux étaient soigneusement emballés et rangés entre mes vêtements. Il ne manquait que ma trousse de toilette que je me hâtais de remplir avant de rejoindre Ian.

Je jetai un dernier coup d'œil à l'appartement avant de fermer tous les volets et de partir. Depuis que Victoria s'était installée avec son copain, j'alternais entre mon appartement et celui d'Ian. Nous vivions ensemble à mi-temps, ce qui nous permettait d'avoir nos moments de solitude sans pour autant que cela soit pesant. Pour l'instant ça me convenait, mais de toute manière avec nos horaires différents, nous pouvons garder un peu ce rythme en vivant ensemble. Nous n'en avons pas encore discuté, mais je voudrais bien arrêter d'osciller entre deux appartements. D'un côté ce serait plus pratique mais surtout, cela signifierait le franchissement d'une nouvelle étape dans notre relation. Comme pour le voyage en Ecosse. S'il me présente à ses parents, c'est que je compte pour lui et qu'il me fait suffisamment confiance, non ?

Dernier coup de clé dans la serrure et je me rendis à son appartement. Il n'était pas encore rentré du travail. Je posais ma valise dans la chambre et allais fouiller dans le réfrigérateur pour trouver de quoi nous sustenter ce soir. Je dus ouvrir quelques placards pour pallier le manque d'inspiration. Il ne restait pas grand-chose au frais comme nous devions partir quelques jours. Je décidai d'attendre qu'il arrive pour commencer à préparer un gros plat de pâtes bolognaises.

Le lendemain, nous devions prendre le train à 8 heures. Nous avions un changement à York et le trajet devait durer environ cinq heures. Heureusement, pour le retour nous allions prendre l'avion. Le train nous permettrait de voir un peu le paysage, Ian savait que je ne m'étais jamais aventurée plus au Nord que Leicester et avait insisté pour prendre le train afin que je découvre un peu le Royaume-Uni. Il avait pris avec lui son ordinateur portable afin de travailler un peu sur des comptes-rendus d'hospitalisations. Il travaillait aussi sur un article sur l'impact de l'endométriose sur la sexualité féminine. De mon côté, j'avais pris un pavé signé Diana Gabaldon. Je trouvais ça approprié étant donné que je me rendais en Ecosse pour la première fois. Je me sentais un peu comme Claire Beauchamp au temps des Highlanders du XVIIIème siècle. Je serai aussi l'étrangère au milieu de ces Ecossais. J'ose espérer que les vieilles rancunes envers les Anglais soient quelque peu effacées après tous ces siècles... De temps en temps, lorsque j'arrivais à m'échapper du récit, je regardais le paysage qui blanchissait à mesure que nous avancions vers Edimbourg. Noël promettait d'être magique avec cette fine couche de coton blanc. J'avais un peu la boule au ventre maintenant que nous nous rapprochions du terminus.

— Ian... Tu crois qu'ils vont m'apprécier ? demandai-je peu sûre de moi.

— Mais bien sûr, tu n'as rien à craindre. Tu es adorable et jolie comme tout, pourquoi ça se passerait mal ? s'étonna-t-il.

— Je ne suis pas vraiment ton égale...

— Parce que tu es hôtesse d'accueil ? Tu n'as pas à en faire tout un plat. Le métier ne fait pas la personne...

— Quand même, il la définit pas mal... commentai-je.

— Je doute que ton poste soit ce qui te définit le plus. Tu es avant tout quelqu'un de bien, de cultivé et surtout tu comptes pour moi. Les parents aspirent à voir leur enfant heureux et en bonne santé... Crois-moi le reste n'a guère d'importance.

— Peut-être que je m'inquiète trop parce que mes parents jugent facilement...

— Sans doute, mais n'aies crainte, ma famille saura t'apprécier à ta juste valeur. Elle va te voir telle que je te vois, donc ne t'en fais pas, me rassura-t-il.

— D'accord...

Il m'embrassa délicatement et me sourit. Il éteignit son ordinateur portable et le rangea dans sa sacoche. Je rangeai moi aussi mon livre et me blottis contre lui jusqu'à arriver à la gare d'Edimbourg. Ian descendit le premier du train, portant nos deux valises. J'avais récupéré mon sac à main et sa sacoche à ordinateur portable. C'était un peu l'effervescence dans la gare qui était gigantesque et magnifique avec sa grande coupole en verre. J'en avais le tournis à force de regarder tout autour de moi. Je peinais à suivre Ian jusqu'à l'extérieur de la gare. Je le vis sourire à un homme très séduisant, d'une petite trentaine d'années tout au plus. Il lui ressemblait beaucoup malgré ses cheveux noir ébène et sa barbe de trois jours qui lui donnait un air baroudeur. Ce devait être son frère, Philip. L'homme avança à grands pas vers nous et embrassa Ian en lui disant quelques mots en gaélique.

— Cassandra, je te présente Philip, mon petit frère. Philip, Cassandra...
— Enchanté, dit-il en me faisant un baisemain ce qui eut le don de me faire rougir bêtement.
— Moi de même, pardon mais je ne suis plus habituée aux baisemains...
— Je te rassure, Philip non plus, plaisanta Ian qui semblait apprécier la blague.
— Ben ça pète, non ? N'est-ce pas comme ça qu'un gentleman doit saluer une dame ? demanda l'intéressé.
— Les valeurs se perdent alors, dis-je en souriant.
— Quoi qu'il en soit, bienvenue en Ecosse Cassandra ! s'exclama Philip dans un fort accent écossais.
— Merci, répondis-je poliment.

Il nous sourit et subtilisa les valises à son frère. Nous le suivîmes jusqu'à une magnifique voiture. Je remarquai qu'il s'agissait d'une Aston Martin grise flambant neuve. Je m'installais à l'arrière, laissant les deux frères discuter à l'avant. Nous passâmes par le centre-ville, je pus admirer le château d'Edimbourg qui surplombait la ville. La ville me paraissait austère, mais peut-être était-ce dû au temps maussade qui rendait même les plus belles villes tristes et sans saveur.

Trente minutes plus tard, nous arrivâmes sur une route bordée de forêt. Cela apportait un petit côté magique au trajet, après avoir traversé les champs désolés au Nord d'Edimbourg. J'ignorais où la route nous menait, mais j'appréciais particulièrement ce que je voyais. Philip ralentit alors qu'il sortit du bois, roulant sur des gravillons avec prudence. Ce que je vis à travers le pare-brise souffla sur les braises de mes craintes que je pensais éteintes après la conversation dans le train. Un imposant manoir, ou plutôt un petit château, trônait majestueusement en face de nous, s'élevant du gravier orangé avec prestance. Les pierres grises se fondaient presque dans la couleur du ciel. Philip se gara, le doux bruit du moteur se tut et nous laissâmes ce petit bijou d'automobile.

La grande porte d'entrée s'ouvrit, un majordome vint à notre rencontre. Il salua chaleureusement Ian, me présenta ses hommages et prit nos bagages. Mon complexe d'infériorité refit surface alors que j'admirais le grand hall d'entrée. Une dame très élégante, d'environ soixante ans descendait les marches, accompagnée de son époux qui portait un kilt en tartan bleu et vert. Ils nous souriaient et venaient clairement vers nous. Je vis un grand sourire se dessiner sur le visage d'Ian. Philip avait déjà disparu, je n'avais même pas fait attention.

> — Bon retour chez toi, fiston, lança son père alors qu'il se tenait en face de nous.

— Merci, Papa. Très heureux de vous revoir, répondit l'intéressé avant de serrer ses parents dans ses bras.

Cet accueil contrastait grandement avec les dimensions impressionnantes du château. J'avoue avoir mal jugé ses parents, je les pensais froids et hautains, ils me paraissaient davantage chaleureux et accessibles, dirons-nous.

— Depuis le temps qu'il nous parle de vous, Cassandra... C'est un plaisir de vous rencontrer, me dit sa mère en me serrant la main chaleureusement.
— Plaisir partagé, fis-je un peu décontenancée.
— Ah une Anglaise ! Elles se font rares par ici ! s'exclama son père en riant.
— Papa... N'en rajoute pas, elle est déjà assez timide, lança Ian.
— Je vous charrie, ma chère... Vous êtes la bienvenue à Dundas Castle, j'espère que vous vous y plairez. Ian, tu as prévu de lui faire faire un tour, j'espère ?
— Bien sûr, on ne va pas rester collés à vos basques jusqu'à Noël !
— Bien ! Vous verrez, Cassandra, il y a beaucoup de jolies choses à voir dans les alentours, dommage que le temps ne s'y prête pas vraiment. Vous avez pris des vêtements chauds ? s'inquiéta son père.
— Oui, j'ai prévu le coup. J'ai hâte de voir les somptueux paysages d'Ecosse, dis-je avec entrain.
— D'accord, mais pas le ventre vide... Allez venez les jeunes, le repas doit être prêt... lança la mère d'Ian.
— Où est-ce que Frank a mis nos bagages ? demanda Ian.
— Dans ta chambre, bien sûr !
— Parfait !

Frank revenait déjà et prit nos manteaux. Il nous invita tous à passer dans la salle à manger, une énorme pièce située à droite de la grande entrée. C'était une pièce claire, décorée à l'ancienne. Sans la vue des énormes ponts reliant Queensferry au nord de la ville, on aurait pu aisément se croire au XVIIIème siècle. Ou alors était-ce ma lecture qui me donnait cette impression de dépaysement temporel ?

Nous n'étions que tous les cinq pour le déjeuner, sans compter le majordome qui allait et venait avec la cuisinière pour nous porter les plats. C'était une première pour moi, d'être reçue dans une famille qui avait du personnel de maison. Nous étions loin de Dowtown Abbey avec son ballet de domestiques, mais je comptais pour l'instant un majordome, deux cuisinière et vue l'étendue de la propriété, il devait y avoir une petite dizaine de jardiniers. Ce repas fut l'occasion d'en apprendre davantage sur la famille Stewart. Matthew, le père d'Ian, Philip et Mary (que j'avais vue à la clinique), était le descendant de Dugald Stewart, le grand philosophe écossais du XVIIIème siècle. Il avait épousé Dorothy Dundas, fille de David Duncan Dundas à qui appartenait le domaine. Après avoir vécu au Canada avec sa défunte troisième épouse Constance, dite Connie, il était revenu au bercail et vivait sur la propriété dans un cottage assez modeste comparé au reste du domaine. Sa fille était en charge de Dundas Castle qui attirait un bon nombre de fêtes privées grandioses, de séminaires mais qui possédait aussi un grand terrain de golf. Tous ces événements participaient grandement à payer les frais d'entretien et de fonction du château. Certes, la famille avait des moyens financiers conséquents, mais le coût d'un tel château était exorbitant. Beaucoup de familles nobles avaient été obligées de trouver des fonds de cette manière afin de garder la propriété dans la famille, elle était loin l'époque où la fortune des propriétaires suffisait amplement à couvrir les frais de gestion des domaines tout en leur permettant de mener grand train !

Posséder un château devenait plus une patate chaude qu'un privilège ! J'étais bien heureuse d'avoir hérité d'un appartement qui ne me coûtait pas grand-chose... Etant donnée ma richesse, cela convenait amplement !

Après le repas, qui fut fort copieux, Ian me fit visiter le château. Nous montâmes dans sa chambre pour récupérer quelques affaires. J'avais échangé mes bottines contre mes chaussures de marche, Ian voulait me montrer le domaine et me présenter son grand-père maternel qui n'avait pu venir ce midi. Son père lui donna les clés de la Jeep Wrangler pour éviter de marcher sur les nombreux hectares de la propriété. Surtout qu'ils annonçaient un peu de pluie verglaçante, très agréable pour une promenade. Ian voulait aussi me faire visiter un peu Edimbourg. Autant dire que le week-end promettait d'être chargé !

La propriété possédait même un petit lac ! Plus nous avancions et plus j'étais stupéfaite par l'étendue et les nombreux atouts de Dundas Castle. Le grand-père d'Ian vivait dans la maison au bord du lac, qui avait beaucoup servi lors d'événements privés type mariages ou autre. C'était une maison de taille raisonnable, dans laquelle vivaient le vieil homme et une aide à domicile. Mary-Kate s'occupait de ses repas, de sa santé mais aussi du ménage. C'était une femme d'environ quarante ans, fille d'un défunt majordome du château. Elle avait vécu ici, enfant, puis était partie faire des études à Stirling avant de revenir vivre ici en tant que domestique. Lorsqu'en 2012, David Duncan était rentré du Canada, elle avait troqué sa livrée pour s'occuper du vieil homme. Par chance, il n'avait pas mauvais caractère !

David Duncan nous accueillit les bras ouverts, très ému de revoir son petit-fils. Il avait le regard doux, sentait bon l'eau de Cologne à la lavande et avait beaucoup de choses à nous raconter. La sœur d'Ian devait arriver dans l'après-midi avec son époux et son enfant, David Duncan voulait être présent pour le dîner. Il fallait juste ne pas oublier de venir le chercher à temps ! Ian le rassura en lui disant que nous passerions après notre balade pour l'amener au château. Nous quittâmes la petite maison au bord du lac aux alentours de 16 heures pour partir nous aventurer à pied dans les environs. Une balade dans les bois en amoureux, que demander de mieux ?

J'appréhendais moins le repas de ce soir, comme j'avais déjà rencontré un peu toute la famille d'Ian. C'était mieux ainsi plutôt que de devoir rencontrer toutes ces nouvelles personnes d'un coup. Nous bûmes un chocolat chaud en rentrant au château, ce qui nous fit le plus grand bien après avoir passé l'après-midi dans le froid. Nous montâmes ensuite nous changer pour le dîner. Nous n'étions guère en avance surtout après avoir profité d'un moment d'égarement dans cette grande chambre au style ancien et au lit plus que douillet. Ian prenait une douche dans la salle de bain attenante pendant que je cherchais ce que j'allais porter au dîner.

Bien que loin d'être mon élément et mon milieu social, je me sentais bien dans cette grande demeure. Le caractère froid de la noblesse écossaise avait vite été remplacé par la chaleur des propriétaires. On sentait clairement qu'il y avait de l'argent dans cette famille, mais ils semblaient rester simples et terre à terre. Ils n'étaient pas dans la démonstration ostentatoire. Certes, il y avait des belles voitures, les beaux meubles et le personnel, mais la famille d'Ian était avenante et à l'écoute de ses hôtes.

Ce fut mon tour de passer à la salle de bain. Ian en profita pour rallumer son ordinateur et avancer un peu sur son article. Je faillis ne jamais sortir de cette douche chaude à souhait. Mais n'étant pas chez moi et rencontrant sa famille pour la première fois, je ne voulais pas user toute l'eau chaude ou augmenter leur facture d'eau. Je finis par sortir à contre-cœur et terminer de m'apprêter. J'enfilais mon collant noir et ma robe vert émeraude. Je coiffais mes cheveux en une espèce de chignon sophistiqué, maquillais subtilement mes yeux, appliquais un peu de rouge à lèvres et regardais mon reflet avant d'approuver l'allure générale. Lorsque je sortis de la salle de bain, je fus étonnée de trouver Ian dans une tenue traditionnelle.

> — Tu ne réserves pas le kilt pour Noël ?
> — C'est aussi un repas de famille important ce soir, depuis le temps que nous n'avons pas été réunis...
> — Tu le portes très bien en tous cas...

Je m'approchais de lui et l'admirais un peu. Il portait le kilt aux couleurs du clan, une chemise blanche et une veste sombre dans un tissu assez épais. Nous étions assortis, mon vert émeraude se mariait bien à sa tenue.

> — Et alors, le mystère écossais... Vais-je savoir ce qu'il y a dessous ? demandai-je non sans sourire.
> — Peut-être plus tard, cela risque de nous mettre en retard...
> — Dommage, dis-je avant de l'embrasser.

Nous descendîmes dans le salon où Philip discutait avec David Duncan, un verre de scotch à la main. Ian leur sourit et me proposa un verre. Nous nous assîmes à leurs côtés, rejoignant leur conversation. J'avais un peu de mal à suivre, leur accent écossais était fort et ils mêlaient certains mots en gaélique, Ian ne pensait pas à me traduire à chaque fois. Je me réfugiais derrière mon verre de whisky, espérant qu'il me révèle le sens caché de ces mots.

Nous ne tardâmes pas à passer à table, dans la grande salle à manger. La famille était au complet. Le bébé de Mary avait bien grandi et était étonnamment très sage ! Angus, le mari de Mary était un homme fort charmant et très drôle. Encore un avec un accent à couper au couteau ! Assis à côté de moi, il me racontait des anecdotes sur la famille qu'il fréquentait depuis plus de dix ans maintenant. Il surveillait avec attention que mon verre soit toujours rempli. Le dîner se déroulait dans une ambiance chaleureuse, une véritable fête de famille ! Je me sentais complètement intégrée bien que je ne connusse la famille Stewart que depuis quelques heures. David Duncan prit congé vers 23 heures, raccompagné par un domestique chez lui dans son cottage au bord du lac. Nous passâmes au salon, Matthew nous sortit une espèce d'eau de vie destinée à nous rendre malade, sans doute. Les hommes burent leur verre sans grimacer. Mes années de fac, désormais bien lointaines, ne m'aidèrent pas à rester stoïque face à cette eau de vie qui consuma mon gosier et tout mon appareil digestif. Ian me tapa dans le dos énergiquement, je crus que mes poumons allaient finir par se décoller, mais tout resta à sa place.

— Je pense que je vais me contenter du whisky à l'avenir, dis-je après avoir retrouvé une couleur normale.

Ils rirent. Dorothy et Mary ne bronchèrent pas après leur petit verre. J'en conclus que ce devait être dans les gênes écossais.

Nous ne tardâmes pas à aller nous coucher. Ian m'avait prévu une journée un peu chargée pour le dimanche. Il voulait m'emmener à Inverness qui était bien à trois heures de route d'ici. Nous devions partir avec un pique-nique et des habits chauds.

En ouvrant les yeux au petit matin, je ne savais plus où j'étais. Il me fallut quelques minutes pour me souvenir que nous étions en Ecosse, dans un château. A la fois dans un rêve et dans une réalité étrange, je sortis du lit en cherchant à tâtons mon téléphone. Il était encore tôt. Ian n'était plus dans le lit. J'ouvris les volets. Il faisait un froid glacial dehors. Je frissonnai et refermai vite la fenêtre. Je fis un brin de toilette et m'habillai chaudement avant de descendre déjeuner. Ian était dans la salle à manger à discuter avec son père, je les saluai, il se leva pour m'embrasser. Je me versais un grand café et, imitant Ian, me servais du porridge. Je prenais le temps de réveiller tous mes neurones. Ian parlait doucement à son père, lui expliquant nos projets du jour. Il appela le cuisinier afin qu'il nous prépare de quoi tenir la journée dans les Highlands.

— Si vous voulez, vous pouvez ne rentrer que demain...
— Mais nous sommes venus pour vous voir... répondit Ian.
— Il y a tant à lui montrer, profitez-en. On va avoir beaucoup à faire aujourd'hui et demain, vous ne vous ennuierez pas comme ça...
— Bon, c'est d'accord. Tu en penses quoi, chérie ?

— Partir à l'aventure dans les Highlands pour deux jours ? Tu rigoles ? Je sens que ça va être génial ! m'exclamai-je.

Le père d'Ian rit.

— Tu vois ! Il n'a pas que de mauvaises idées ton vieux père !
— C'est vrai, admit Ian en souriant.

Après avoir déjeuné nous remontâmes dans la chambre préparer quelques affaires, passâmes à la cuisine et saluâmes Matthew avant de prendre la route. Il faisait encore nuit dehors et le froid était toujours là.

J'étais très excitée à l'idée de partir à l'aventure dans une contrée restée en grande partie sauvage. J'avais pu me renseigner sur l'Ecosse depuis que je connaissais Ian. Cette terre de légendes avait été meurtrie par de nombreuses batailles sanglantes, théâtre de quête d'indépendance à travers les siècles et toujours en proie au climat capricieux.

Rouler de nuit par ce froid hivernal rendait l'épopée encore plus géniale. En direction du Nord, je m'attendais presque à voir surgir l'immense mur défendu par la Garde de Nuit appartenant pourtant au monde imaginaire de George Raymond Richard Martin. Une vieille chanson passait à la radio, je crus reconnaître l'air du générique d'Outlander, une série se déroulant à travers le temps dans les contrées écossaises. Alors que The Skye Boat Song résonnait dans la voiture, je fermais les yeux, me replongeant dans l'univers fantastique de la série Tels Claire et Jamie Fraser, nous étions deux amants sur les routes écossaises. Ian chantonnait, son accent encore plus présent qu'à l'accoutumée. On aurait dit que revenir sur ses terres l'avait réveillé.

Le jour tardait à se réveiller, les lumières de Perth formaient un halo brumeux autour de la ville. La journée allait être très courte : le soleil, s'il décidait de briller aujourd'hui, se coucherait avant seize heures. Il nous faudrait être rapides. Il nous restait à peu près deux heures de route avant d'arriver à Inverness. Nous avions prévu de visiter un peu la ville puis de nous éloigner pour voir le musée des Highlanders, Clava Cairns et Culloden Moor. Un petit détour au Loch Ness était bien entendu au programme.

Ian me racontait des légendes écossaises à mesure que nous nous approchions de notre première étape. Le soleil se levait lentement, apportant une dimension magique à la route. Les paysages semblaient saupoudrés de sucre blanc, étincelants dans les faibles rayons de l'astre. Je photographiais mentalement ces bribes d'Ecosse, appréciant toute la splendeur du moment. Inverness se dessinait peu à peu au loin, Ian tourna en direction de Culloden. Nous allions d'abord aller sur le champ de bataille, Clava Cairns et le musée des Highlanders avant de rejoindre Inverness. C'était plus pratique. Le musée était situé au Nord Est d'Inverness, non loin de l'aéroport. Autant dire que c'était à l'opposé du Loch Ness. Je ne suis encore jamais allée plus au Nord qu'aujourd'hui !

Culloden Moor avait été une bataille remportée haut-la-main par l'armée anglaise, nous avions fièrement remis les Ecossais à leur place au printemps 1746, les forçant à rejoindre les colonies du Nouveau Monde et à renoncer au kilt et autres traditions des Highlands. Une vraie boucherie. Ici, la victoire anglaise avait un tout autre goût. Nous étions les méchants de l'histoire. Les *Sassenachs*. Je me faisais

144

toute petite sur la terre désolée où avaient péri les compatriotes d'Ian, j'allais être minuscule au musée des Highlanders. Ian était un très bon guide, il avait été bercé par l'histoire de l'Ecosse toute son enfance et cela se sentait. J'arrivais sans peine à imaginer aux tueries qui s'étaient produites quelques siècles plus tôt, la violence des coups, le sang versé sur la plaine.

Voir Clava Cairns fut moins bouleversant. Il s'agissait d'un tumulus entouré de nombreux menhirs, les grandes pierres se dressaient depuis des milliers d'années, affrontant le temps et protégeant les tombes des anciens.

> — Mais c'est Craigh Na Dun ! m'exclamai-je en reconnaissant les menhirs qui avaient inspiré Diana Gabaldon pour la série Outlander.
> — Ne me dis pas que toi aussi...
> — Ce n'est pas pour rien que je relis toute la saga...

J'ignorais un peu Ian et m'avançais vers le cercle de pierres. Le soleil, pas si haut dans le ciel, donnait une dimension mystique au lieu. A l'instar de l'héroïne de la saga de Diana Gabaldon, je fis quelques pas vers la plus grande pierre, le silence était total. Je fermais les yeux et touchais le menhir glacé. Je les rouvris quelques secondes plus tard, après avoir apprécié la quiétude qui régnait en ces lieux. Une légère brise me fit frissonner. Lorsque je me tournai, je ne vis plus Ian. J'avais pourtant entendu ses pas derrière moi, à mesure que je m'approchais du cercle de pierre.

Je fis le tour du cercle, pas de trace d'Ian. Son parfum ne flottait pas dans l'air. Je repartis vers la plus grande pierre, puis là où j'avais aperçu les menhirs. Personne.

> — Ian ?

Pas de réponse. Je réitérai quelques fois, en vain. La brume s'était levée, l'endroit avait comme changé. Je commençais à m'inquiéter. J'appelais une dernière fois son nom avant de retourner sur mes pas. La voiture ne devait pas être loin. Si elle était encore là. Si elle avait bien été là...

Je sortis du bois, regardant à droite puis à gauche.

> — Alors comme ça on veut retourner au temps des Jacobites ?[6]

Il avait réussi à me faire sursauter.

> — Ne me refais plus jamais ça ! m'exclamai-je.

Il éclata de rire et m'embrassa avant de s'excuser.

> — Partons d'ici avant que je ne change d'avis et d'époque, lui dis-je.

Il prit ma main et nous regagnâmes la voiture garée beaucoup plus loin. J'avais hâte de me réchauffer au musée, cela changerait des champs de batailles et des tombes ancestrales au gré du vent ! J'allais beaucoup apprendre et mieux comprendre les Hommes du Nord...

Inverness nous laissa pique-niquer dans un de ses parcs. Il ne faisait pas chaud du tout, nous mangeâmes nos sandwiches en quelques minutes avant de nous réfugier dans un café pour réchauffer corps et gosiers.

---

[6] Dans le premier tome d'Outlander, Claire Beauchamp voyage dans le temps en touchant un menhir et se retrouve projetée à l'époque de la révolution jacobite.

— Alors, que faisons-nous après le Loch Ness ? questionnai-je Ian.

— Je pensais t'emmener vers Glencoe, Fort William... On dormira là-bas.

— D'accord, c'est loin d'ici ?

— Environ deux heures de route depuis le Loch Ness, répondit-il.

— On n'aura pas chômé aujourd'hui ! Tu veux que je conduise ? Tu dois être un peu fatigué...

— Ne t'en fais pas, ça ira.

Calculant rapidement tout ce qu'il nous restait comme route à faire et d'heures d'ensoleillement, je terminais vite mon café. Nous visitâmes succinctement Inverness avant de remonter en voiture, direction le Loch Ness, situé à moins d'une demi-heure d'Inverness.

Lorsque je fis face au fameux lac, je fus subjuguée par l'épaisseur du brouillard qui le recouvrait. Il était impossible d'apprécier sa superficie tellement il disparaissait sous cet épais duvet. N'espérons même pas apercevoir Nessie !

Nous ne restâmes pas longtemps à admirer le Loch, la route que nous devions prendre pour aller à Glencoe longeait la demeure aquatique de Nessie sur une petite partie avant de nous éloigner vers les terres un peu moins dans le brouillard. Petit à petit, la nuit tombait à mesure que seize heures approchaient. Nous fûmes à Glencoe une heure après le coucher du soleil. Nous cherchâmes rapidement un hôtel avant d'aller découvrir la ville de nuit. Le Glencoe Inn avait encore quelques chambres de libres. C'était un hôtel assez confortable et plutôt abordable. La décoration se voulait chaleureuse, et nous avions bien besoin de la chaleur d'une maison. Après avoir posé nos affaires dans la chambre d'hôtel, je n'avais plus vraiment envie de retourner dans le froid. Ian semblait un peu fatigué d'avoir fait tant de route depuis ce matin.

— On peut rester ici une petite heure, le temps de nous réchauffer et de nous reposer un peu, proposai-je.
— J'avoue que ce ne serait pas de refus. Mais j'ai peur de ne plus vouloir bouger ensuite...
— On essaiera de se motiver, dis-je.

Il me sourit et s'allongea sur le lit. Je le rejoignis, me blottissant contre lui. Nous discutions un peu du programme du lendemain. Il voulait me montrer Glenfinnan et son magnifique viaduc ainsi que le lieu de tournage de James Bond où on voyait le domaine de Skyfall. Bien entendu, le manoir n'existait pas. Après, était prévue une balade si le temps n'était pas trop froid, avant de rentrer sur Edimbourg. Nous réussîmes à sortir dans la rue malgré le froid et le vent glacial, nous achetâmes quelques bricoles à manger tranquillement dans la chambre. Nous n'avions pas vraiment envie de sortir au restaurant ce soir.

Nous nous permîmes une petite grasse matinée, le soleil se levant vers neuf heures, il n'était pas nécessaire de se lever aussi tôt que la veille. J'avais hâte de découvrir les jolis paysages que nous réservait l'Ecosse.

Le déjeuner avalé, nous prîmes la route. Le soleil se cachait derrière les nuages gris. Les sols étaient gelés, le thermostat n'affichait pas une température plaisante, mais cela faisait tout le charme du pays. Nous arrivâmes au viaduc de Glenfinnan, enfin à un kilomètre du viaduc. Il était tellement grand que pour apprécier la taille, mieux valait le regarder de loin. Je pris quelques photos, Ian proposa de poser ensemble devant ce pont majestueux. Heureux hasard, le train jacobite passa juste au même moment, rendant le cliché inoubliable. Harry Potter n'était pas à son bord, c'était certain.[7]

Nous continuâmes vers l'intérieur des terres pour rejoindre le lieu de tournage de James Bond. Nous prîmes la fameuse photo, il ne manquait plus que le protagoniste principal pour qu'elle soit parfaite. Je ne m'habituais pas à la splendeur des paysages, qui bien que recouverts d'une fine couche de gel, paraissaient propices aux longues randonnées. Je regardais partout autour de moi, hormis la route qui traversait la nature, j'avais l'impression d'être dans un endroit préservé de toute civilisation. Je me serais volontiers assise là, sur ce gros caillou, pour dessiner... Le temps se fit plus menaçant, un vent glacé parcourait les terres annulant ainsi notre balade. Nous nous reprîmes la route et nous arrêtâmes seulement pour manger vers Crianlarich avant de rentrer à Dundas Castle sans halte.

Je me sentis complètement dépaysée en retrouvant tout le monde au domaine. Cette courte escapade seule avec Ian m'avait fait perdre la notion du temps. Je me souvins que tout le monde était là pour fêter Noël, il fallait que je me replonge dans cette ambiance.

Le matin de la veille de Noël, le château était en pleine effervescence. Les domestiques s'activaient pour faire briller les lustres, allumer les cheminées, décorer la grande table... Cela me stressait rien qu'à les voir courir partout. Pourtant, nous étions tranquillement en train de discuter dans la bibliothèque. Le brouillard ne se levait pas et le soleil brillait timidement. Il fallait allumer les lumières afin d'y voir clair.

---

[7] Dans la saga Harry Potter de J.K Rowling adaptée au cinéma, le train qui amène les élèves jusqu'à Poudlard ressemble grandement au train jacobite, train à vapeur.

Ian et son père discutaient vivement de médecine et de science alors que je feuilletais un magazine touristique. Dorothy et Mary étaient dans le parc avec la poussette. Philip faisait du cheval avec Angus. On aurait pu se croire dans un épisode de Downton Abbey, le code vestimentaire en moins.

A vrai dire, je tuais un peu le temps. Je serais bien partie explorer tout le domaine mais Ian devait passer du temps avec sa famille, je n'osais pas me dérober à mes hôtes et arpenter seule leurs terres. Je savais que j'aurais pu me perdre, mais ce n'était pas poli de leur faire faux-bond par seul amour de l'aventure. Bidouiller mon téléphone me semblait tout aussi déplacé, il ne me restait plus que la lecture. Je commençais à regretter l'invitation à monter à cheval de Philip. Lorsque j'en eus assez du magazine, je remontais dans notre chambre chercher de quoi dessiner. J'avais envie d'immortaliser ce moment hors du temps en essayant de capter au maximum l'ambiance du lieu et l'essence de ses protagonistes. Je connaissais par cœur chaque trait du visage d'Ian, à force de l'avoir regardé et dessiné. Je remarquais à quel point il avait hérité des traits de son père, possédant la même ossature de visage et ses cheveux. Il ressemblait aussi beaucoup à sa mère, il avait ses yeux. Un très joli mélange en tous cas ! J'eus l'étrange idée de me demander à quoi ressembleraient nos enfants. Ce devait être mon horloge biologique qui faisait des siennes, me rappelant que la trentaine approchait, comme l'auraient fait mes parents. Je me concentrais à nouveau sur mon dessin.

Comme je l'avais prédit, ce Noël fut exceptionnel. Les lieux apportaient un peu de magie, le repas et la chaleur de la famille Stewart rendirent la fête encore plus belle. Les parents d'Ian avaient dû le questionner à mon propos car ils m'offrirent des cadeaux qui correspondaient beaucoup à mes goûts. J'avais l'air maladroit avec mes paniers garnis de gourmandises anglaises... Je remerciais à nouveau Matthew alors qu'il nous déposait à l'aéroport. J'avais passé de très bons moments en leur compagnie et dans leur pays, j'avais hâte de revenir, mais sûrement à une époque où le temps serait plus clément... J'eus un petit pincement au cœur en voyant les terres écossaises s'éloigner à mesure que l'avion prenait de la hauteur.

Je n'avais pas vraiment envie de reprendre le travail, surtout en sachant qu'Ian était encore en congés. Je passais le reste du vol dans mon roman, pour garder mon esprit en Ecosse.

Chapitre 9

J'avais l'impression de travailler dans une clinique fantôme. Personne ne venait rompre le silence du hall en ces fêtes de fin d'année. Rares étaient les visiteurs ou patients qui venaient en ces murs. Le téléphone sonnait beaucoup moins que d'habitude et le temps semblait passer au ralenti. Amber était en vacances ainsi que d'autres collègues du bureau des admissions, les médecins et chirurgiens étaient nombreux à avoir fermé leurs cabinets pour les fêtes, seules les urgences gardaient une activité semblable au reste de l'année.

J'étais en train de mettre quelques courriers sous pli lorsque j'aperçus Clementina qui venait en ma direction.

> — Salut, je peux te déranger cinq minutes ? me demanda-t-elle.
> — Bien sûr, que puis-je faire pour toi ?
> — J'aurais besoin d'un numéro perso...
> — A des fins purement professionnelles, j'espère, dis-je en riant.
> — Pas vraiment, tu veux bien m'aider quand même ?
> — Evidemment, qui veux-tu joindre ?
> — Richard Blyton, répondit-elle.
> — L'angiologue ?
> — Oui.

Je cherchais dans le répertoire que nous avions à l'accueil. C'était carrément l'annuaire de la clinique, je ne comprenais pas pourquoi cette base de données n'était pas sous fichier numérique. Je retrouvais rapidement le numéro de Blyton et l'écrivais sur un post-it.

> — Voilà, dis-je en lui tendant le bout de papier.

— Merci ! Je te revaudrai ça !

— C'est pour quoi faire si je puis me permettre ?

— Glenn fait une fête pour le nouvel an avec tous les jeunes médecins de la clinique, il nous manquait son numéro, de plus, il est plutôt à mon goût...

— Tu fais une pierre deux coups, ah ah ah !

— Exact. Évidemment je compte sur ta discrétion...

— La même qui t'a donné son numéro, tu veux dire ? plaisantai-je.

— Celle-là même ! Tu fais quoi pour le nouvel an ?

— Je le passe avec mon compagnon, c'est notre premier nouvel an ensemble...

— Je ne savais pas que tu voyais quelqu'un, ça fait longtemps ? s'enquit-elle.

— Depuis cet été.

— C'est chouette ça ! Bon, je vais devoir te laisser, je dois rencontrer quelqu'un du labo Pfizer dans quelques minutes...

— A bientôt alors et bonne chance avec Blyton.

— Merci, dit-elle en souriant avant de s'éloigner.

Je repris mon travail non sans avoir quelques pensées pour Ian. J'avais hâte de finir ma journée pour le retrouver. Je mettais à profit les quelques heures qui restaient pour avancer un maximum mon travail, nettoyer un peu le poste de travail, préparer un livret de formation pour l'accueil. J'avais tout appris sur le tas à mon arrivée, mais je me disais que regrouper toutes les informations à savoir, les manipulations sur l'ordinateur ou le téléphone, pouvait être une bonne idée et un gain de temps pour le nouveau personnel. J'élaborais déjà un plan avant de me lancer, pour être sûre de ne rien oublier. Même si je savais que je n'allais pas rester ici toute ma vie, j'étais contente de mettre une pierre à l'édifice. Une prise d'initiative telle que celle-ci ne pouvait être que bénéfique.

Je fus ravie de voir arriver Sophie. Les transmissions furent rapidement faites, je ne tardais pas à mettre mon manteau et quitter la clinique. Je rejoignis vite l'appartement d'Ian. Lorsque j'entrais, je le vis assis dans le canapé, son ordinateur portable sur les genoux.

— Salut, dis-je en rangeant mon manteau.
— Déjà ? Tu as fini plus tôt ?
— Non, visiblement le temps passe plus vite dans ton appartement, répondis-je en riant.
— Peut-être bien !

Je l'embrassais avant de m'assoir à ses côtés. Il travaillait toujours sur son article.

— Tu avances bien ? m'enquis-je.
— Pas vraiment, j'ai bien peur d'y passer encore tout mon après-midi...
— Parfait ! J'ai un bouquin à terminer !
— Toujours ton Diana Gabaldon ?
— *Aye*, fis-je en souriant.
— Au moins tu as de quoi t'occuper pendant que j'essaie de pondre ce foutu article...
— Je te donnerais bien un coup de main si je le pouvais, mais les connaissances en la matière me font défaut...
— Je sais, il faut que je le termine rapidement pour pouvoir passer du temps avec toi, surtout quand tu seras à nouveau en congé.
— Il me tarde...

Il me sourit, j'allais chercher mon livre et m'installais confortablement alors qu'il se remettait au travail.

Enfin vendredi ! Un long week-end se profilait ! J'allais pouvoir profiter pleinement d'Ian. Ces quelques jours m'avaient semblés interminables. Je rentrais tranquillement chez Ian. Lorsque je pendis mon manteau et mon écharpe, j'eus la surprise de voir deux valises dans l'entrée.

— Ian ?

Pas de réponse. J'enlevais mes chaussures et me décapsulais une bière bien méritée après une journée de labeur. Bière à la main, je fis rapidement un tour pour trouver Ian. Il n'était pas là. Il n'avait laissé aucun mot, son ordinateur était rangé. Je n'avais aucun texto de sa part, lorsque je l'appelai, j'entendis son téléphone sonner. Il était sur la table de nuit. Pratique...

Je m'installais dans le canapé avec mon livre et attendais patiemment qu'il rentre. Je me demandais pourquoi deux valises étaient dans l'entrée. Attendait-on des gens ? Était-il parti faire trois courses avec eux ? Avait-il décidé de regrouper toutes mes affaires et de me foutre à la porte ? Non, impossible, tout allait bien entre nous... J'hésitais entre fouiller les valises et me replonger dans ma lecture... Jamie Fraser remporta la partie, je repris où j'en étais.

Ian montra le bout de son nez une petite demi-heure plus tard. Il était seul, les bras chargés de sacs cabas. Je posais mon livre et allais l'aider.

— Je ne pensais pas en avoir pour aussi longtemps, s'excusa-t-il.

— Tu étais où ? lui demandai-je.

— Chez toi.

— Ah bon ? Pour quoi faire ?

— Ta valise, répondit-il.

— Pardon ?

— Je voulais que tout soit prêt avant que tu n'arrives, mais je n'avais pas prévu un tel bazar dans ton armoire.

— Plaît-il ? m'offusquai-je.

— Je ne te juge pas, mais disons que cela ne facilite pas la tâche quand ton chéri veut te faire une surprise...

— Pourquoi préparer ma valise ? Où allons-nous ?

— C'est une surprise. Disons que je nous ai prévu un petit voyage pour le nouvel an...

— Sérieux ?! Quand partons-nous ? m'enthousiasmai-je.

— Demain matin, à 10 heures.

— Génial ! m'exclamai-je avant de l'embrasser.

— Je n'ai pas terminé, si tu veux bien me laisser le temps que je finisse de faire ta valise...

— Certainement... Je peux préparer le repas en attendant, promis je ne regarderai pas ce que tu fais !

— Ça me va.

Je l'embrassais à nouveau et filais dans la cuisine me creuser la tête pour préparer le dîner. Ian revint me voir dès qu'il eût terminé. Cela tombait à pic, tout était prêt. Il mit la table et nous nous assîmes. Il me servit.

— Dis, je me disais... Tu pourrais peut-être m'apprendre à parler gaélique...

— Ce serait avec plaisir ! C'est ta résolution 2019 ?

— Oui, je ne dis pas le maîtriser avant la fin de l'année, ce serait complètement impossible, mais au moins pouvoir comprendre quand vous baragouinez avec tes parents...

— Ah mince, on ne pourra plus comploter contre toi, plaisanta-t-il.

— Hé non ! Ce temps sera vite révolu ! dis-je en riant.

Nous poursuivîmes la conversation autour des résolutions pour l'année à venir. Il était rare que j'en prenne, je ne comprenais pas pourquoi les gens se fixaient des objectifs au début de chaque année alors que l'on pouvait s'en fixer tous les jours. En plus, ces résolutions étaient-elles vraiment tenues ? Combien n'avaient pas lâché au bout de quelques mois ou quelques semaines ?

— On va où ? l'interrogeai-je alors que nous débarrassions la table.

— Tu le sauras demain, quand nous y serons.

— Pas avant ?

— Non, répondit-il.

— Et comment comptes-tu t'y prendre ?

— Déjà, je t'ai subtilisé ton passeport afin de faire ce qu'il faut à ta place à l'aéroport...

— Mais je vais bien voir où on va à la salle d'embarquement...

— Non, j'ai tout prévu. Tu n'entendras rien et ne verras rien...

— Et si je loupe une marche en montant dans l'avion ?

— Je serai toujours à tes côtés... dit-il calmement.

— Et dans l'avion, ils diront bien où nous allons...

— Ne t'en fais pas, j'ai pensé à tout.
— Vraiment ?
— *Aye*, répondit-il fièrement.
— Et tu ne me diras vraiment rien du tout ? Même si je fais quelque chose pour toi ?
— Comme quoi ?

Je lui chuchotais quelques trucs salaces à l'oreille et le regardais tout sourire.

— C'est plus que tentant... Mais ce serait purement intéressé... Donc, non.
— Tu es dur, lançai-je.
— Tu es une enfant, répliqua-t-il avec calme.
— Vieil adulte, l'insultai-je.
— Il faut bien qu'un de nous deux soit raisonnable...
— Il vaut mieux que ce soit toi, tu es médecin je te rappelle...
— En quoi est-ce plus important que je le sois ? demanda-t-il alors que nous passions au salon.
— L'enjeu est plus grand, répondis-je en m'asseyant dans le canapé.
— Si tu le dis... Tu veux faire quoi ce soir ?
— Te faire avouer, dis-je en lui balançant un coussin à la figure.
— Tu n'y arriveras pas. Nous, Ecossais, sommes très robustes face aux interrogatoires...
— Ah oui ? Tu me montrerais ? Je suis certaine que je peux te faire plier...
— J'aimerai beaucoup voir ça...
— Je pense avoir assez de temps pour te faire cracher le morceau, dis-je avec malice.

Je m'approchais dangereusement de lui et tentais d'arriver à mes fins d'abord en le chatouillant. Puis, je changeais complètement de stratégie telle une Mata Hari, usant de mes charmes pour arriver à mes fins. A défaut d'être danseuse exotique polyglotte, je me concentrais sur les points faibles de l'ennemi. Je n'obtenais aucune information jusque là. Ian se laissait pourtant faire, j'avais comme l'impression de me faire avoir.

Il me rendait mes caresses si bien que je ne tardais pas à oublier complètement pourquoi nous en étions arrivés là.

Allongée contre lui dans le lit, je fixais le plafond, pensive.

> — Ian ?
> — Oui ?
> — Je t'aime.

Il ne dit rien puis se tourna vers moi. Je le regardais moi aussi, les lueurs de la rue éclairant faiblement son beau visage.

> — Je ne dirai rien, même sous la torture...
> — Oh... Je n'y pensais déjà plus, dis-je en me demandant si j'avais bien fait de lui avouer mes sentiments.
> — Pourquoi as-tu attendu aussi longtemps ?
> — Je n'ai rien attendu du tout. Ou peut-être aurais-je dû davantage, répondis-je avant de me tourner de mon côté.
> — As-tu des doutes quant à mes sentiments ? s'étonna-t-il.
> — Peut-être devrions-nous en parler d'abord, histoire que j'aie de quoi nourrir mes doutes...

Il posa sa main sur mon dos, me massant délicatement, m'invitant à me retourner. Il se blottit contre moi. Je pouvais sentir son souffle chaud dans ma nuque. Il repoussa mes cheveux et déposa un baiser sur mon épaule découverte. Je l'entendis me susurrer des mots en gaélique. Je me retournai, lui faisant face.

— Je te rappelle que tu ne m'as donné encore aucun cours, je ne comprends rien de ce que tu dis en gaélique...

— Cela sonnerait beaucoup moins bien en anglais, tu trouverais ça un peu nian-nian...

— Essaie toujours, l'encourageai-je.

— Depuis que je t'ai rencontré dans ce bar, j'ai l'impression d'être devenu un autre homme. Comme si j'avais trouvé ce qu'il me manquait dans ma vie. Alors, certes, je ne suis pas quelqu'un d'extraverti quand il s'agit de dire ce que je ressens, mais sache que je t'aime aussi.

— Au début, on aurait dit une demande en mariage... Mais après... Tu t'es bien rattrapé...

— Quand même... Si je te demandais en mariage, je ne m'y prendrais pas la veille de partir en voyage, emmitouflé sous une pile de couvertures moelleuses, avoua-t-il.

— Et pourquoi pas ? Je ne suis pas si romantique... Attends... Ce voyage était fait pour ça ?

— Non, Cassie. Pourquoi, tu refuserais ? Alors que tu m'aimes ?

— Pas entièrement, je te répondrais juste « oui mais pas tout de suite ». On ne se connait même pas depuis six mois...

— Et je suis d'accord avec toi sur le fait que nous devons prendre notre temps.

— Tout à fait. Et sinon on va où ?

Il éclata de rire et m'embrassa.

— Bonne nuit Cassie.

Je marmonnais mon mécontentement et me résignais à m'endormir sans obtenir de réponse à ma question avant le lendemain.

Ce fut le réveil d'Ian qui nous tira des bras de Morphée. Je me réveillais péniblement et me levais pour aller préparer le café. Ian ne tarda pas à venir. Il sortit de quoi grignoter.

— On part à quelle heure de l'appartement ? demandai-je.
— D'ici une heure max.
— D'accord. Cela me semble faisable.

Je nous servis les cafés et nous déjeunâmes sans bruit. Je filais prendre une douche rapide, je me maquillais un peu et rangeais mes affaires dans notre trousse de toilette. Le temps qu'Ian passe à la salle de bain, je m'occupais de tout ranger, d'aérer l'appartement et d'enlever ce qui serait superflu dans mon sac à main. Nous quittâmes l'appartement plus tôt que prévu pour rejoindre l'aéroport. Il nous fallait déjà prendre le métro puis le train express jusqu'à l'aéroport. Une fois là-bas, Ian sortit un casque antibruit et un masque de nuit qu'il me demanda de porter pour garder la surprise... Je trouvais qu'il en faisait un peu trop, mais comme il s'encombrait un peu avec tout ça, j'acceptais pour qu'il n'ait pas l'impression d'avoir pris ce matériel pour rien...

Je le suivis aveuglément jusqu'à nos sièges dans l'avion où je pus ôter mon masque. Je sortis un livre de mon sac après

161

avoir attaché ma ceinture et m'être confortablement installée. Ian avait rangé nos billets dans la poche de son manteau et avait attrapé une revue médicale qu'il avait sorti de sa valise. Nous étions chacun plongés dans nos lectures, faut dire qu'avoir un casque sur les oreilles n'aidait pas à engager la conversation. Lorsque j'en eus assez, j'ôtais mon casque et le rangeais dans mon sac.

— Sans dévoiler la destination, quel est le programme ?
— Nous allons visiter la ville, boire des coups, profiter de l'hôtel après une longue journée, voir quelques musées... Bien manger...
— Hum... Très intéressant ! Et on rentre le jour de l'an ?
— Oui, je voulais que notre Saint Sylvestre soit particulière, je pensais que passer le réveillon ailleurs qu'à Londres nous permettrait de le rendre inoubliable...
— Va falloir se creuser la tête pour rivaliser l'an prochain, dis-je.
— On aura un an pour y réfléchir, plaisanta-t-il.
— En tous cas, c'est une super idée, vraiment. Je ne sais pas où nous allons, mais vouloir m'en faire la surprise.... Ça me touche...
— J'espère juste ne pas m'être trompé sur la destination et que cela te plaira, me dit-il avant de m'embrasser délicatement.
— Je ne suis pas difficile.

Nous laissâmes de côté nos lectures et passâmes le reste du vol à discuter de voyages, de rêves et autres sujets moins terre à terre. Il décida de ne pas garder la surprise plus longtemps. Nous descendîmes enfin dans ce pays mystère.

Après un dédale de couloirs, nous arrivâmes dans le grand hall.

> — Prague ?
> — Oui, madame.
> — Parfait ! En plus avec la neige, ça va être encore plus magique ! m'enthousiasmai-je.
> — Je suis rassuré ! Allez, faut qu'on attrape un taxi, dit-il avec le sourire.

Nous sortîmes du bâtiment et montâmes dans le premier taxi, direction le centre-ville. Nous nous arrêtâmes au President Hotel. Mon dieu, je ne sais pas combien lui a coûté ce séjour, mais je suis certaine que ça vaut bien un mois de salaire, enfin d'hôtesse d'accueil... L'hôtel était magnifique, très moderne et design. Pendant qu'Ian nous enregistrait, je regardais tout autour de nous. Le hall d'entrée était vraiment classe. J'avais hâte de voir notre chambre. J'entendis la réceptionniste évoquer un spa. Elle lui donna la carte d'accès à la chambre et nous prîmes l'ascenseur. Nous étions au quatrième étage. Je crus avoir une syncope lorsque nous entrâmes dans notre chambre. C'était une jolie suite dans les tons chocolat au lait, voir café crème, des couleurs très douces. Le lit était gigantesque et faisait face aux grandes fenêtres. La vue était imprenable sur le château de Prague. Une espèce de petit salon prenait place entre l'espace nuit et les larges fenêtres, séparé par de longs et épais rideaux. Je m'approchais des fenêtres et contemplais la vue. La ville était recouverte d'une poudre blanche duveteuse. Deux mains vinrent se poser sur mes hanches.

> — Tu as vraiment fait fort, je sens qu'on va passer de belles journées ici...

— J'ai toujours rêvé de voir Prague, il y a tant de choses à voir ici, je suis vraiment ravi que cela te plaise...

— L'hôtel est somptueux, on ne pouvait rêver mieux comme vue. Mais, Ian, tu as dû vendre le rein de quelques patientes pour obtenir une telle chambre à ces dates-là !?

— Ne t'occupe pas de ça, il faut se faire plaisir de temps en temps...

— Tu sais que je n'ai pas besoin d'autant de luxe ?

— Je le sais, je sais aussi que tu ne te sens pas vraiment à l'aise... Mais, nous ne sommes que tous les deux dans cette magnifique chambre, laisse-toi aller... Promis, nous irons dans des endroits sordides pour faire la moyenne, plaisanta-t-il.

— Disons, moins sophistiqués...

Je me retournais pour l'embrasser. Nous ne nous attardâmes pas davantage dans cette chambre, pressés de découvrir la ville. La réceptionniste nous avait donné un plan de la ville. Nous commençâmes par la vieille ville qui regorgeait de somptueuses maisons anciennes. J'allais vider la batterie de mon téléphone à force de tout prendre en photo ! Nous ne pûmes résister plus longtemps aux appels des Trdlniks, ces cornets de pâte sucrée enroulée sur un cône, cuits au feu de bois et parfois fourrés de crème fouettée. Un pur régal ! Cet apport calorique était bienvenu par cette température négative.

Marcher dans les rues pragoises la nuit et dans le froid apportait un petit côté authentique, les décorations de Noël complétaient le tableau. Après avoir affronté le froid écossais pendant tout un week-end, j'étais parée pour l'Europe Centrale. Plus rien ne me faisait peur. Comme à chaque fois que je me baladais avec Ian, je me sentais invincible. Plus rien ne m'atteignait, ni le froid, ni la peur de la nuit, ni personne. Comme si nous étions dans une bulle protectrice. J'avais beau essayer de me souvenir, je n'avais jamais ressenti pareille sensation avec aucune de mes conquêtes. Plus j'apprenais à le connaître, plus mes sentiments grandissaient et plus je me sentais bien. Je n'avais aucun doute quant à l'avenir. Aussi jeune soit notre relation, elle promettait d'être plus que longue. Peut-être étais-je naïve de penser finir mes jours avec lui, peut-être que je me trompais... Mais j'avais envie de croire en mon intuition, la raison attendra !

Il était 20 heures lorsque nous rentrâmes à l'hôtel, un sac de malbouffe sous le bras, nous fûmes heureux de retrouver la chaleur de notre magnifique chambre. Ian disparut dans la salle de bain alors que je préparais la table du salon pour le dîner. J'envoyai une photo de la chambre à Victoria qui était dans la famille de Luke. Je lui débriefais rapidement cette journée. Elle me manquait. J'étais heureuse de cohabiter avec Ian mais ma meilleure amie me manquait. Je passais moins de temps avec elle, tellement scotchée à Ian. Je savais qu'il fallait que je trouve du temps pour tout le monde, mais j'avais encore du mal. Victoria travaillait toujours aussi dur et c'était assez difficile de la voir. Je crois que nous étions toutes les deux dans la même situation. Il n'empêche que je voulais rectifier le tir, à notre retour de Prague, je mettrai ça en place.

Lorsque j'ouvris les yeux au petit matin, il faisait encore nuit. Le lit était tellement grand que je mis un moment à trouver Ian, en position fœtale à l'autre bout du lit. Je me levais et allais prendre une douche brûlante à souhait.

Lorsque je revins, bien au chaud dans le peignoir de l'hôtel, Ian était réveillé. Les cheveux en bataille, il me souriait. Je m'approchais pour l'embrasser.

— Prête pour de nouvelles aventures ?
— Toujours ! m'exclamai-je.
— Bien ! Je me dépêche de prendre une douche et on descend déjeuner.
— D'accord, je prépare le sac en attendant.

J'en profitais aussi pour m'habiller. Il allait faire froid aujourd'hui. Je découvris les tenues qu'Ian m'avait prévues. Il avait vraiment pensé à tout ! J'enfilais un collant sous mon jeans, un col roulé et un gros pull. J'allais déranger Ian une minute, le temps de remplir une bouteille d'eau pour la journée. Le plan de la ville, notre argent, des gants, nos téléphones, du gel hydro-alcoolique... A part la bouteille d'eau je ne voyais pas ce qu'il pouvait manquer...

Une heure plus tard, nous battions à nouveau le pavé dans le froid et le jour encore timide. Il avait à nouveau neigé cette nuit. Aujourd'hui, nous avions prévu de visiter le château et la cathédrale, le quartier de Malà Strana et peut-être Nove Mesto... A chaque pas, je m'émerveillais, complètement charmée par la ville. J'évitais de penser au retour à Londres, je préférais rester hors du temps avec mon chevalier servant. Après avoir visité le château et la cathédrale, nous fîmes un tour dans la Ruelle d'Or, très connue pour ses maisons atypiques et colorées. Anciennes maisons d'artisans, certaines étaient transformées en scènes d'époque reconstituée. On pouvait y voir l'organisation d'une maison avec des meubles d'époque. Je me demandais comment les gens parvenaient à vivre dans des espaces si petits. Était-ce la vraie organisation d'époque ou avaient-ils voulu seulement nous montrer comment pouvait être la vie à l'époque dans n'importe quelle chaumière ? Il y avait aussi quelques boutiques pour touristes dans cette rue, les prix des babioles variaient d'une échoppe à l'autre. Le musée de l'armure situé à l'étage de quelques maisons, me fit un peu froid dans le dos. Nous revînmes par le petit marché de Noël qui se tenait dans une des cours du château, ce château formait comme un quartier avec sa cathédrale, sa chapelle, ses artisans, ses bâtiments de type politique ainsi que ses palais. Nous mîmes bien deux heures à visiter l'ensemble.

Nous nous arrêtâmes dans un petit restaurant du quartier Malà Strana pour le déjeuner. Nous y dégustâmes un goulasch excellent, c'était une espèce de ragoût de bœuf au paprika avec quelques légumes, servi avec des knedliky (boulettes à la mie de pain ou aux pommes de terre). En dessert, nous prîmes un strudel aux pommes. La cuisine de cette partie de l'Europe n'était pas vraiment réputée pour être légère, heureusement que nous marchions beaucoup pour éliminer tout ça !

Nous repartîmes, plus lourds, à la conquête de Prague. Nous nous mîmes d'accord pour essayer de manger plus léger le reste du séjour. Première entorse à la règle, le restaurant qu'Ian avait réservé pour ce soir. Je comprenais mieux pourquoi j'avais une tenue plus classe dans ma valise, ce n'allait pas être un petit restaurant familial comme ce midi. Nous avions donc jusqu'à 19 heures pour visiter. Il avait réservé pour 20 heures, mais le temps de prendre une douche, de se préparer et de trouver le restaurant... Il valait mieux prévoir large !

Je fis le tri dans les photos que j'avais prises depuis notre arrivée alors qu'Ian était sous la douche. J'effaçais les moins réussies.

167

Enfin prêts, nous quittâmes l'hôtel. Les pavés étaient saupoudrés d'une fine couche de neige. Des flocons tombaient sans bruit, les rues s'étaient vidées, comme si la ville nous appartenait. Nous laissions ainsi nos empreintes dans la neige sur laquelle personne n'avait encore marché.

Il nous fallut une bonne dizaine de minutes avant d'arriver au restaurant. Rares étaient les tables encore libres. Ian avait bien fait de réserver. Tout le monde était tiré à quatre épingles. Après avoir jeté un coup d'œil aux assiettes des clients, je compris que nous étions dans un restaurant gastronomique. La devanture était sobre et mal éclairée par les réverbères, je n'avais pas remarqué le standing de l'établissement. L'intérieur était tout aussi sobre. Les murs étaient recouverts d'un papier peint noir, le sol devait être du béton ciré gris, les tables se démarquaient par leur blancheur. La lumière était apportée par touche par des lampes descendant à 1m50 au-dessus des tables, illuminant de manière tamisée les plats et les clients. C'était comme si chaque table était une île déserte, flottant sur un océan sombre et sans fond. Ce lieu inspirait le silence. Les clients ne parlaient pas fort et les serveurs œuvraient sans un bruit.

Le maître d'hôtel nous accueillit avec le sourire. Ian s'adressa à lui en tchèque, ce qui me surprit grandement. Nous suivîmes le maître d'hôtel jusqu'à une petite table ronde, il nous tendit deux cartes avant de prendre congé. Il régnait une douce chaleur. Je me sentais bien.

> — Hé bien ! Comment as-tu obtenu cette adresse ? C'est vraiment magnifique comme endroit.
> — Ravi que ça te plaise. On me l'a conseillé à l'hôtel.
> — D'accord.

Je jetais un œil à la carte. Heureusement les plats étaient aussi écrits en anglais, parce que mon tchèque se limitait à « bière » et « bonjour ». Nous commandâmes un verre de vin à l'apéritif. Nous discutâmes du programme du lendemain, sachant que c'était la Saint Sylvestre. Nous avions encore beaucoup à voir et c'était notre dernière journée de visites.

Le serveur arriva avec les desserts. J'étais très satisfaite de ce dîner. Tout était délicieux, une véritable aventure culinaire. Le dessert s'annonçait remarquable.

— Cassie…
— Oui, dis-je en relevant la tête.
— Cela fait un petit moment qu'on est ensemble, on vit quasiment sous le même toit et je trouve que ça se passe vraiment bien. C'est bien la première fois que je me sens aussi bien avec quelqu'un et j'ai l'impression que nous avançons dans la même direction, tous les deux. Est-ce que tu voudrais vivre avec moi ? me demanda-t-il avec émotion.
— J'en serai très heureuse, répondis-je avec le sourire.

Un sourire se dessina aussitôt sur ses lèvres. Nous venions de franchir un nouveau cap dans notre relation, j'étais aux anges. Tout allait pour le mieux dans le meilleur des mondes.

Pourtant, il fallut redescendre sur terre et reprendre le travail. La parenthèse pragoise semblait aussi lointaine que l'escapade écossaise. Retrouver Amber et le téléphone me parut plus difficile que je me l'imaginais. J'étais encore dans les nuages, excitée à l'idée de vivre officiellement avec Ian. Nous avions passé le vol retour à réfléchir à notre mise en ménage. Nous finîmes par nous mettre d'accord et vivre dans mon appartement. Victoria était partie et il m'appartenait, j'avais moins de frais qu'Ian, c'était une solution toute trouvée. Il ne lui restait plus qu'à faire les démarches pour rendre son appartement. De mon côté, je devais procéder à quelques aménagements. Je pensais notamment à ma penderie, par chance je n'avais pas trop de vêtements et ceux d'Ian pourraient facilement trouver une place. Le départ de Victoria avait laissé un peu d'espace, bienvenu pour les affaires d'Ian. Il n'avait pas grand-chose, étant donné qu'il occupait, jusqu'à présent, un appartement meublé.

Pour fêter la nouvelle année, la direction proposait un apéritif pendant lequel le directeur présenterait ses vœux et quelques changements au sein de la clinique. Tout le personnel était convié dans le hall d'accueil qui était assez grand pour l'événement. J'avais le temps de repasser me changer à l'appartement. Ian était encore au travail, il était de garde ce soir. Il était clair que nous n'allions pas nous y retrouver. Peut-être que je le croiserais au buffet rapidement, mais ce serait tout. Je serai plus à ma place auprès de mes collègues, à la limite je pourrais m'incruster dans le groupe des secrétaires médicales...

Lorsque j'arrivai à la clinique, je fus surprise par le monde déjà présent dans le hall. Ils avaient eu le temps de tout aménager pour la soirée. Les buffets étaient sur les côtés, au fond se dressait une estrade avec quelques chaises et un micro. Beaucoup étaient habillés en civil, les seuls à porter la blouse étaient les médecins de garde ce soir. Je vis sans peine Ian au loin en train de discuter avec Clementina et Alfred Weddy, le chirurgien orthopédiste.

— Cassandra !

Amanda, Sophie et Amber me faisaient signe près de l'accueil. Je marchais vers elles et posais mon manteau derrière la banque. Elles avaient toutes un verre à la main.

— Comment ça va depuis tout à l'heure ? demandai-je.
— J'aurais préféré rester chez moi, bougonna Amber.
— Bah... Dis-toi que tu bois à l'œil ! plaisanta Amanda.
— Vous buvez quoi d'ailleurs ?
— Du punch, me répondit Sophie.
— Je vais voir s'il en reste alors, dis-je avant de m'éloigner vers le bar.

Je traversais la foule de collègues. J'étais presque arrivée au bar lorsqu'on me bouscula. C'était un homme de taille moyenne, aux cheveux noir ébène et aux yeux d'un bleu profond qui était le fautif. Il ne me fallut qu'une petite seconde pour me rendre compte à quel point il était séduisant. Je ne l'avais encore jamais vu. Il paraissait avoir moins de quarante ans.

— Je vous prie de m'excuser, vous n'avez rien ? s'inquiéta-t-il.

Sa voix était incroyablement douce et grave à la voix. Il y avait quelque chose de rassurant et d'hypnotique.

— Ce n'est rien, répondis-je simplement.
— Oh ! Votre chemisier !

Je baissais les yeux et remarquais que l'essentiel de son verre avait fini sur ma chemise rose pâle. Bien évidemment, je n'avais même pas un pull ou un gilet à porter dessus pour cacher l'énorme tache orangée causée par le punch.

171

— Heureusement que je ne monte pas faire un discours, plaisantai-je pour relativiser.

— Je suis confus... grimaça-t-il.

— Ce n'est pas grave, ça arrive à tout le monde...

— Comment puis-je me racheter ? Vous n'allez pas passer la soirée comme ça...

— Je vais demander un coup de main à une collègue, dis-je pour le rassurer.

— Vous êtes sûre ?

— Oui, il n'y a pas mort d'homme...Ce n'est qu'une tache...

— Quel est votre nom ? Je me ferai pardonner...

— Cassandra Lloyd. Vraiment, vous n'êtes pas obligé, comme je vous le dis, ce n'est pas grave et je pense que ça partira bien...

— Daniel Crawford, enchanté. J'y tiens, Cassandra, insista-t-il.

— Soit...

— Déjà je vous dois un verre, que voulez-vous boire ?

— Ma foi... Je veux bien essayer le punch, ma chemise ne doit pas être la seule à pouvoir le goûter, dis-je en riant.

Il rit aussi, s'en alla aussitôt et revint avec deux verres de punch. J'avais loupé une occasion de croiser Ian au bar. J'espérais vraiment qu'une de mes collègues puisse me prêter un vêtement. Au pire, je mettrai mon écharpe...

— Quelle est votre spécialité ? me demanda-t-il.

— Pardon ?

— Votre spécialité médicale, précisa-t-il.

— Je ne suis pas médecin, je travaille à l'accueil. Et vous ?

— Cardiologie, répondit-il.

172

— Ah... Je vois que mes collègues me font signe, je vous prie de m'excuser, dis-je avant de m'éclipser.

J'avais un peu honte de mon chemisier taché...

— Ben alors, tu fais du rentre-dedans maintenant ? s'étonna Amber.
— Je m'en serai bien passée, dis-je en regardant ma chemise.
— Je peux te prêter mon gilet si tu veux, me proposa Sophie.
— Ce n'est pas de refus, je te le rendrais demain matin. Je vais quand même passer aux toilettes pour dégrossir tout ça...
— D'accord, fit-elle avant d'ôter son gilet gris et de me le donner.

Je la remerciai et filai aux toilettes. J'ôtais ma chemise lorsque j'entendis la porte s'ouvrir.

— Je vois que je tombe au bon moment, dit une voix que j'aurais pu reconnaitre entre mille.
— Bonsoir Docteur Stewart, fis-je d'une voix enjôleuse.
— Que t'est-il arrivé ? s'étonna-t-il.
— Du punch et l'attraction terrestre, à moins que ce soit de la maladresse, expliquai-je en nettoyant la tache avec un peu d'eau chaude et du savon.

Il posa ses mains sur mes hanches et m'embrassa dans le cou.

— Dois-je te rappeler que toute la clinique est là ce soir et que nous sommes dans les toilettes pour femme... Si quelqu'un nous voit...

173

— Cette garde va être super longue... Il me faut bien un peu de courage... se défendit-il.

— Je sais bien, mais ce n'est ni l'endroit ni le moment, répondis-je avant d'essorer mon chemisier et me demandant comment il allait bien pouvoir sécher le temps que je rentre à la maison.

— On se retrouve après, alors ?

— Si tu veux, dis-je avant de l'embrasser.

J'enfilai le gilet, Ian le boutonna lentement.

— Si tu veux, je peux le faire sécher dans mon bureau, tu viendras le récupérer tout à l'heure... proposa-t-il.

— Je veux bien.

— Pars devant, je te retrouve plus tard.

Je hochai la tête, vérifiai mon reflet dans le miroir, arrangeai mes cheveux et m'en allai rejoindre mes collègues. Le directeur monta cinq minutes plus tard sur l'estrade. Après nous avoir remercié d'être venus, il nous présenta ses vœux.

— 2019 sera une année de changements. Nous allons moderniser la cafétéria et l'aile Nord. La clinique accueillera désormais deux ostéopathes : Sandra Stilton et Patrick Bamber. Le pôle cardiologie peut désormais compter sur le docteur Daniel Crawford qui remplace le docteur Louis Scofield, récemment parti à la retraite.

Si Daniel Crawford est aussi maladroit avec ses patients, ça promet pour les opérations à cœur ouvert ! Les ostéopathes et Daniel montèrent à leur tour sur l'estrade pour dire quelques mots. Le directeur nous félicita tous pour notre travail au sein de clinique et nous invita à profiter encore de

174

la soirée. J'allais me servir un autre verre et revins vers mes collègues. Nous discutâmes encore un petit moment. Le hall commença à se vider, beaucoup rentraient chez eux, ce fut aussi le cas pour Amber. Elle travaillait tôt demain. Je pus me détendre.

— Vous en pensez quoi du nouveau cardiologue ? demanda Sophie.
— Maladroit, dis-je en riant avant de boire une gorgée.
— Encore un qui va alimenter la gazette d'Amber...
— Il semble assez jeune, remarqua Sophie.
— Tant qu'il est compétent, c'est un sacré défi de remplacer Scofield...
— C'est vrai que c'était un très bon médecin, commenta Sophie.
— On verra bien ce que cela donne, dis-je.
— Tu en as pensé quoi ? Toi qui as pu discuter avec lui...
— Euh... Il avait l'air sympathique, poli.
— C'est déjà ça ! J'espère qu'il sera respectueux au téléphone... fit Amanda.
— A moins que ce soit un jeune médecin pédant comme le radiologue...
— Qui ? Smithers ? demandai-je.
— Ouais...Encore un à qui je collerai bien des baffes, bougonna Sophie.
— On verra bien, fis-je avant de finir mon verre.
— Bon, je vais vous laisser, je vois bien assez cette clinique en journée... Pas envie de rester ici davantage, plaisanta Amanda.
— A demain, rentre bien, lui dis-je.
— Je vais te suivre, à demain Cassandra...
— Salut les filles.

175

Elles allèrent prendre leur manteau et quittèrent la clinique. Je jetais un coup d'œil pour voir si Ian était toujours dans le hall. Il manquait à l'appel. Je me décidais à le rejoindre. Je dirigeais vers l'accueil pour prendre mon manteau et voir si tout était en ordre pour demain.

— Vous partez déjà ?

Je me retournai.

— Oui, j'ai passé assez de temps à la clinique pour aujourd'hui, dis-je en plaisantant.
— Alors, c'est ici que je vais vous croiser demain ? me demanda Crawford.
— Oui, c'est mon bureau. Enfin... Il ne m'appartient pas du tout... Vous nous ferez parvenir vos coordonnées afin que l'on puisse les ajouter à notre répertoire ?
— Avec plaisir.
— Bien.
— Je vois que vous avez trouvé une solution pour votre haut... remarqua-t-il.
— Oui. Il n'est vraiment pas nécessaire d'essayer de vous racheter. La tache est bien partie.
— Alors disons que je vous suis redevable d'un service...
— Si vous voulez, docteur Crawford, capitulai-je.
— Je vous en prie, appelez-moi Daniel...
— Très bien, Daniel. Je suis désolée, je dois y aller. Bonne soirée.
— A vous aussi, Cassandra.

Je partis en direction du cabinet de gynécologie qui se situait à côté d'une sortie. La porte n'était pas verrouillée. La porte du bureau d'Ian était entrouverte, éclairant faiblement le cabinet plongé dans la pénombre. J'avançais à pas de loup jusqu'au bureau que je trouvais vide. Les stores étaient fermés. Le manteau et l'écharpe d'Ian étaient accrochés à son porte-manteau. Je pendis mon manteau et me mis à l'aise. Je remarquais que mon chemisier séchait sur le radiateur. J'attendis quelques minutes, ne le voyant pas arriver, je conclus qu'on avait dû l'appeler dans le service. Devais-je attendre qu'il revienne ou rentrer ?

Je l'appelai. Il y eut trois sonneries puis il décrocha.

— Allô ? demanda une voix féminine.
— Je cherche à joindre Ian Stewart, dis-je étonnée de mon interlocutrice.
— Il se prépare pour une césarienne, puis-je lui passer un message ?
— Dites-lui que Cassie a appelé et qu'elle attend son appel.
— Très bien, je le lui dirai. Au revoir.

Une césarienne dure environs trente minutes quand tout va bien... Mais dans le doute... Je me rhabillais, fermais son bureau et rentrais à l'appartement.

Cela faisait déjà deux semaines qu'Ian avait rendu son appartement et que nous vivions ensemble. Il avait beaucoup de gardes et je le croisais surtout. Je savais dans quoi je m'engageais en me mettant en couple avec un médecin. Pourtant, je trouvais le temps long. Il me manquait. Notre relation devait rester secrète, ce qui ne rendait pas les choses faciles. J'occupais mon temps libre en allant courir, en dessinant... Quand Victoria ne travaillait pas trop, elle aussi, j'allais la voir ou elle me rendait visite. Mais c'était lui que je voulais voir.

J'avais emprunté les clés du secrétariat et m'étais faufilée en douce dans son bureau. J'avais appelé une infirmière du service pour lui dire qu'un document important venant du laboratoire d'anatomopathologie était sur le bureau du docteur Stewart. Il était 21 heures et j'attendais Ian de pied ferme dans son bureau. Vingt minutes plus tard, j'entendis des bruits de pas et le cliquetis de la clé. J'avais pris soin de bien refermer toutes les portes à clé pour garder la surprise.

> — Cassie ? s'étonna-t-il en me voyant assise sur son bureau.
> — C'est moi le document de l'anapath...
> — Je vois... Que me vaut ta visite ?
> — Tu me manquais... Tu aurais un peu de temps à m'accorder ou c'est le rush ?
> — Je viens de finir mon tour, répondit-il en s'approchant de moi.
> — Parfait, dis-je en déboutonnant sa blouse.
> — Et si je fermais la porte... proposa-t-il entre deux baisers.
> — Bonne idée.

Nous reprîmes où nous en étions, maintenant que le bureau était sécurisé. Je défaisais soigneusement sa chemise pour éviter de la froisser, ce qui me prenait un temps considérable. C'en était même agaçant. Il fit moins de manière avec mes vêtements. Lorsque notre étreinte prit fin, j'eus beaucoup de mal à reprendre mes esprits. Son téléphone sonna alors que nous remettions un peu d'ordre dans son bureau. Il raccrocha rapidement.

— Je suis désolé, je dois filer. C'était un appel des urgences... s'excusa-t-il.

— Je comprends.

— Merci pour ce petit interlude... Tu me manques aussi Cassie, bientôt mon planning sera moins chargé et je pourrais passer plus de temps avec toi...

— J'attendrai le temps qu'il faudra, ne t'en fais pas.

Il m'embrassa et fila. Je quittai le cabinet après avoir tout fermé à clé et passai à l'accueil pour remettre les clés à leur place. Je rentrais, seule, à l'appartement. Au moins, la soirée m'aura parue moins longue...

Chapitre 10

Les jours passaient, nous rapprochant peu à peu du printemps et du temps un peu plus clément. Ian eut un peu moins de garde, ce qui nous permit de profiter davantage l'un de l'autre. Nous avions des week-ends entiers, ce qui était un luxe !

Une routine s'installait et quelque part, c'était rassurant d'avoir une certaine régularité. J'avais tellement vécu des jours incertains, à me demander de quoi serait composé le lendemain, que j'étais à l'aise avec la vie assez réglée que nous avions. Nous partions travailler, moi selon mes horaires, lui toujours pour 8 heures ; nous rentrions en fonction de nos horaires puis il fallait préparer le repas. Quand Ian était de garde, je dessinais ou épuisais Netflix. Quand je rentrais tôt du travail, j'allais courir à Hyde Park sauf quand la pluie était trop importante ou qu'il faisait trop froid.

Parfois, Ian avait des réunions ou des séminaires et devait s'absenter. Parfois, Victoria me kidnappait et nous allions faire les 400 coups, laissant nos hommes à la maison ; une soirée entre filles comme au bon vieux temps.

Je commençais à 7 heures. J'embrassais Ian qui prenait son petit déjeuner en lisant les actualités sur sa tablette et filais au travail. Il pleuvait. *Étrange pour une ville telle que Londres.* Je manquai de peu de me faire éclabousser par une voiture qui roula dans une flaque géante. Je saluais Emily et lui demandais comment s'était déroulée la nuit : un décès dans le service de chirurgie, une commande de sang pour

8 heures pour le service de Réanimation, sinon le calme aux urgences. Je préparais mon poste de travail et lui souhaitais bonne nuit. La journée pouvait commencer.

Lorsque la fille du défunt se présenta pour faire les démarches administratives et voir le corps à la morgue, j'eus beaucoup de mal à ne pas perdre mes moyens. Il y avait tant de tristesse et de désarroi dans ses yeux, j'en avais les larmes aux yeux. Le patient en question était là depuis longtemps. Il était venu, un mois auparavant, pour se faire opérer de la vésicule biliaire. A cause de complications, on l'avait transféré en réanimation. Il avait été plongé dans le coma, perfusé à cause de son hémorragie interne et enfin il avait pu regagner le service de chirurgie. Sa compagne avait appelé de nombreuses fois au standard pour avoir le médecin de réanimation au téléphone, donc je lui avais souvent parlé et nous avions davantage discuté lorsqu'elle était venue à la clinique. Sans connaître le patient, qui n'avait que cinquante ans, j'avais éprouvé une sympathie pour lui et m'étais attachée à cette famille. Cela m'avait ému lorsque j'avais vu le nom sur le registre des décès et d'autant plus quand sa fille s'était présentée ce matin.

J'avais le moral dans les baskets, pour une fois j'avais demandé une pause en milieu de matinée pour sortir m'aérer l'esprit. J'étais adossée au mur de la porte 14, côté consultation rhumatologie, en train de fixer un caillou blanc par terre sans vraiment comprendre pourquoi je fixais ce pauvre caillou, lorsque j'entendis mon nom. Je relevai la tête et vis Daniel Crawford avancer vers moi.

— Bonjour, dis-je.
— Comment allez-vous ? me demanda-t-il.
— Matinée compliquée, mais ça va aller et vous ? Vous êtes bien loin de la cardio…

181

— Je commence plus tard aujourd'hui, que vous arrive-t-il ?

— Un peu troublée par le décès d'un patient dont j'avais appris à connaître la famille.

— Ce n'est jamais facile à gérer. Je n'ai pas encore perdu de patient, en tant que médecin, mais lorsque j'étais interne, j'y ai été confronté. On s'en remet, bien sûr, mais sur le moment...

— Certains médecins préfèrent considérer leurs patients comme des dossiers plutôt que comme des êtres humains, ils sont peut-être moins touchés par les décès ainsi, fis-je.

— Mais je doute qu'ils soient d'aussi bons médecins...

— Je l'ignore.

Il me frotta doucement l'épaule, il était bien proche de moi tout à coup... Je pouvais sentir son parfum, la chaleur de son souffle... Je le regardais, un peu perdue.

— Si vous avez besoin de parler...

— Merci Daniel, mais ça va aller, ne vous en faites pas.

Il me sourit.

— Sinon ça se passe bien pour vous en cardio ?

— Oui, bonne équipe, je prends mes marques et j'ai repris beaucoup de patients de mon prédécesseur. J'attaque ma première garde demain.

— Tant mieux ! Il nous manque toujours vos coordonnées d'ailleurs... remarquai-je.

— Mince ! Je passerai vous les donner tout à l'heure en allant déjeuner. Vous déjeunez ici au fait ?

— Euh, ça m'arrive...

— Voudriez-vous vous joindre à moi ce midi ? me proposa-t-il.

— Cela aurait été avec plaisir mais je n'ai qu'une pause quand je suis du matin et elle est presque terminée…

— Dommage, ce n'est que partie remise alors…

— Bien sûr, répondis-je sans réfléchir.

— Bien ! Je vais vous laisser terminer votre pause et aller retrouver mes patients, dit-il en souriant.

— Bon courage, lui souhaitai-je.

— Merci, à vous aussi.

Il entra dans le bâtiment. Je regagnais mon poste quelques minutes plus tard. Au moins, j'avais pu penser à autre chose. J'étais davantage concentrée désormais.

Vers midi, je vis passer mon médecin préféré et ses deux collègues, je leur fis signe, ils me répondirent par un sourire et continuèrent leur chemin vers la cafétéria. J'avais hâte de retrouver Ian à la fin de la journée pour lui raconter mes misères, blottie dans ses bras et être consolée. Mais Amber n'allait pas arriver tout de suite pour la relève, je devais prendre mon mal en patience.

J'étais en train de charger mon imprimante en feuilles lorsque j'entendis du bruit derrière moi. Je me retournai, c'était Daniel. Il tenait un post-it jaune dans une main, un téléphone portable dans l'autre.

— Vous auriez seulement pu me passer un coup de fil, je l'aurais noté…

— Je vous avais dit que je passerai à la pause déj'… Chose promise, chose due, dit-il avec un sourire charmeur.

— Merci, dis-je en prenant le bout de papier.

— Vous avez changé quelque chose à votre coiffure ? me demanda-t-il en me fixant intensément.

— Euh j'ai coupé un peu, répondis-je un peu choquée qu'un homme remarque ce genre de choses.

— Ah je me disais bien... Cela vous va à ravir, dit-il en souriant.

— Merci...

Mon téléphone sonna. Sauvée par le gong.

— Je vous laisse travailler... Bonne journée Cassandra...

— Vous aussi, fis-je avant de décrocher.

Je n'étais pas très à l'aise, Daniel semblait un peu trop s'intéresser à moi. Il semble, certes, très sympathique mais je n'ai pas trop envie d'attirer l'attention en traînant avec lui. Si la direction a vent qu'un médecin courtise une subordonnée, cela risque de mal se terminer pour moi. Je me donne assez de mal à feindre mon absence de relation avec Ian, ce n'est pas pour qu'on m'attribue une romance avec un autre médecin...

Amber arriva en retard, je m'étais enthousiasmée à partir à l'heure, pour rien... Je rentrais chez moi sous une pluie torrentielle.

Il était certain que je n'allais pas courir cet après-midi. J'en profitais pour faire le ménage à fond et en musique. En attendant que les sols sèchent, je me posais dans le canapé avec de quoi dessiner.

Ian rentra vers 18 h 30, après avoir discuté de nos journées respectives, nous nous mîmes derrière les fourneaux pour préparer le dîner. Mon téléphone sonna alors que je lavais la salade. Je m'essuyais les mains rapidement et décrochais. C'était mes parents.

184

— Allô ?

— Coucou ma chérie, comment tu vas ? me demanda ma mère.

— Bien et vous deux ?

— Très bien. Quoi de neuf ?

— Oh pas grand-chose, la routine et vous ?

— On a eu la visite de ta sœur, le week-end dernier, répondit-elle.

— Ah et elle va bien ?

— Très bien. Dis, ça fait longtemps qu'on ne t'a pas vue, tu fais quoi ce week-end ?

— Euh... On a quoi ce week-end Ian ?

— Rien de prévu normalement, dit-il entre deux découpages d'oignons.

— On est libres ce week-end, répondis-je à ma mère.

— Bien ! On aimerait beaucoup que vous passiez nous voir, cela nous donnera l'occasion de rencontrer ton gynéco...

— D'accord... On sera là, sauf extrême urgence à la clinique...

— Parfait ! Nous sommes très contents !

— Nous aussi, fis-je moins convaincue.

— Tu nous diras à quelle heure vous arrivez, hein ?

— Bien sûr. Oh ! Je vais devoir te laisser, Ian a besoin de mon aide. Bisous Maman.

— Bisous ma chérie...

Je raccrochais et prenais une grande inspiration.

— Je suppose qu'on va chez tes parents ?

— Ouais... Je reculais l'échéance, mais je crois que nous n'avons plus le choix... dis-je en grimaçant.

185

— Je suis un grand garçon, pas besoin d'essayer de me protéger et je suis sûr que tes parents sont adorables...

— Ils ne sont pas méchants mais...

— Tu n'as pas de quoi rougir : tu as un travail et tu vis avec ton compagnon... Qu'est-ce qu'il leur faudrait de plus ?

— Un bébé en route ? me hasardai-je.

— Ah ça, ça peut s'arranger, plaisanta-t-il.

— Je ne suis pas encore prête...

— Je sais, je te taquine. Écoute, peu importe ce qu'ils peuvent penser, le plus important est ce que tu ressens, toi. Si tu es heureuse ainsi, c'est le principal. On se fiche du reste, c'est ta vie.

— Oui... J'ai tendance à l'oublier... Ils me comparent tellement à Scarlett...

Il me prit dans ses bras et m'embrassa doucement.

— Je t'aime. Tout va bien se passer.

— J'espère...

Nous reprîmes la cuisine. Nous passâmes notre soirée blottis l'un contre l'autre à regarder Le Seigneur des Anneaux. J'appréhendais un peu ce week-end avec mes parents. Je savais qu'ils allaient adorer Ian, car c'était quelqu'un de bien. J'avais surtout peur qu'Ian ne sente pas à l'aise. Je devais m'efforcer de ne pas y penser jusqu'à samedi matin, sinon ça allait me miner le moral pour le reste de la semaine. Et on n'était que mardi...

Le mardi suivant, l'épisode du week-end était déjà bien loin. Tout s'était bien passé, autant pour Ian que pour moi, c'était un véritable soulagement. Mon père, après avoir fait quelques blagues vaseuses, avait adopté Ian avec une facilité déconcertante. Ma mère l'avait trouvé très charmant et très gentil. De son côté, Ian avait apprécié cette première rencontre et avait beaucoup ri ce week-end. Mes parents n'avaient pas beaucoup parlé de Scar, trop intéressés par le nouveau sujet de conversation que représentait Ian. Je n'étais pas mal à l'aise comme lorsque j'y allais seule. Je gardais un bon souvenir de ce week-end en famille.

C'était la panique au travail : Sophie s'était fait un lumbago hier et Amber était partie en congés à l'étranger. Il fallait trouver quelqu'un rapidement pour pallier le manque de personnel et en attendant nous n'étions que deux pour faire tourner l'accueil. Je travaillais tous les matins de la semaine, Amanda était de l'après-midi. Nous n'avions personne pour le week-end. Aux admissions, c'était aussi à flux tendu parce que Josy était en arrêt maladie à cause de son opération du genou. Elle était celle qui nous filait un coup de main à l'accueil habituellement.

Ian était de garde tout le week-end, bref une grosse semaine pour tous les deux. Bien évidemment, c'est toujours dans ces moments-là que les ennuis les plus improbables surviennent ! Les services des urgences et de chirurgie orthopédique étaient bondés à cause d'un gros accident de bus survenu mercredi soir. Les victimes avaient été dispatchées dans plusieurs établissements, mais cela n'avait pas suffit. Les appels des familles étaient nombreux et le standard sonnait plus qu'à l'accoutumée. Le personnel soignant courait dans tous les sens, c'était de la folie. J'essayais de relativiser, d'aborder les événements plus sereinement, mais j'avais beaucoup de mal à rester complètement calme.

Notre supérieure vint nous voir pendant les transmissions pour nous annoncer que nous allions travailler toutes les deux le samedi et que je devais rester le dimanche. Elle recevait quelqu'un en entretien le lendemain pour travailler dès la semaine prochaine. Elle s'en alla sur cette note positive, nous laissant terminer nos transmissions.

> — Tu vas voir qu'il faudra former la personne et qu'elle sera efficace quand Josy rentrera de convalescence...
> — Bon sang, on n'est pas près d'avoir un jour de repos... Ils n'ont pas le droit de nous faire travailler autant de jours d'affilées, grommelai-je.
> — Je ne sais pas, ce sont des circonstances particulières...
> — Chiche on se met en arrêt, plaisantai-je.
> — Ne me tente pas ! s'exclama-t-elle en riant.

Je pliais boutique, prenais le colis pour Clementina que nous avions reçu dans la matinée et me dirigeais vers le cabinet de gynécologie. Lorsque j'entrais, je vis Alexandra derrière son bureau, visiblement très occupée. J'allais frapper à la porte du bureau de Clementina.

> — Entrez, l'entendis-je dire.

J'ouvrai la porte. Elle s'entretenait avec Glenn et Ian sur un dossier.

> — Conciergerie de la clinique, bonjour ! dis-je en riant.
> — Oh ! Merci ! Comment tu vas ? me demanda-t-elle.
> — Très bien et vous trois ?
> — Ça va.
> — Tu as fini ta journée ? s'enquit Glenn.

— Oui, sauf si vous avez besoin de quelque chose...
Alexandra a l'air bien occupé...

— Beaucoup de sorties ces derniers jours, expliqua
Clementina.

— J'ai l'ordonnance que tu m'as demandée, dit Ian.

— Ah parfait ! Merci beaucoup !

— Tu profites beaucoup de tes amis médecins, on
dirait, plaisanta Glenn.

— Comme vous profitez de votre collègue à l'accueil,
rétorquai-je.

— Pas faux...

— Toujours un plaisir de vous rendre service, en tous
cas... Tu l'as sur toi l'ordonnance, Ian ?

— Non, dans mon bureau...

— Je te suis. Bon après-midi à vous deux, dis-je à
Glenn et Clementina.

Je suivis Ian dans son bureau. Il ferma la porte. Je
m'avançais vers lui et l'embrassais longuement.

— J'ai une consultation dans vingt minutes...

— Cela va sembler bizarre si je reste avec toi tout ce
temps...

— Très, admit-il avant de m'embrasser.

— Ils vont se douter de quelque chose, dis-je en lui
ôtant sa blouse.

— Certainement... répondit-il en passant ses mains
sous mon chemisier.

— Tu trouveras quelque chose à leur raconter, dis-je
en m'asseyant sur le bord de son bureau.

— J'ai beaucoup d'imagination, reconnut-il avant de
m'embrasser dans le cou.

Nos méfaits accomplis, je remis un peu d'ordre dans ma coiffure, fermai mon manteau et l'embrassai avant de quitter son bureau.

> — Bon après-midi Alexandra, dis-je en sortant du cabinet.

Je marchais vers la sortie lorsque j'entendis quelqu'un m'appeler. Je me retournai et vis Daniel venir vers moi.

> — Vous nous quittez déjà ?
> — C'est que j'ai fini ma journée, mon bon monsieur, répondis-je en riant.
> — Cela se voit, vous êtes radieuse.

Non, ça c'est l'ocytocine... Mon dieu, je dois avoir les joues avec cette folie...

> — Je le suis toujours quand j'ai bu mon café du matin, plaisantai-je.
> — J'aimerai, cependant, bien vous assurer que vous l'êtes en vous réveillant...

C'est moi où il y a un message subliminal... C'est quoi ce gros sous-entendu ?

> — Comment ça ? lui demandai-je bien intéressée de savoir comment il allait se sortir de là.
> — Vous me plaisez, dit-il pensant sûrement que je lui tendais une perche.
> — Vous ne me connaissez pas, répliquai-je.
> — Raison de plus. J'aimerai mieux vous connaître.
> — Je ne puis accéder à votre requête, Daniel.
> — Parce que je suis médecin ?

— Je me fiche bien de votre situation professionnelle. Même si cela me coûterait ma place si je fréquentais un médecin de la clinique...

— Et si je vous trouvais un poste ailleurs ? tenta-t-il.

— Bien joué mais non. Je fréquente quelqu'un.

— Une femme telle que vous, je n'en doute pas. Cela rend le défi encore plus intéressant.

— Je doute que vous m'ayez à l'usure. Si vous me voyez comme un défi, vous perdez des points, rétorquai-je.

— Oh vous êtes bien plus que ça ! Croyez-moi ! s'exclama-t-il.

— Trêve de plaisanterie, je ne veux pas vous faire perdre du temps, courtisez quelqu'un d'autre.

— Vous ne faites qu'aiguiser ma curiosité, Miss Lloyd...

— Dommage. Je ne suis pas intéressée. Désolée, bonne journée, lançai-je en sortant.

Mais quelle galère ! Je n'avais vraiment pas besoin de ça. Tant pis pour la pluie, j'ai besoin de courir pour me défouler aujourd'hui ! Si Daniel se montre trop lourd et énervant, j'en toucherai deux mots à Ian. Mais vraiment en dernière option, je ne voudrais pas nous mettre dans une position délicate, si notre relation plus que cordiale venait à se savoir... Tout va bien se passer... Il faut être un minimum intelligent pour devenir cardiologue, il finira bien par comprendre que je ne veux pas de lui. Au pire... Je paye un acteur pour jouer mon petit ami... Non, on n'en arrivera pas là...

Je rentrais après avoir couru une bonne heure à Hyde Park, j'étais trempée jusqu'aux os. La douche brûlante fut bienvenue ! Assise face à la fenêtre, une tasse de thé noir à la main, je contemplais la rue et la pluie qui tombait sans interruption. Je repensais à ma rencontre avec Ian, la nuit inoubliable que nous avions passé… Je ne pus m'empêcher de sourire. Depuis, ma vie avait pris une tournure plus que satisfaisante. Je me sentais bien, complètement épanouie comme si j'avais enfin trouvé ce qu'il manquait à mon existence. J'étais prête à m'engager avec lui, s'il me demandait de finir mes vieux jours avec lui, je lui répondrais « oui » sans hésiter. Fonder une famille ? Pourquoi pas. Peut-être que je me révèlerai être une bonne mère ? L'appartement pouvait accueillir un enfant sans problème, avec ses deux chambres. Il y avait assez de place pour tout le monde. Notre quartier était sûr, certes il fallait marcher un petit moment pour aller à l'école ou au jardin d'enfants mais cela restait une distance raisonnable.

Est-ce que je pensais à tout ça à cause des avances de Daniel ? Voulais-je m'enfermer dans une vie rangée par peur de la tentation ? Non. Certes, être séduite était une sensation plus qu'agréable. Agréablement dangereuse, mais ce que je vivais avec Ian avait beaucoup plus de valeur et d'importance qu'une amourette de passage. J'ai été claire avec Daniel. Je ne suis pas intéressée par ce qu'il me propose. Bien qu'il soit charmant ce brun ténébreux avec sa voix grave, il n'arrive même pas aux chevilles de mon Ecossais en kilt !

Je bus une grosse gorgée de mon thé refroidi pour chasser toute pensée concupiscente. J'entendis un cliquetis de clé dans la porte d'entrée.

— C'est ouvert ! dis-je très fort.

Je me levais et m'approchais. La porte s'ouvrit sur Ian.

— Salut, toi !

— Il faut qu'on parle, Cassandra, commença-t-il.

Son air plus que sérieux me fit un peu peur, j'en perdis mon sourire. Il ôta son manteau et posa ses affaires sur le guéridon. Nous allâmes dans le salon.

— Que se passe-t-il Ian ? demandai-je inquiète.

— Crawford raconte à qui veut l'entendre qu'il se tape une hôtesse d'accueil. Pas n'importe laquelle : la petite brune sympathique. Et ce ne peut pas être Amber... Et Amanda a les cheveux blonds maintenant...

— Et Sophie est malade... dis-je en réfléchissant à haute voix.

— Voilà !

— Putain ! Il est chié quand même ! Il prend vraiment ses rêves pour une réalité ! grondai-je.

— Tu m'expliques ?!

— Il m'a fait des avances. Il ne s'est rien passé. Je lui ai dit que j'avais quelqu'un.

— Il avait pourtant l'air très sûr de lui...

— Je t'assure, Ian, Il se vante de quelque chose qu'il n'a pas commis.

— Il te plait ?

— Ian ?! Tu me fais quoi là ?! m'exclamai-je.

— Tu as rougis, répondit-il sèchement.

— Je ne dis pas qu'il n'est pas charmant. Mais trouver quelqu'un charmant ne signifie pas qu'on veut coucher avec...

— Tu me jures ?

— Sur ma vie. J'ai tout ce dont j'ai besoin avec toi. Je ne désire guère plus que... rester avec toi. Je suis heureuse à tes côtés.

Il ne dit rien. Il avait toujours ce regard plein de doutes. Je m'approchai et l'embrassai doucement.

— Quand je pense au futur, comme ce fut le cas cet après-midi, je ne le vois qu'à tes côtés, avouai-je.
— Moi aussi.
— On fait quoi pour Daniel Crawford ? demandai-je.
— Si j'interviens, je sais que ça va mal finir pour toi. Si je n'interviens pas...
— Je sais me défendre toute seule, lançai-je fièrement.
— Je ne peux pas le regarder se vanter sans rien faire. Ses conneries risquent de te coûter ta place ! s'indigna-t-il.
— Dans tous les cas je pourrais perdre ma place. Vous n'avez pas un code d'honneur, entre médecins ? Le secret médical ça ne pourrait pas intervenir dans ce cas-là ?

Ian rit et fit non de la tête.

— Pourquoi est-il allé dire ça... Qui l'a entendu ? Raconte-moi comment ça s'est passé.
— On allait aux toilettes, Glenn et moi. Daniel en sortait avec Blyton, tu sais l'angiologue... Cela a même étonné Glenn... Tiens d'ailleurs, il sait pour nous.
— Quoi ? Comment ça ? demandai-je choquée.
— Les murs ne sont pas épais entre son bureau et le mien. C'est dû à l'ancienne disposition des bureaux... Bref... Il est venu me voir après que tu sois partie...
— Hé merde ! Rassure-moi, il va garder ça pour lui ?
— Ouais. Il nous dit de faire attention. Tu devrais peut-être arrêter de venir quand tout le monde est encore là...

— Je n'avais pas prémédité ce qu'il s'est passé entre midi et deux… Mais cela n'arrivera plus, promis.

— Je me demande même si on ne devrait pas arrêter tout court, même quand je suis de garde…

— Je ne viens pas tous les jours, non plus ! Mais d'accord, si tu préfères… capitulai-je.

— Je te demande ça seulement pour ton bien.

— Je sais… Tant pis, je serai frustrée, plaisantai-je.

— Je veillerai à ce que cela n'arrive pas, dit-il avant de m'embrasser.

L'incident était clos, nous ne parlâmes plus de Crawford de toute la soirée.

Quelques jours plus tard, la situation à l'accueil ne s'était toujours pas arrangée. Je n'avais pas recroisé Daniel et ne m'en portais pas plus mal. Je quittais la clinique en ce début d'après-midi maussade. C'est alors que mon téléphone sonna. Le numéro m'était complètement inconnu.

— Allô ?

— Cassandra Lloyd ? demanda une voix masculine.

— Oui, c'est moi.

— Je suis Leith Calden, je vous appelle de la part de mon ami Douglas Gordon. Je suis le directeur de la galerie Elephant Square, je suis à la recherche d'une assistante et Douglas m'a dit que vous pourriez être la personne que je cherche…

— Oh… Je l'espère en tous cas.

— Seriez-vous disponible pour un entretien ? Histoire de faire connaissance…

— Bien sûr, je vous amènerai mon CV. Quand souhaitez-vous me recevoir ? demandai-je en tentant de cacher mon enthousiasme.

— Demain après-midi si c'est bon pour vous ? A la galerie.

— Je serai là.

— 15 heures ?

— Parfait !

— Très bien, je vous attends. Passez un bon après-midi Miss Lloyd.

— Vous de même, Monsieur Calden.

Je raccrochai et laissai exploser ma joie. Un entretien pour un poste dans une galerie !!!! Je croyais rêver ! J'envoyai de suite un texto à Ian pour lui annoncer la nouvelle. En arrivant à l'appartement, je me ruai dans ma chambre pour trouver une tenue pour l'entretien. J'aurais tout le temps de rentrer du travail et venir me changer. Je mis mon CV à jour et regardais où était situé la galerie. J'avais hâte d'y être !

Je sortis du métro et parcourus la centaine de mètres qui me séparait de la galerie Elephant Square. Je n'avais rien à perdre, tout à gagner. J'entrai dans la galerie, il y avait un gros éléphant bleu et rouge trônant dans la première salle. Je comptais huit tableaux d'art abstrait aux couleurs assez sombres. Cela donnait l'impression de mettre l'éléphant coloré en valeur. Je m'approchais d'un des tableaux. Il était signé Claudine Cornille. Ce devait être une artiste française ou canadienne. Toute la série de tableaux avait été réalisée par la même artiste.

— Qu'en pensez-vous ? me demanda une voix d'homme.

— Très joli. On reconnait un tissage. Très intéressant d'avoir choisi des nuances de gris.

Je me retournais. L'homme qui me faisait face avait la cinquantaine, les cheveux grisonnants, les yeux d'un noir de jais. Il portait un costume italien, très élégant. Il était assez grand et semblait sportif. Les épaules larges, l'air sûr de lui mais sympathique, ce devait être Leith Calden.

— Très juste, l'artiste cherche la juxtaposition de deux dimensions de par le tissage qu'elle peint dans cette série de tableaux. Le futur et le passé, la vie et la mort, la jeunesse et la vieillesse ; des concepts diamétralement opposés mais réunis sur une toile...
— Je les trouve relaxant, avouai-je.
— Vous voulez faire une offre ?
— Non, je viens répondre à une offre. Je suis Cassandra Lloyd.
— Oh ! Vous êtes en avance. Bonjour, me dit-il en me serrant la main dynamiquement.
— Bonjour Monsieur Calden. Ravie de vous rencontrer, répondis-je en souriant.
— Je vous en prie, suivez-moi...

Nous allâmes dans son bureau situé dans un retranchement de la galerie, seulement séparé par des panneaux japonais. Un bureau à la fois ouvert et fermé sur le monde de l'art... Ah les artistes !

Nous nous assîmes, je lui tendis mon CV. Il le parcourut en faisant quelques sons approbateurs.

— Vous êtes toujours en poste ?
— Oui, répondis-je.

— Qu'est-ce qui vous plait dans la fonction que vous exercez ? Ce n'est pourtant pas en accord avec votre cursus...

— J'aime le contact humain et la cadence des journées de travail à la clinique, expliquai-je.

— Vous savez, ici, il y a nettement moins de personnes qu'à la clinique où vous travaillez...

— Certes, mais ici il est question d'art. Ma première passion.

— L'art contemporain n'est pas votre spécialité, je vois que vous avez davantage étudié le courant classique, dit-il en relisant mon CV.

— En effet, mais l'art reste de l'art. Je sais aussi apprécier l'art contemporain, de plus, le but d'une galerie est de vendre en plus de diffuser l'art de nouveaux artistes...

— Bien... Concernant vos disponibilités...

— Je dois voir avec les RH de la clinique pour terminer le plus tôt possible, si tel est votre besoin.

— Vos attentes en matière de salaire ? s'enquit-il.

— 1 800£.

— C'est légèrement au-dessus de ce à quoi peut prétendre un assistant galeriste débutant...

— Je ne suis pas tout à fait débutante... me défendis-je.

— Comment connaissez-vous Douglas Gordon ? m'interrogea-t-il.

— Mon conjoint a aidé son épouse à mettre son enfant au monde. Nous nous sommes rencontrés au British Museum.

— Vous avez dû lui faire une très bonne impression pour qu'il me parle de vous...

— Visiblement...

— Concernant le poste, vous connaissez les missions principales qui incombent à l'assistant galeriste. Vous aurez sans doute à voyager pour rencontrer des artistes ou assister à des vernissages lorsque je ne pourrais m'y rendre. Ce serait pour du long terme, avec une période d'essai de trois mois. La galerie ouvre ses portes de 10 heures à 12 h 30 et de 13 h 30 à 18 heures et ce du lundi au vendredi, mais vous commencerez à 9 heures et terminerez à 18 h 30 sauf en cas de vernissages. Il se peut aussi que vous travailliez le samedi, mais vous aurez un jour de congé en semaine.

— D'accord.

— Des questions, sans doute ?

— Concernant la vente de tableaux... commençai-je.

— Vous obtiendrez bien évidemment une prime pour chaque œuvre que vous vendrez.

— Très bien.

— Autre chose ?

— Non, je sais tout ce qu'il y a à savoir pour l'instant, répondis-je.

Il me regarda un instant, me sourit puis se leva. Je fis de même.

— Bien... Je vous recontacterai, Miss Lloyd.

— Merci beaucoup de m'avoir reçue Monsieur Calden.

— Ce fut un plaisir, je vous raccompagne, dit-il en faisant quelques pas.

En retournant prendre le métro, j'écrivis mes impressions de l'entretien à Ian. Calden était resté impassible. Je n'avais pas pu sonder son esprit. J'espérais vraiment obtenir ce poste. D'une part, parce que j'allais faire ce pour quoi j'avais étudié, d'autre part parce que je pouvais officiellement m'afficher avec Ian. Même au travail, une fois que j'aurais vu les ressources humaines par rapport à ma fin de contrat. En attendant la réponse de Calden, il me fallait garder la tête sur les épaules et retourner travailler comme si de rien n'était.

Je n'aimais pas particulièrement travailler les dimanches. Surtout quand Ian était à l'appartement, lui. Mais aujourd'hui, c'était différent, nous étions tous les deux à la clinique. Nous pûmes même déjeuner ensemble ! Le dimanche, c'était long. Il ne se passait pas grand-chose à part les entrées en fin d'après-midi pour les opérations du lundi. Le reste de la journée, j'étais payée à répondre aux quelques appels et à lire. Lire n'a jamais été aussi lucratif ! Lorsque le téléphone me sortait de l'univers fantastique de la saga de Diana Gabaldon, je ne savais plus où j'en étais. C'était le seul problème...

Je jetais un coup d'œil au planning de la semaine à venir, je travaillais lundi après-midi. Ce qui me laissait une matinée pour me remettre de ce long dimanche.

J'étais en plein milieu d'une description bucolique de la Caroline du Nord lorsqu'on toqua sur la banque de l'accueil. Je relevai la tête. Oh non, pas lui !

— Vous ici ?
— Bonjour Daniel.
— Vous rentrez chez vous parfois ? s'étonna-t-il.
— Rarement, en quoi puis-je vous aider ?

— Il vous reste des boîtes isothermes pour le transport de sang ?

— Je regarde, dis-je en me levant pour aller derrière l'accueil.

En effet, il m'en restait quatre. Je les lui amenais.

— Merci beaucoup !

— Vous savez que c'est le travail des aides-soignantes ou des infirmières ? lui demandai-je.

— Oui. Mais...

— Mais vous saviez que je travaillais aujourd'hui, le coupai-je.

— Je suis démasqué.

— Je ne coucherai pas avec vous. Et je ne vous laisserai pas détruire ma réputation en lançant cette rumeur débile.

— Je n'ai jamais...

— Inutile de nier, on me l'a rapporté.

Je le vis réfléchir à toute vitesse.

— Je suis amie avec Glenn O'Brian et ses collègues, avouai-je.

— C'est lui que vous fréquentez alors ?

— Non. Pas mon genre.

— Écoutez, je...

— Non, vous, écoutez. Vous m'avez manqué de respect en hurlant sur tous les toits qui vous vous tapiez, sauf que rien n'est arrivé et rien n'arrivera entre nous. Ni aujourd'hui, ni demain. Après, si je ne peux vous en convaincre, mon fiancé pourra très bien s'en charger.

— Il a vraiment de la chance...

— Ai-je été assez claire ? demandai-je un peu sèchement.

— Comme de l'eau de roche. Je tiens à m'excuser, Cassandra.

— Bien. Autre chose ?

— Non. Merci pour les boîtes, dit-il avant de partir tout penaud.

Je me replongeai dans ma lecture.

Quelques jours plus tard, mon téléphone sonna pour m'annoncer une très bonne nouvelle : j'étais retenue pour le poste ! Je pris sur mon temps de pause pour aller voir les ressources humaines. Ma responsable n'étant pas là, je n'avais pas le choix. Demetria Lopez put me recevoir entre deux rendez-vous. Selon la législation, j'avais droit à une semaine de préavis. Demetria devait rédiger le document de fin de contrat et à partir de celui-ci, il ne me resterait qu'une semaine à travailler. Je retournais travailler, le cœur léger.

Le lendemain matin, lorsque je repris l'accueil, je remarquai une enveloppe posée à mon attention entre le clavier et l'écran. Je l'ouvris et constatais avec plaisir la fin de mon contrat. Je me pressais de signer le document et le mis dans la bannette destinée au service des ressources humaines. Vendredi prochain sera mon dernier jour en tant qu'hôtesse d'accueil.

Je préparais mon poste de travail le temps qu'Emily revienne des urgences. Elle fut contente pour moi mais un peu triste de me voir partir, c'est vrai que nous étions devenues plutôt proches depuis que je travaillais ici. Mais je ne quittais pas le pays et j'aurais toujours l'occasion de la revoir, tout comme Sophie et Amanda.

La matinée se passa plutôt bien, je fis la connaissance de Hannah, la remplaçante d'Amber. Par chance, elle avait déjà travaillé ici quelques années plus tôt. Il fallait seulement la mettre au courant des nouveautés, sinon elle savait déjà tout faire. Voilà qui nous enlèverait un poids ! Même si j'en rajoutais un de par mon départ.

— Tu connais un certain Glenn ? me demanda Hannah la main sur le combiné.
— Oui.
— Je vous la passe, répondit Hannah avant de me tendre le téléphone.
— Allô ?
— Bonjour Cassandra, tu vas bien ?
— Oui et toi ?
— Comme toujours, dis-moi, tu finis à quelle heure aujourd'hui ?
— 14 heures, pourquoi ?
— C'est un peu la folie au secrétariat, Alexandra est en repos et Helen croule sous les courriers, si bien qu'elle a mis le répondeur sur le téléphone externe... Bref, tu pourrais nous apporter le courrier avant de partir, s'il te plait ?
— Ah bien sûr !
— Je t'aurais bien demandé un coup de main administratif, mais ce n'est pas ton travail... De plus, tu as fini ta journée...
— Pour taper les comptes-rendus ou répondre au téléphone ?

— Honnêtement, si tu pouvais nous aider pour les comptes-rendus, ce serait génial... Mais, je comprendrais que tu refuses...

— Si tu me payes en café et en shortbreads, j'accepte de venir.

— Tu verras avec Ian pour les shortbreads...

— A tout à l'heure, Glenn, dis-je en souriant.

— Merci beaucoup, fit-il avant de décrocher.

Je pourrais voir davantage Ian et de toute façon je n'avais rien de prévu cet après-midi. Si je n'avais pas apprécié leurs secrétaires, j'aurais refusé.

Je terminais tranquillement ma matinée. Puis vint le moment des transmissions à Amanda, lui annonçais que je quittais la clinique puis partis au secrétariat de gynécologie, leur courrier sous le bras.

Helen était derrière son bureau.

— Salut, lui dis-je avec le sourire.

— Oh génial ! C'est la galère aujourd'hui ! Je n'ai pas eu le temps d'aller aux toilettes tellement il y a du travail !

— File, je garde le fort.

Elle disparut aux toilettes alors que je posais mon manteau et prenais sa place. Je triais le courrier en fonction du destinataire et allais dans chaque bureau après m'être assurée qu'il y n'eût personne à l'intérieur. Ils devaient encore être à la cafétéria.

Lorsque je revins dans le secrétariat, Helen était de retour.

— C'est vrai que tu sors avec le nouveau cardiologue ? me demanda-t-elle doucement.

— Non, je pensais qu'il avait fait le nécessaire à propos de la rumeur qu'il a lui-même lancé...

— Pourquoi a-t-il fait ça ? s'étonna-t-elle.

— Aucune idée.

— ... Je pense qu'on devrait changer de salle pour le staff du lundi, elle est vraiment... Ah Cassandra ! Merci d'être venue, dit Glenn en entrant avec ses collègues.

— Toujours un plaisir de rendre service, Ian, Clem...

— Comment ça ? s'étonna Clementina.

— J'ai demandé à Cassandra si elle pouvait donner un petit coup de main cet après-midi pour soulager Helen...

— Je peux prendre ma pause déjeuner ? demanda Helen qui visiblement était très en retard sur les besoins primaires de tout être humain.

— Pourquoi as-tu attendu si longtemps ? fit Clementina, choquée.

— J'attendais votre retour...

— Il ne fallait pas...

Helen se leva et s'en alla manger un bout. Glenn lança un regard entendu à Clementina et ils disparurent tous deux dans leurs bureaux.

— Toi qui voulais que je sois ta secrétaire, lui dis-je en plaisantant.

— Tu es sûre que ça ne te dérange pas ? Tu as eu une très longue semaine...

— Et il ne m'en reste qu'une à travailler à l'accueil.

— Alors, c'est officiel ?

— Oui, dis-je en souriant.

Il m'embrassa longuement, j'en oubliais même pourquoi j'étais venue.

— Docteur Stewart ?!

Hein ?

— Monsieur le directeur...
— Monsieur, dis-je avec respect.
— Je venais prendre rendez-vous pour mon épouse...
— Ma secrétaire s'est absentée, mais je peux m'en occuper, par qui est-elle suivie ? lui demanda-t-il en l'invitant dans son bureau.

Je m'approchais du second poste d'ordinateur et l'allumais.

— Voici un modèle de compte rendu, commença Clementina.
— D'accord. Ne devrais-je pas attendre le retour d'Helen ?
— Je peux t'expliquer certaines choses en attendant. Donc, ici tu trouveras les dossiers à taper, il y a des cassettes à l'intérieur. Le lecteur est facile d'utilisation, tu verras. Tu tapes vite à l'ordinateur ? me demanda-t-elle.
— Plutôt.
— Bien, ne t'en fais pas pour les erreurs sur les termes médicaux, ça ira vite pour les corriger. L'essentiel est d'avoir les dossiers classés le plus vite possible. Je sais que tu fais ça sur ton temps libre alors fais au mieux. Nous sommes très reconnaissants de ce que tu fais pour nous. Nos secrétaires surtout.
— Pas de soucis.
— Tu n'hésites pas si besoin.
— Merci, dis-je.

Je me mis au travail, lisant déjà le modèle qu'elle m'avait donné. J'écoutais la cassette, c'était Ian qui dictait. Il avait une bonne diction, je comprenais pratiquement tous les termes médicaux.

Je fus interrompue par le directeur qui sortit du bureau d'Ian, justement.

— Il me semble que vous travaillez à l'accueil, commença-t-il avec un ton que je n'appréciai pas du tout.
— Jusqu'à vendredi prochain, répondis-je.
— Ce que j'ai vu tout à l'heure... Et ce que j'ai entendu sur vous...
— Ce que vous avez pu entendre à mon égard est faux, sauf si on vous a mentionné la qualité de mon travail. N'essayez pas de mettre un blâme au docteur Stewart, c'est un très bon praticien, vous ne prendriez pas le risque de le perdre, si ?
— Croyez-vous vraiment qu'il quitterait la clinique à cause de... votre relation ?
— Si j'étais vous, je ne tenterais pas le diable, monsieur le directeur.
— Cette clinique a des règles qu'il me faut appliquer... Sinon, elle devient ingérable si tout le monde fricote avec tout le monde...
— Comme je vous l'ai dit, je m'en vais dans une semaine. Vous devez avoir mieux à faire que de vous occuper des histoires de cœur de vos médecins, fis-je sèchement.
— Comment osez-vous me parler ainsi ?
— Je ne vous ai en aucun cas manqué de respect. Mais...
— Cassandra... dit Ian qui sortait de son bureau assez ennuyé.

> — J'ai du travail, monsieur le directeur. Je vous prie
> de m'excuser, me défendis-je avant de remettre le
> casque sur mes oreilles.

Je tentai de rester calme et repris mon courrier. J'entendis le directeur quitter le cabinet et Ian refermer la porte de son bureau. Helen revint et en profita pour me donner quelques indications.

Je rentrais à l'appartement avec Ian, bien contente d'avoir terminé cette longue journée et semaine. Nous nous prîmes la tête par rapport au directeur. Selon lui, je n'aurais pas dû lui parler sur ce ton et que cela pourrait avoir des conséquences, je lui fis cependant reconnaître que les torts étaient partagés. Nous n'en discutâmes plus.

Ma dernière semaine à l'accueil passa très vite. Par chance, je ne revis ni Daniel ni le directeur. Lorsque je quittai mon poste le vendredi soir, je ressentis comme une espèce de mélancolie. J'avais travaillé ici depuis presque un an et j'avais beaucoup appris. J'avais rencontré de belles personnes comme de moins belles... Je fus un peu émue de dire au revoir à Emily, la veilleuse de nuit. Quand je sortis de la clinique, je vis Ian sous un réverbère.

> — Alors ce dernier jour ? me demanda-t-il.
> — Terminé ! A moi la galerie ! m'exclamai-je avant de
> l'embrasser.
> — On va boire un verre ?
> — Bonne idée, répondis-je en lui prenant la main.

Nous marchâmes jusqu'au métro avant de rejoindre Oxford Street. Lorsque nous bifurquâmes, je reconnus sans peine le bar où nous nous étions rencontrés en juin dernier.

— C'est là que tout a commencé, dis-je pensive.
— Comment oublier ? répliqua-t-il avant de m'embrasser.
— Tu as quelque chose à me demander ? me hasardais-je devant tant de romantisme.
— Non, je devrais ?
— Tu pourrais et ma réponse te conviendrait, admis-je.
— Bon à savoir, dit-il avant d'ouvrir la porte.

Nous entrâmes, j'étais un peu déçue. Puis, je vis Glenn, Clementina, Amanda, Sophie et Philip.

— Oh... fis-je.
— Hé ouais...

Je l'embrassais, émue tout de même.

— Nous n'allions pas te laisser partir comme ça, me lança Clementina.
— On ne se débarrasse pas de vous aussi rapidement, on dirait... plaisantai-je.
— Patron, un whisky pour milady ! ordonna Ian au barman.

Je m'assis à leur table. J'appris au cours de la soirée qu'Ian n'y était pour rien quant au choix du lieu pour mon pot de départ. Pour me remercier du coup de main de la semaine passée, Glenn et Clementina m'offrirent un bon cadeau pour un week-end à Brighton pour deux personnes. Philip venait passer le week-end à Londres, il avait à faire avec des partenaires lundi mais voulait voir son frère. C'était un peu la surprise de la semaine. Amanda et Sophie m'avaient offert un très joli collier sautoir. Je les remerciais tous chaleureusement. Leurs attentions me touchaient beaucoup.

209

Sophie partit la première. Elle avait tenu à venir bien qu'elle eût encore mal au dos, puis ce fut à Amanda de nous quitter : elle travaillait tôt le lendemain.

Nous étions en train de commander une autre tournée de bière lorsque le téléphone de Glenn sonna, c'était lui de garde. Il me souhaita bonne continuation, nous salua et s'éclipsa.

— Quoi de prévu ce week-end Clem' ? demandai-je.
— Repos ! On a encore eu une semaine de fous... Entre les césariennes en urgence, les complications, les consultations d'urgence rajoutées en fin de journée...
— C'est vrai que tu as eu un peu la poisse cette semaine, avoua Ian.
— Ah ça tu peux le dire ! s'exclama-t-elle avant de boire une gorgée.
— N'empêche, ça va me manquer. Après, je suis bien contente de dormir davantage et d'avoir des horaires de bureau.
— J'imagine, tu n'es pas vraiment du matin ! plaisanta Ian.

Cela fit rire Clem et Philip.

— Et vous allez faire quoi de votre week-end ? fit Clem.
— Sûrement jouer les touristes, Philip n'a jamais trop l'occasion de visiter Londres, expliqua Ian.
— C'est clair. Depuis le temps que vous y vivez, vous pourrez me montrer plein de jolis coins...
— J'espère pour vous que le temps s'y prêtera...

Nous discutâmes un moment sur les endroits dignes d'êtres vus à Londres, puis Clem rentra chez elle, exténuée de sa semaine. Ian disparut un instant aux toilettes.

— Merci encore de me recevoir chez vous ce week-end, je vous ai un peu prévenu à la dernière minute, j'espère que je ne vous dérange pas...

— Mais non Philip, toujours un plaisir de recevoir la famille ! m'exclamai-je en souriant.

— En parlant de famille, tu as le bonjour de nos parents. Je ne sais pas si Ian te l'a dit, mais ils t'ont beaucoup appréciée lorsque tu es venue en Ecosse.

— Non, il ne m'en a pas parlé, mais c'est partagé. Ils sont vraiment sympathiques. J'avais un peu des a priori, je l'avoue, lorsque j'ai vu le domaine... J'ignorais totalement où vous aviez grandi, Ian m'avait parlé d'une grande maison, pas d'un château... Bref, quand j'ai vu le château, j'ai cru atterrir à Buckingham avec l'Etiquette et tout le bazar... Mais pas du tout ! Je me suis vraiment sentie à l'aise, bien que je n'appartienne pas à votre rang, avouai-je.

— Nous sommes des gens humbles, mais nous aimons aussi nos privilèges...

— Vous n'êtes pas snobs, c'est essentiel, selon moi. Mais euh... Si par hasard, Ian voulait m'épouser, mon rang ne poserait pas de problèmes à tes parents ? demandai-je.

— Non, cependant, tu dois savoir que le domaine lui reviendra lorsque nos parents décèderont. Mary voudra reprendre l'exploitation, mais les murs seront à vous. C'est la tradition.

— Je n'avais pas du tout pensé à ça... Cela veut dire que nous devrons rentrer vivre en Ecosse ?

— Pas nécessairement toute l'année, dit-il.

— D'accord.

— Je t'ai fait peur ? s'enquit-il.

— Pas du tout, cela ne va pas changer ce que je ressens pour ton frère, le rassurai-je.

Il me sourit. Ian revint s'assoir à côté de nous et but un peu de bière.

— Alors ? Qu'est-ce que j'ai manqué ?

— Pas grand-chose, dis-je en l'embrassant.

C'est là qu'elle retentit, la chanson qui passait lorsqu'Ian est venu me parler, la toute première fois.

You're just another in a long line of men she screwed
Just another in a long line of men she knew
And yeah she did, yeah she did what she wanted to do
Like all the boys before
Another dream come true

— Ian, je ne veux pas faire ma romantique transie d'amour, mais c'est notre chanson, dis-je en rougissant.

— Notre chanson ? s'étonna-t-il.

— Quand tu es venu me parler, cette chanson de Marina and the diamonds commençait juste, expliquai-je.

— Oh... Je n'avais pas fait attention, dit-il tout penaud.

— Je le sais parce que je connaissais cette chanson...

— Ah ! Tu me rassures !

Son frère rit.

— Allez danser, nous proposa-t-il.

— Oh... Je ne sais pas si on peut danser dessus, commençai-je.

Mais Ian me prit la main et m'emmena au milieu du bar. Les yeux dans les yeux, nous dansions guidés par l'alcool et le rythme de la chanson. J'avais envie que ce moment dure éternellement. J'étais bien.

Je vis dans son regard ce que j'avais lu dans ses yeux le premier soir. J'avais envie d'être à lui, ici et maintenant. Même si son frère nous regardait, même s'il y avait encore du monde dans le bar. Je m'en foutais. Et son baiser ne calma pas mes ardeurs. Je m'approchais de lui pour chuchoter à son oreille.

— Ian... commençai-je timidement.

— Moi aussi.

— Tu... sais ce que je voulais te dire ? m'étonnai-je.

— Je vois bien comment tu me regardes... dit-il en haussant les épaules.

— Parce que tu crois que tu me regardes comment, hein ?

Il rit et m'embrassa. Nous retournâmes nous assoir à la fin de la chanson. Ma bière ne fit pas long feu. Je me rendis compte que je n'avais rien mangé, je comprenais mieux pourquoi je me sentais carrément euphorique...

— Il y a de quoi manger dans ce bar ? demandai-je aux garçons.

— Pas sûr, dit Philip qui essayait de lire la carte située loin et dans un endroit sombre.

— On rentre si tu veux ?

— Ou on change de bar ? proposa Philip qui avait clairement d'autres projets que nous.

— On peut aussi se péter le foie demain et rentrer à la maison tranquillement, répondis-je.

— Si ça ne te dérange pas, Phil...

— Pas du tout, on se rattrapera demain, fit-il avant de finir sa bière d'un trait.

Nous rentrâmes à l'appartement. Il était déjà 22 heures. Je cherchais un truc à grignoter dans le frigo puis les rejoignais dans le salon. Ian avait tout installé dans la chambre d'ami pour son frère. Après m'être un peu restaurée, je les abandonnais pour prendre une bonne douche chaude et enfilais quelque chose de plus confortable que ma robe cintrée. Nous ne discutâmes qu'une petite heure avant de regagner notre chambre.

Je n'eus pas le temps de refermer notre porte qu'Ian me lançait déjà des regards concupiscents. Je fermais la porte à clé.

— Cette robe t'allait à merveille, tu ne veux pas la remettre ? me demanda-t-il.

— Pour me l'enlever aussitôt, autant gagner du temps, pouffai-je avant de le rejoindre.

— C'est vrai, admit-il avant de m'embrasser.

Les réflexes revinrent vite, une fois replongée dans le monde des galeries d'art. La première semaine avait été, en quelque sorte, une remise à niveau. J'avais pris beaucoup de notes et tout révisé le soir, à l'appartement. La semaine était passée très vite, mon cerveau avait eu beaucoup de choses à mémoriser. Mais j'étais heureuse d'être enfin à ma place, à faire ce que je voulais faire. Calden était un homme intéressant, bien qu'un peu froid. Nous avions de grandes conversations passionnées sur l'art, sous n'importe quelle forme. J'étais vraiment bien tombée.

Le travail me plaisait. J'avais hâte d'aller à la galerie, j'étais un peu triste de rentrer à l'appartement même si Ian y était. J'adorais ce que je faisais. Alors, est-ce ça vivre de sa passion ? Parce que c'est plutôt génial...

Plus les semaines passaient et plus je réalisais que ce métier me convenait. J'avais de très bonnes relations avec mon patron, il était content de mon travail. J'avais même réussi à gagner de coquettes sommes en vendant quelques tableaux ! Mes comptes en banque se renflouaient à vue d'œil !

Cela faisait déjà deux mois que je travaillais à la galerie. Ma période d'essai allait bientôt se terminer mais j'étais confiante. Je rentrais du travail en passant à la clinique. Je passais au secrétariat de gynécologie après avoir salué mes anciennes collègues à l'accueil. J'allais attendre qu'Ian ait fini sa consultation. Je discutais un peu avec Clem qui attendait sa dernière patiente, encore en retard.

— La semaine prochaine, ça va être un sacré bazar en gynéco, me dit-elle.
— Comment ça ?
— On part tous les trois en colloque.
— Sérieux ? fis-je très étonnée.
— Il ne t'en a pas parlé, Ian ? demanda Clem plutôt surprise par ma réaction beaucoup trop spontanée.
— Non, faut dire, on ne s'est pas trop vus ces jours-ci. Vous allez où ?

— New-York !

— New-York comme... New-York en Amérique ? fis-je abasourdie.

— Tu connais une autre ville qui s'appelle New-York ? s'étonna-t-elle.

— Maintenant que tu le dis... Wow ! C'est fantastique !

— Au départ, ce n'était pas prévu, mais au vu de nos résultats, le directeur nous a annoncé cette semaine que tout le voyage était pris en charge par la clinique. Sinon, on n'y serait pas allés, je pense.

— Quelle générosité ! Ça change... Et vous y restez combien de temps ? m'enquis-je.

— Une petite semaine. Je ne te dis pas comme on va souffrir du décalage horaire... On a dû reporter toutes les opérations des deux semaines à venir, je ne te dis pas le chantier. Elles étaient ravies les patientes, dit-elle en grimaçant.

— J'imagine... Mais pour les visas et tout... D'habitude ça prend une éternité pour les obtenir...

— Tout est réglé, ne me demande pas comment...

— Je suis contente pour vous, dis-je sincèrement.

— Merci. Ah... Ma patiente est là, on se revoit bientôt ?

— Avec plaisir, à plus !

Déjà que je n'ai pas beaucoup croisé Ian cette semaine, je risque encore moins de le voir la semaine prochaine... Il devait avoir beaucoup à penser pour oublier de me dire qu'ils partaient...

Il sortit de son bureau accompagné de sa patiente, dix minutes plus tard. Elle régla auprès de la secrétaire et s'en alla. Il me sourit en me voyant et me fit signe de le suivre dans son bureau.

— Fiouh ! J'ai bien cru que cette journée ne se terminerait jamais, dit-il en ôtant sa blouse.

— Qu'est-ce que ce sera la semaine prochaine...

— La semaine prochaine ? Ah New-York... Euh, comment tu le sais ?

— Pas par toi, dis-je en riant.

— Clem ?

— Affirmatif.

— Je suis désolé de ne pas avoir pu t'en parler... J'ai été débordé cette semaine et on ne s'est pas beaucoup vus... Entre mes gardes, les réunions avec les cancérologues...

— Je comprends. Tâchons de profiter du temps qu'il nous reste, alors...

— Oui, acquiesça-t-il avant de m'embrasser.

Nous rentrâmes à la maison. Nous avions encore trois jours devant nous, même si nous étions tous deux au travail le lendemain. Il m'expliqua que son vol était dimanche vers 17 heures et qu'il arriverait vers 20 heures, heure de New-York. Il y avait cinq heures de décalage entre les deux continents. En cette mi-avril, le temps ne devait pas être trop froid à New-York, Ian n'aurait pas à prévoir trop d'habits chaud dans sa valise.

Ces quelques jours passèrent à une vitesse folle. Encore un paradoxe temporel... Les mauvais moments semblent toujours plus longs que ceux où l'on s'amuse... J'avais l'impression d'avoir appris qu'une heure auparavant qu'Ian partait pour New-York alors que nous étions maintenant séparés par une vitre. Il était du côté des embarquements, je me tenais à l'opposé. Il me salua de la main et rejoignit ses collègues. Je le regardais partir puis rentrais la maison.

Ce fut bizarre de retrouver l'appartement, vide. Je tournais un peu en rond. Je décidais d'aller courir à Hyde Park. En revenant à l'appartement, je planifiais ce que j'allais faire chaque soir de semaine pour ne pas tourner en rond. J'avais prévu des tâches peu sympathiques telles que faire des courses et faire le ménage ; mais aussi d'autres occupations telles que le dessin, rattraper mon retard sur quelques séries. La semaine passerait plus vite de cette manière, même si j'allais surtout surveiller la sieste d'Ian à son retour, tellement il serait épuisé par le décalage horaire.

La semaine passa relativement vite, Ian m'envoyait des messages dès qu'il le pouvait. De mon côté, j'avais beaucoup de travail : je devais préparer un vernissage. J'avais une liste de personnes à inviter, le traiteur à m'occuper, l'artiste à voir, la promotion à préparer... Je n'avais pas une minute à moi, l'événement avait lieu dans deux semaines. Le point positif, c'est que je n'avais pas le temps de penser à Ian. Il revenait dans deux jours, en attendant, je ne lésinais pas sur les heures supplémentaires. Personne ne m'attendait et Calden appréciait mon implication. Me payer quelques heures supplémentaires ne le dérangeait pas. Si tout pouvait être prêt en avance, c'était même mieux !

Je n'avais plus de nouvelles d'Ian, je supposais qu'il devait être bien occupé, je ne m'inquiétais pas davantage. Il m'avait dit que son avion atterrirait le vendredi vers 23 heures donc j'avais le temps de tout préparer en attendant de partir pour Gatwick. J'avais vraiment hâte de retrouver Ian ! Il m'avait manqué toute cette semaine, bien que j'eusse beaucoup à faire et penser.

J'arrivais dans le hall et cherchais le vol en provenance de JFK. Je me rendis au terminal correspondant et attendais patiemment que l'avion atterrisse et libère ses passagers. Je n'étais pas la seule à patienter devant les grandes portes. Dix minutes plus tard, les premiers passagers commencèrent à sortir, munis de leurs bagages. L'espace se remplissait puis se vidait à mesure que les gens débarquaient, emmenant avec eux les personnes qui les attendaient.

Soudain, je vis Clementina et Glenn arriver. Mon sourire disparut quand je vis leur expression. Ils n'avaient pas l'air très joyeux et cela commença à m'inquiéter, surtout que je ne voyais pas Ian avec eux. Ils s'approchèrent.

— Salut... Qu'est-ce qu'il se passe ? Où est Ian ? demandai-je inquiète.
— On ne sait pas... commença Clem.
— Comment ça ? fis-je choquée.
— Il a disparu, répondit Glenn.
— Hier matin, alors que nous partions à une présentation sur une nouvelle façon d'opérer le prolapsus... Nous avons frappé à sa chambre sans succès, à la réception ils nous ont dit qu'il était parti en pleine nuit et qu'il n'était pas rentré...
— Pourquoi est-il parti en pleine nuit ? m'étonnai-je.
— On ne sait pas, me dit Clem.

Nous quittions peu à peu l'aéroport, continuant la conversation en marchant.

— Il... Il a rencontré quelqu'un ? tentai-je.
— Non. Nous avons bu un dernier verre au bar de l'hôtel et nous sommes tous remontés dans nos

chambres respectives vers 22 heures, expliqua Glenn.

— Vous avez signalé sa disparition ?

— Oui. Il ne répondait pas au téléphone et quand nous avons demandé à entrer dans sa chambre, son portable et ses affaires étaient encore là, son lit pas défait... Le NYPD est sur le coup...

— Mon dieu...

Je n'en revenais toujours pas. Glenn me confia les affaires d'Ian alors que nous arrivions à Paddington.

— Nous avons laissé tes coordonnées à la police, préviens-nous si tu as des nouvelles...

— D'accord, répondis-je à Clementina.

Je descendis de la rame de métro et rentrais à pied à l'appartement, complètement perdue.

Chapitre 11

La nuit fut ponctuée de périodes sans sommeil et de cauchemars. Je voyais Ian à la terrasse d'un café, buvant un thé avec une grande blonde qui riait à toutes ses blagues ; puis, dans la scène suivante, ils partaient tous les deux vers un pays lointain. Dans un autre cauchemar, Ian sortait du métro et marchait sur une grande avenue, quand tout à coup un fourgon noir s'arrêtait pour l'enlever et filait à vive allure dans New-York.

Au petit matin, je n'étais même pas reposée et je ne savais pas du tout quoi faire. Je commençais par un café. J'eus l'impression d'attendre cinq ans avant que le café ne cesse de couler dans ma tasse. Je me rendis compte à quel point l'appartement était rempli par l'absence de Ian. Il était partout et nulle part à la fois. Toutes ses affaires étaient là, comme laissées pour être reprises plus tard. Comme s'il allait revenir de l'épicerie ou du travail. Les larmes remontèrent à la surface et coulèrent un bon moment avant que je ne me reprenne et termine mon café.

Comme pour chasser ma tristesse, je me laissais aller sous une douche brûlante à souhait. Je voulais laver cette nuit horrible, je voulais ressortir de la salle de bain et trouver Ian en train de lire dans le canapé. Mais rien n'avait changé et j'étais toujours aussi seule dans l'appartement. Je pris mon téléphone, laissé sur la table de nuit, et cherchais le numéro des parents d'Ian. Je devais les prévenir. Peut-être qu'ils sauraient quoi faire ?

Choqué par la nouvelle, Matthew restait sans voix alors que je lui racontais tout ce que je savais. Il m'invita à me rendre à Scotland Yard, peut-être que la police anglaise pourrait se mettre en rapport avec le NYPD et participer à l'enquête ou du moins, me donner des nouvelles ? Je lui promis de le tenir au courant et raccrochai. Je partis presque aussitôt.

L'homme présent à l'accueil de la police m'orienta davantage vers la police judiciaire, le CID. Cette branche de la police s'occupait des enquêtes. J'espérais vraiment qu'ils puissent coopérer avec la police new-yorkaise. J'ignorais totalement comment cela pouvait fonctionner entre les polices de différents pays ou continents... Je pris l'ascenseur jusqu'au quatrième étage où je rencontrai l'inspecteur Guy Gorth. Il m'invita à m'asseoir dans son bureau et ferma la porte. Je lui expliquais toute l'affaire, dont je ne savais que le principal. Ian avait disparu.

— Je ne peux rien faire pour vous, me dit-il en se calant au fond de son siège.
— Pardon ? m'offusquai-je.
— Il vous faut voir ça avec Interpol, la police internationale. Ils pourront se mettre en rapport avec le NYPD puisque c'est un ressortissant britannique, m'expliqua-t-il.
— D'accord... Mais où est l'antenne d'Interpol au Royaume-Uni ? demandai-je
— A Manchester.
— D'accord, dis-je en pensant aux trois heures de route qui séparaient Londres de Manchester.
— Vraiment désolé de ne rien pouvoir faire pour vous, j'espère que mes collègues d'Interpol pourront vous aider davantage...
— Merci de m'avoir reçue, fis-je en me levant.

Il me raccompagna jusqu'à l'ascenseur et me souhaita « bon courage ». Je filai à la gare, prendre le premier train pour

Manchester. Sur le site internet d'Interpol, ça disait que les locaux étaient ouverts 24h/24 7 jours/7, je trouverai donc un interlocuteur, une fois là-bas. L'avantage d'avoir passé une sale nuit, c'était que je m'étais rendue très tôt à Scotland Yard, de ce fait je pouvais prendre le train de 9h qui me faisait arriver vers midi à Manchester. Pendant le trajet, j'appelais mes parents pour leur annoncer la mauvaise nouvelle. Je reçus un message de Philip qui m'apportait son soutien et qui devait revenir sur Londres deux semaines plus tard. Je lui répondis que je l'hébergerais avec plaisir et que je le tenais au courant des avancées.

L'inspecteur Jack Byron était un homme d'une cinquantaine d'années, donnant l'impression d'être compétent de par son air sérieux et la taille de son bureau. Je lui expliquais les faits, lui donnant toutes les informations possibles et imaginables sur Ian.

> — Vous ne pensez pas qu'il aurait rencontré quelqu'un ? dit l'inspecteur Byron en insinuant fortement que je m'inquiétais sûrement pour rien.
> — C'est la première question que j'ai posée à ses collègues. Ils ont répondu négativement, de plus, ça ne ressemblerait pas à Ian.
> — A-t-il des ennemis ?
> — A New-York ? Non, je ne pense pas. Même à Londres, il est très apprécié par ses collègues.
> — Et à Edimbourg ? Qu'en est-il de sa famille ? m'interrogea-t-il.
> — La famille Stewart est une famille respectable et respectée. Je n'ai jamais entendu Ian dire que ses parents rencontraient quelque difficulté avec qui que ce soit...
> — Bien...

Il notait tout. Faisait-il cela pour que je pense qu'il me prenait au sérieux ou faisait-il vraiment son travail ? Quoiqu'il en soit, il me demanda quelques photographies d'Ian, de sa famille, de ses collègues... Il voulut jeter un œil aux derniers messages que nous avions échangés et demanda à en garder une copie. Je m'exécutais, je n'avais rien à cacher.

Il me promit de mettre une équipe sur le coup, de se rapprocher des services américains et de me donner des nouvelles quant à l'avancée de l'enquête. Sur ce, il me remercia et je repris la route de la gare. J'envoyais un message à Philip, passais un coup de fil à Matthew et Dorothy, une fois bien installée dans le train du retour.

Il me fallut retrouver mon appartement vide dans lequel je tournais en rond. Je devais me forcer à m'occuper pour éviter de penser à Ian. Je sortis courir une bonne heure avant de rentrer prendre une douche et décidai finalement d'aller travailler. Calden fut étonné de me revoir mais comprit aussitôt lorsque je lui expliquai pour Ian. Travailler m'empêchait de me concentrer sur sa disparition et c'était tout ce dont j'avais besoin.

Une semaine plus tard, Byron m'appela pour me dire que son équipe travaillait étroitement avec la police de New-York chargée de l'affaire et qu'ils avaient réussi à retracer toute sa journée. Ils avaient visionné des vidéos des caméras de surveillance sans succès. Ian avait disparu des radars. Cependant, ils ne baissaient pas les bras. Mais pour l'instant, nous n'étions pas plus avancés. Au moins, ils reconnaissaient le caractère bizarre de l'affaire. Si Ian avait rencontré quelqu'un, on l'aurait vu sur les vidéos des dispositifs de surveillance. L'enquête méritait d'être continuée.

La vie suivait malgré tout son cours, les mois passaient comme à l'accoutumée. Je travaillais comme une folle à la galerie, vendais souvent quelques œuvres ce qui me permettait de mettre beaucoup de côté. Cet argent allait me servir si je voulais voler vers New-York ou même pour aller en Ecosse, rendre visite aux parents d'Ian. Ces derniers prenaient régulièrement de mes nouvelles, nous étions tous dans le même bateau, dans l'attente de résultats... Philip venait souvent à Londres à cause de son travail, sa présence me faisait du bien. Cela changeait de ma solitude continuelle, bien que Victoria se donnait du mal pour me sortir un peu. Mais j'étais toujours ailleurs, mon corps était dans ce bar mais mon esprit fouillait l'Amérique de fond en comble...

Cela faisait déjà un an que nous étions sans nouvelle d'Ian. L'enquête menait sur une impasse. Byron m'annonça qu'il avait besoin de toutes les ressources disponibles pour des affaires plus urgentes, et en absence de nouveaux faits, il n'était plus en mesure de garder une équipe sur la disparition d'Ian. Malheureusement, c'était aussi le cas à New-York. Nous étions livrés à nous-mêmes. Ian était seul. Était-il encore vivant ? Était-il bien traité ? Avait-il refait sa vie ? Trois questions auxquelles personne n'avait les réponses.

Je partis travailler, comme tous les jours. Je saluai Calden qui accrochait de nouveaux tableaux et allai à mon bureau. Une carte postale représentant la cathédrale de Mexico était posée sur la pile de courrier à traiter. Je la retournai pour voir qui me l'avait adressée.

« Tout va bien. »

C'était tout. Ces trois mots, mon nom et l'adresse de la galerie. Rien d'autre. Je réfléchis rapidement, essayant de me souvenir qui m'avait parlé d'un voyage à Mexico récemment... Mais aucun nom ne me vint à l'esprit. Le cachet de la poste indiquait que la carte avait été postée deux semaines auparavant. Même en y pensant davantage, je ne voyais vraiment personne susceptible d'être allé à Mexico, voire au Mexique.

Je laissais la carte postale de côté et m'occupais du reste de courrier. Ce n'est qu'à la pause déjeuner que je repris la carte postale, comme pour trouver l'expéditeur. C'est là qu'un espoir, fragile mais persistant, se fit une place dans mon esprit : et si c'était Ian ? Je passais un coup de téléphone à Byron pour lui faire part de mes doutes. Il me demanda de lui envoyer la carte postale rapidement. Je le fis après l'avoir prise en photo et avoir appelé les Stewart. L'enquête pouvait reprendre grâce à ce nouvel élément.

Ce fut compliqué de me concentrer à nouveau sur mon travail en attendant d'avoir des nouvelles de Byron. Philip devait arriver le lendemain, ce qui tombait bien, on se motiverait mutuellement pour penser à autre chose.

Quelques jours plus tard, alors que nous étions en train de déjeuner Philip et moi, mon téléphone sonna. C'était Byron. J'étais heureuse qu'il m'appelle !

— Allô ? répondis-je avant de mettre le haut-parleur pour que Philip puisse entendre.
— Miss Lloyd, c'est l'inspecteur Byron. Je vous appelle concernant votre compagnon. Nous avons pu remonter au bureau de poste d'où a été envoyée la carte postale. Nous n'avons pas pu faire d'analyse des empreintes digitales à cause des nombreuses personnes qui ont eu la carte entre leurs mains.
— Que pouvez-vous me dire sur le bureau de poste ? lui demandai-je.
— Il est situé à Colonia del Vale, un quartier chaud de Mexico. La police locale refuse d'y mettre les pieds pour aller enquêter. Nous ignorons comment retrouver Ian Stewart au Mexique... Il y a beaucoup de corruption dans ce pays, autant dire qu'il est plus facile de chercher une aiguille dans une botte de foin, que de retrouver votre compagnon...
— Je vois... Mais que pouvons-nous faire alors ?
— Nous n'interviendrons pas... Nous ne le pouvons pas. Même Interpol n'ose pas se frotter à la pègre mexicaine.
— Alors nous irons nous-mêmes, lança Philip.
— Ce sera à vos risques et périls, nous ne pourrons pas vous protéger là-bas. Vous pourriez être enlevés ou pire, nous prévint Byron.
— Ou retrouver Ian, rétorqua Philip.
— C'est vous qui voyez, mais vous serez sans filet. Vous parlez espagnol ?

Je n'avais encore jamais traversé l'océan Atlantique en avion. Nous arrivâmes à Mexico quinze heures après avoir décollé de Londres, avec une escale à l'aéroport de Charlotte, en Caroline du Nord. Il y avait six heures de décalage horaire entre ici et le Royaume-Uni. Il était 23 heures ici, nous étions complètement exténués. Nous sortîmes de l'aéroport et trouvâmes un taxi qui nous amena à notre hôtel. Philip parlait parfaitement espagnol ! Il était parti un an en échange Erasmus pour étudier à l'université de Séville. Ce serait lui notre interprète tout le temps du séjour au Mexique. J'avais pu prendre un mois de congé, étant donné que je n'en avais pas posé avant ce jour. Calden avait très bien compris la situation et s'était montré très gentil. Philip avait aussi pu s'arranger pour obtenir la même durée de congé.

Il faisait encore doux à Mexico en ce mois d'avril, du moins à cette heure-là de la nuit... Nous n'avions pas pris de vêtements trop chauds, craignant les fortes chaleurs mexicaines.

Je ne fus pas fâchée d'arriver à l'hôtel. Philip paya le chauffeur de taxi et nous entrâmes dans l'établissement qui inspirait confiance de prime abord. Les avis des clients étaient positifs, nous n'avions pas hésité longtemps avant de le choisir. Un homme était assis derrière la réception, Philip discuta avec lui et l'homme lui tendit une carte d'accès.

> — Il n'y en a qu'une ? m'étonnais-je.
> — Il y a eu un souci sur la réservation, on a une chambre double. Toutes les autres sont complètes... expliqua-t-il.
> — Ah... J'espère que tu ne ronfles pas, plaisantai-je pour relativiser.

— Tu me diras demain matin. *Gracias, buenas noches...*

Nous prîmes l'ascenseur jusqu'au cinquième étage. La chambre 512 était plutôt petite pour une chambre double. Un grand lit double, queen size, prenait tout l'espace. Il y avait une petite armoire et un bureau dans un coin, une télévision dans un autre et nous avions la vue sur le parking de l'hôtel. Je passais la première à la salle d'eau qui était plutôt grande. La douche inspirait à de longs moments de relaxation. Je décidais de ne pas écouter les sirènes de la douche éternelle et gourmande en eau chaude et sortais rapidement de la salle d'eau.

— J'ai prévenu mes parents que nous sommes bien arrivés. Un fils disparu, c'est bien suffisant...
— Tu as bien fait. Tu dors de quel côté d'habitude ? demandai-je en fixant le lit avec envie et sommeil.
— Au milieu... Je m'adapterai, répondit-il avant d'entrer dans la salle de bain.
— Bon...

Je me couchai, trop heureuse d'être sous une couette moelleuse à souhait. Je m'endormis aussitôt.

Il était 9 heures, heure locale, lorsque nous nous réveillâmes. J'étais un peu perdue en ouvrant les yeux dans cette chambre que je ne reconnaissais pas. Il me fallut quelques secondes pour me souvenir d'où nous étions. Philip ouvrit les stores, faisant entrer beaucoup de lumière d'un coup.

— On déjeune rapidement et on va louer une voiture en ville. Ensuite, comme nous l'avons dit, nous irons au bureau de poste...

— Je ne suis pas tranquille à l'idée d'aller dans ce quartier, avouai-je.

— Moi non plus. C'est pour ça que nous avons pris des vêtements pour nous fondre dans la masse, ce sera pareil pour la voiture.

— Elle sera forcément trop propre... Cela va attirer l'attention... dis-je.

— J'ai repéré les lignes de bus, je te montrerai la carte en déjeunant... On va garer la voiture pas loin d'un arrêt de métro sur une ligne qui passe à côté du bureau de poste...

— D'accord...

— Surtout, on ne se quitte pas d'une semelle...

— Je ne prendrai même pas ce risque, répondis-je.

Il alla s'habiller et faire un brin de toilette. J'enfilais un jeans et un t-shirt blanc. J'avais pris mes chaussures de marche, je sentais que nous allions beaucoup marcher ce mois-ci. Je tressais mes cheveux en attendant que Philip ait terminé.

Nous déjeunâmes en résumant le programme de la journée. Avant de remonter, il demanda à la réceptionniste de nous appeler un taxi pour nous amener à l'agence de location de voitures.

Avec une voiture, nous étions un peu plus indépendants. Nous nous arrêtâmes comme prévu près de la ligne de métro qui nous intéressait. Quinze minutes plus tard nous arrivâmes devant le bureau de poste, situé à côté de l'arrêt Hospital 20 de Noviembre. Philip discuta avec le vieil homme

touristes, projetant même de nous aventurer en dehors de la ville. Nous voulions randonner dans le Parc National Cumbres del Ajusco qui offrait de magnifiques paysages. Nous passâmes la journée à crapahuter sur le volcan Ajusco qui avait donné son nom au parc national. Nous avions une superbe vue sur la ville de Mexico, être ici nous dépaysait complètement. J'avais perdu mes repères, oubliant presque ce qui nous avait conduit ici, au Mexique. Je me rendais compte que Philip était un compagnon de route sympathique, facile à vivre et vraiment drôle. Il était aussi préoccupé que moi par la disparition de son frère, mais je voyais qu'il essayait de penser à autre chose et de me changer les idées en me proposant des balades et des occupations touristiques. Nous passions d'agréables moments dans ce pays si éloigné du nôtre.

Lorsque nous rentrâmes à Mexico, je vis que j'avais un message vocal de Pérez Gonzalez. Je mis le haut-parleur alors que Philip tournait dans l'avenue adjacente à notre hôtel.

« Madame Lloyd, c'est l'inspecteur Pérez Gonzalez. Grâce aux éléments que vous nous avez apportés, nous avons pu retrouver Ian Stewart sur des images de vidéosurveillance. Il a quitté la ville peu de temps après avoir posté la carte postale à bord d'un 4x4 Jimny de Suzuki et serait parti en direction de Puebla. Après de longues recherches, nous avons suivi une piste menant au Chiapas, le parc national situé près du Guatemala... Malheureusement, nous ne pouvons pas obtenir plus d'informations, les moyens sont plus que rudimentaires dans cette région du Mexique. C'est une contrée vraiment retirée où nous ne pouvons intervenir. Désolé, je ne vais pas pouvoir vous aider davantage... J'espère que vous retrouverez votre compagnon. Au revoir. »

— Alors c'est tout ? m'étonnai-je.

— Pourquoi personne ne fait son travail correctement ? Pourquoi est-ce à nous de traverser des océans pour retrouver Ian ?

— Je suis d'accord. C'est où Chiapas ? demandai-je.

— Vers le Guatemala d'après ce qu'il a dit. On y va ?

— A-t-on le choix ? On ne va pas rentrer si près du but...

— On va regarder comment s'y rendre et on va mener l'enquête nous-mêmes...lança-t-il.

— Je ne sais pas du tout à quoi nous devons nous attendre... Est-ce que ce sera dangereux ? A quoi ça ressemble ?

— Nous verrons bien...

Nous rentrâmes à l'hôtel, Philip fit une recherche sur Chiapas. Cette région était située à plus de neuf heures de route de Mexico, au Sud Est du pays. La région compte de nombreux sites archéologiques, des paysages à couper le souffle et une végétation très dense. Wikipédia se voulait rassurant en expliquant que plus de 70 % des habitations avaient l'eau courante et plus de 90 % disposaient d'électricité. Mais nous avions quand même l'impression de nous rendre au fin fond de la jungle.

Nous nous levâmes tôt, la journée promettait d'être longue avec toutes ces heures de route. Nous dûmes passer à l'agence de location pour prolonger la location de la voiture. Sortir de Mexico avant les bouchons d'heure de pointe fut très judicieux. Nous étions enfin lancés sur les routes mexicaines. Le paysage changea considérablement à partir de Cordoba, devenant beaucoup moins sec, beaucoup plus verdoyant. Nous fîmes d'ailleurs une pause à Cordoba, je pris le volant, Philip devint copilote. La route était plutôt en bon état, peut-être que ce serait différent dans le Chiapas. J'étais concentrée sur la route, attentive au possible car les Mexicains ne conduisaient pas de la même manière que les Anglais. Outre la conduite à droite, l'utilisation des clignotants était sporadique. En plus, je découvrais la route à mesure que la voiture avalait des kilomètres. Nous fîmes une pause déjeuner, une grosse heure plus tard. Nous avions fait une bonne moitié de la route. Nous nous arrêtâmes dans un petit restaurant où nous mangeâmes un plat typique de la région. Il y avait peu de clients dans le restaurant, une chanson du Buena Vista Social Club était diffusé en fond. Le patron nous fixait bizarrement derrière le bar, alors qu'il essuyait quelques verres. Cela me mettait un peu mal à l'aise. Sur un bout de table, Philip avait déplié la carte et me montrait le chemin qu'il nous restait à parcourir pour arriver à destination. Du moins, en théorie. Rien n'affirmait qu'Ian serait là, mais j'avais le sentiment que la distance entre lui et nous serait amoindrie dans cette région du monde. Nous avions bien roulé jusque là, la distance restante semblait presque anecdotique...

Nous reprîmes la route, repus et déterminés. Je ne pouvais m'empêcher de penser à Ian, ressassant tous nos souvenirs. J'avais l'impression de bientôt le retrouver, qu'il serait au bout de cette route et que toutes mes craintes s'envoleraient. Je pouvais sentir sa présence à mesure que nous nous rapprochions du Chiapas.

Philip me passa le volant à nouveau, nous arrivâmes sans encombre à destination, Tuxtla Gutiérrez. C'était la capitale du Chiapas. Nous trouvâmes sans mal un hôtel avec un parking sécurisé. Nous étions épuisés par toute cette route, nous nous effondrâmes sur nos lits après un dîner rapide.

Le lendemain, ce fut le soleil qui me réveilla. Je me levais et m'étirais avant d'aller prendre une douche en silence alors que Philip dormait encore. Je sortis discrètement sur le balcon. Il faisait bon. Accoudée au rebord, je regardais au loin la ville. Eveillée depuis plus longtemps que moi, elle était un peu bruyante, aux antipodes du calme qui régnait dans notre chambre d'hôtel. Les gens partaient travailler, les touristes s'en allaient visiter les environs. Nous le ferons tout autant, mais l'objectif ne sera pas le même. J'avais de grands espoirs en cette journée. Même si je n'étais pas naïve à l'idée que retrouver Ian prendrait certainement du temps. Nous n'allions pas mettre la main sur lui après trente minutes de recherches...

Trois coups sur la porte-fenêtre me firent sursauter. Philip était réveillé et m'ouvrit. Il se prépara rapidement et nous pûmes partir à l'assaut de la ville. Munis d'une photo d'Ian, nous interrogions les habitants dans des points stratégiques : nous nous rendîmes dans quelques commissariats, hôpitaux, agences de location de voitures. Ne pouvant pas tout faire en une seule journée, nous recommençâmes le jour suivant.

Cela faisait déjà trois jours que nous étions au Chiapas, écumant la ville à la recherche d'Ian, sans la moindre idée de sa situation. Nous étions en train de dîner près de notre hôtel lorsque le téléphone de Philip sonna. L'indicateur était mexicain. Il décrocha, étonné et à la fois plein d'espoirs. C'était un employé d'une agence de location de véhicules qui avait fait quelques recherches et avait retrouvé la trace d'une location de 4x4 au nom d'un certain Cameron Mackenzie correspondant à la description d'Ian. Le nom d'emprunt était clairement écossais. Nous avions enfin une piste ! L'employé donna quelques informations sur le modèle de 4x4 utilisé. Le véhicule devait être rendu dans quatre jours à l'agence, nous avions une chance inouïe de retrouver Ian en campant patiemment devant l'agence de location. Nous étions plus qu'heureux d'apprendre cette nouvelle ! Nous décidâmes de faire un peu de tourisme en attendant de revoir Ian. Cependant, Philip préférait avertir ses parents qu'une fois Ian avec nous.

C'était agréable de profiter des magnifiques paysages que nous offrait la région du Chiapas. Nous vîmes de magnifiques ruines aztèques que peu de touristes connaissaient, de splendides cascades et surtout le sublime canyon du Sumidero. En nous enfonçant davantage dans les terres, nous découvrîmes de pures merveilles. Les petits villages typiques et traditionnels de la région étaient bien cachés et peu accessibles à cause des routes fortement endommagées. Nous avions bien assez à voir avec cette jungle luxuriante ! Ce fut quand même trois jours intensifs, nous rentrâmes exténués à l'hôtel. Dans quelques heures, après une bonne nuit de sommeil, nous irions attendre devant l'agence de location. Nous n'avions aucune idée de l'heure à laquelle il allait rendre la voiture, l'agence fermait à 19 heures.

Philip partit nous chercher des sandwiches vers midi alors que je guettais toujours les allées et venues à l'agence. Toujours aucune trace d'Ian. La matinée avait été longue, nous avions passé le temps en discutant. Philip avait beaucoup d'anecdotes amusantes sur l'enfance d'Ian. J'en apprenais chaque jour un peu plus sur les deux frères. Nous nous soutenions mutuellement Philip et moi, gardant espoir malgré tout et notre persévérance allait être récompensée. Je n'arrivais pas à croire que ce soir, tout serait terminé ! J'allais retrouver Ian, retrouver le véritable sens à ma vie, rentrer à la maison avec lui. Enfin. Je trépignais d'impatience que cette journée s'achève, réalisant mon rêve depuis ce printemps 2019 où il avait disparu...

Philip revint avec de quoi nous sustenter. Assis en tailleur en nous faisant face, nous parlions de ce que nous ferions avec Ian, de retour à Londres. Philip voulait rester un peu à Londres pour profiter du retour de son frère, l'emmener dans les meilleurs restaurants, retourner à Dundas Castle, aller voir un match de rugby...

— A ton avis, que lui est-il arrivé ? demandai-je.
— Un cartel de drogue l'a enlevé ou il a été témoin d'un meurtre commis par un type du cartel mexicain et ils l'ont ramené au pays. Il a réussi à s'enfuir et est venu se réfugier ici...
— Mais pourquoi ne pas prendre un avion ou se réfugier à l'ambassade ? m'étonnai-je.
— Le pays est corrompu, Cass.
— Je me demande comment il a pu réserver une voiture sans carte de crédit, tu sais qu'on n'a pas pu pister ses achats depuis une bonne année...
— Il l'aurait volé ? tenta Philip.
— Ton frère n'est pas un voleur. Et voler à qui ? Pas à quelqu'un du cartel...
— En tous cas, il a pu laisser une caution au type. Sinon jamais il ne l'aurait laissé partir avec le 4x4, répliqua Philip.
— Où a-t-il pu aller avec ? Et pourquoi ramener la voiture s'il est poursuivi ?
— Comme tu l'as dit, c'est quelqu'un d'honnête...Sans doute se croit-il en sécurité ici.

— Tu crois qu'on a bien fait de demander la police ? Et si elle était corrompue ? m'inquiétai-je soudainement.

— J'espère que non. De plus, l'officier n'a pas du tout réagi en voyant sa photo...

— Hum... C'est vrai, dis-je avant de croquer dans ma tortilla qui dégoulinait.

— Ce n'est pas le moment de paniquer. Restons confiants...

Je hochai la tête et tentai de chasser mes idées noires.

— Attends, tu t'en es mis partout, dit Philip en riant.

— Ah mince, fis-je en attrapant de quoi m'essuyer.

— Ne bouge pas, me dit Philip en s'approchant.

Il m'essuya doucement la joue avec sa serviette en papier et me regarda, satisfait.

— Merci. Il serait vraiment temps que j'apprenne à manger proprement, plaisantai-je.

— Je me demande bien comment tu as fait pour te mettre mon frère dans la poche...

— Ne t'en fais pas, je me suis très bien débrouillée... Et il faut dire qu'il ne m'a pas vu manger le premier soir ! fis-je en éclatant de rire.

— Il ne m'a jamais raconté votre premier rendez-vous...

— Parce que tu es beaucoup trop jeune pour savoir comment ça s'est passé !

— Vous vous êtes connus au bar, d'après ce que j'en sais...

— C'est ça et tu n'as pas besoin d'en savoir plus, dis-je en lui faisant un clin d'œil.

— Je vois... Tu ne sais vraiment pas te tenir ! plaisanta-t-il.

— C'est peut-être ce qui lui a plu d'ailleurs... répliquai-je avec le sourire.

— C'est vrai que ça peut avoir un certain charme...

— Tellement charmant qu'il a disparu.... Il y avait plus simple pour me quitter et encore... Il ne s'est pas encore débarrassé de moi...dis-je pour plaisanter.

— C'est vrai, ça !

Nous rîmes. Nous terminâmes de manger en silence. Je vis l'homme de l'agence revenir de sa pause déjeuner. Le travail reprit. Nous passâmes tout l'après-midi à guetter l'arrivée d'Ian.

Plus que deux heures avant la fermeture et toujours aucun Ian à l'horizon. Le temps semblait passer beaucoup trop lentement et à la fois si vite. Lorsque l'agence ferma, je vis tous mes espoirs s'envoler...

— Peut-être qu'il est en retard... me rassurai-je.

— Tu veux rester une heure de plus ? proposa Philip aussi dépité que moi.

— Oui.

Et nous attendîmes, encore, fixant inlassablement la devanture de l'agence. Je priais tous les dieux de l'Olympe, nordiques, romains, égyptiens pour qu'Ian refasse surface. Peut-être que prier tout le monde fut contre-productif, car il ne vint pas.

J'étais au bord des larmes. J'avais eu tellement d'espoir, je m'étais tant préparée à le retrouver que la chute fut violente et vertigineuse. Philip me prit dans ses bras, je ne maîtrisais plus rien, pleurant à chaudes larmes contre lui, relâchant la pression de toute cette année de dingue et de solitude.

— On le retrouvera, Cassandra. Je te le promets. S'il se montre, le gars de l'agence nous appellera.
— Et en attendant, que fait-on ? réussis-je à articuler.
— Déjà, on va manger un bout. Ensuite...
— On passe la jungle au peigne fin, le coupai-je.
— Si seulement... C'est le Mexique pas l'île de Man...
— Je n'y ai jamais mis les pieds...
— Ce n'est pas bien grand... Je suis désolé, on va devoir faire autrement. Peut-être devrait-on essayer à San Cristobal ? proposa-t-il.
— Il ne va pas se cacher dans une ville, alors qu'il a pris une autre identité et un 4x4 !
— Alors je t'écoute si tu as une bien meilleure idée ! Mais il nous est impossible de fouiller toutes les jungles mexicaines ! s'emporta-t-il.
— Mais je n'en sais fichtre rien ! D'accord ! Faisons comme tu as dit ! lançai-je sur le même ton.
— Ne t'énerve pas Cass, je suis aussi dépité que toi. J'aimerai aussi savoir comment faire pour le retrouver, mais les moyens nous manquent...
— On dirait que personne ne veut se bouger pour le retrouver... Tu crois qu'on devrait proposer une prime ?
— Non, nous sommes au Mexique, l'argent n'est pas forcément la meilleure solution. On va chercher encore un peu dans les alentours mais après nous devrons rentrer...
— Pourvu qu'on le trouve ! m'exclamai-je avant de sécher mes larmes.
— Allez viens... On a mérité une petite bière...
— Plusieurs...

Nous repartîmes vers le quartier de notre hôtel. Nous nous arrêtâmes au bar où nous pûmes boire de bonnes bières bien fraîches et poursuivre notre apprentissage de la cuisine mexicaine. Nous nous mîmes d'accord pour faire un saut à San Cristobal de las Casas qui n'était pas sans intérêt, car elle était située dans une cuvette, entourée de montagnes. Si Ian se cachait, cela pouvait être dans ce genre de paysages. Du moins, je l'espérais. Nous verrions tout ça au petit matin, nous devions y rester deux jours et rentrer à Londres, via Mexico. Retourner à Mexico allait nous prendre toute une journée, sans parler du vol retour pour la Grande-Bretagne.

San Cristobal était une très jolie ville, connue pour ces monuments historiques datant du XVIème siècle, à l'arrivée des Européens. Il en restait de très belles églises. Vivre ici semblait agréable, du moins pour nous. Ce qui était moins plaisant était l'absence d'Ian en ces lieux. Nous avions fait le tour des mêmes endroits stratégiques qu'à Tuxtla Gutiérrez, sans succès. Personne ne l'avait vu. La seconde journée de recherches dans les faubourgs de la ville ne nous apporta pas plus de résultats. C'est le moral dans les chaussettes que nous retournâmes à Mexico.

Le trajet sembla encore plus long qu'à l'aller. Les espoirs envolés, déprimés et fatigués nous arrivâmes au même hôtel qu'à notre arrivée à Mexico. Je n'avais même pas faim, j'avais seulement envie de me jeter sur mon lit et pleurer à chaudes larmes, le nez enfoui dans mon oreiller. Philip était sorti sur le balcon pour passer quelques coups de fil. J'avais l'impression de manquer d'air, d'être au milieu d'un épais brouillard. Je ne voyais pas comment en sortir. Allongée sur ce lit, je n'avais plus envie de rien. Jamais je ne m'étais sentie aussi mal. Philip rentra dans la chambre, posa son téléphone sur la table de chevet et s'allongea à mes côtés. Il me caressait doucement le dos, d'une manière qui se voulait réconfortante. Je m'essuyais succinctement les yeux et me tournais vers lui. Il avait l'air triste mais me fit un petit sourire. Il m'ouvrit grand ses bras et me serra contre lui.

— Il ne faut pas perdre espoir Cass, on doit vraiment s'accrocher.
— Alors retournons dans cette jungle ! Soulevons chaque caillou ! Nous devons le retrouver.
— Nous ne pouvons plus y retourner et tu le sais aussi bien que moi. Malheureusement, nous ne pouvons rien faire de plus.

Je réprimais un nouveau sanglot. Philip dut le sentir car il me serra plus fort contre lui. Il me caressait doucement les cheveux, pour me calmer. J'avais l'impression qu'il voulait rester fort pour moi, pensant sans doute, et à raison, que s'il se laissait aller, je ne cesserais de pleurer. Déjà que j'avais perdu toute dignité. Jamais je ne me serai laissée aller à pleurer ainsi devant un homme. Philip était plus solide que moi, je ne l'avais pas vu pleurer une seule fois. Ému certes, mais jamais en pleurs.

Le lendemain, nous rendîmes la voiture de location avant de prendre l'avion. Au fur et à mesure que l'avion s'éloignait du sol mexicain, je disais adieu à toutes nos chances de retrouver Ian en Amérique Centrale. Nous avions essayé, en vain. Qu'aurions-nous pu faire de plus ? N'avions-nous pas ratissé les villes mexicaines autant que nos moyens ne nous l'avaient permis ? Nous aurions pu rester plus longtemps, mais aurions-nous pu le retrouver dans les denses forêts mexicaines ? Nos ressources étaient limitées et l'aide sur-place n'avait pas été optimale. Non, je n'essayais pas de me rassurer, je me rendais à l'évidence : Philip et moi avions fait tout ce nous avions pu.

Nous fîmes une escale sur le sol US avant de rejoindre le Vieux Monde. Nous nous séparâmes à Victoria Station, nous devions nous revoir d'ici quelques semaines. Je rentrais seule chez moi, retrouvant mon petit monde où je l'avais laissé trois semaines plus tôt. La vie allait reprendre son cours, Ian brillerait encore par son absence.

A plusieurs reprises, au cours du vol retour, je m'étais demandée si Ian était encore vivant, si l'homme sur les vidéos de surveillance n'avait pas été que quelqu'un qui lui ressemblait. Certes, une carte postale m'avait été envoyée, mais peut-être que depuis, quelque chose s'était passé et Ian avait disparu pour de bon. Nos différentes théories sur sa disparition ne nous avaient pas permis de le trouver et j'étais assez partagée à l'idée qu'Ian soit toujours en vie. Son absence était tellement douloureuse, j'avais tant espéré le retrouver et le choc avait été brutal. Devais-je faire le deuil ou continuer à espérer le retrouver ? Je savais que je ne pourrais pas l'oublier, mon amour pour lui était très fort, mais... Mais s'il n'était plus ? A quoi bon m'accrocher à un souvenir ?

La surprise est toujours moins douloureuse que la déception.

L'été était là, apportant avec lui légèreté et chaleur dont Londres avait bien besoin. Je quittais la galerie pour rentrer chez moi. J'avais bien envie de profiter de cette belle soirée d'été en courant à Hyde Park. Cela me permettait de vider complètement mon esprit et de me concentrer sur quelque chose de très simple : inspirer, expirer. J'aimais sentir la douceur de l'air sur moi, mes pieds rencontrant le sol à chaque foulée, le contact du soleil sur ma peau ; c'était vraiment grisant.

Je pris une bonne douche et préparai mon sac pour le week-end. Philip m'avait invitée à passer quelques jours en Ecosse. Je ne reprenais que mardi, j'étais bien contente de sortir de la capitale le temps d'un week-end prolongé. En plus, j'allais dans un endroit que j'aimais beaucoup avec des gens que j'appréciais vraiment. Il ne manquait que mon Ian, encore et toujours. Ce serait toujours aussi dur d'être là-bas sans lui. Mais il fallait aller de l'avant, pas l'oublier, mais apprendre à vivre sans lui. Je ne voulais pas couper les ponts avec sa famille, nous nous soutenions mutuellement et j'avais vraiment l'impression d'en faire partie. La disparition d'Ian nous avait vraiment rapprochés. J'avais hâte de les revoir.

Le lendemain, je pris l'avion pour rejoindre Edimbourg. Une fois arrivée en Ecosse, je hélai un taxi pour me rendre à Dundas Castle. Rien n'avait changé, le soleil était haut dans le ciel et il faisait chaud. Je descendis du taxi, payai la course et allai sonner à la grande porte. Le majordome ne tarda pas à m'ouvrir et me conduire à la bibliothèque où Matthew et Philip discutaient affaires.

> — Cassandra ! Quelle joie de te revoir ! s'exclama Philip en s'approchant pour m'embrasser sur les deux joues.
> — As-tu fait bonne route ? me demanda Matthew avec le sourire.
> — Oui, quel plaisir d'être ici, le temps est superbe en plus ! fis-je avec enthousiasme.
> — Comment vas-tu ? s'enquit Matthew.
> — Très bien et vous ?

— Pareillement, as-tu vu Dottie ?

— Non pas encore, où est-elle ?

— Tout à l'heure, elle était dans la cuisine, répondit Philip.

— Je vais aller la saluer, fis-je en souriant.

Je tournais les talons et marchais vers la cuisine où se trouvait la cuisinière s'entretenant avec Dorothy. Je les saluais toutes les deux et discutais un petit peu avec elles avant de monter dans ma chambre où le majordome avait posé ma valise. Je cherchais les cadeaux que j'avais achetés et redescendais à la bibliothèque pour passer un peu de temps avec Philip et Matthew. Dorothy ne tarda pas à nous rejoindre. Nous parlâmes de tout sauf d'une seule chose : la disparition d'Ian. Depuis notre retour du Mexique, plus personne n'osait aborder ce sujet, devenu trop douloureux. Nous ne l'oubliions pas pour autant, seulement en l'absence d'éléments nouveaux, il n'était pas nécessaire de ressasser.

Nous passâmes à table, Philip me proposa une balade à cheval que j'acceptai avec joie. C'était la meilleure façon de profiter du beau temps et du domaine de Dundas. Mes cours d'équitation dataient un peu, j'éprouvais une certaine appréhension à remonter à cheval. Nous nous dirigions vers les écuries lorsque j'en fis part à Philip.

— Ne t'en fais pas, je vais t'aider. Puis, c'est comme le vélo, ça ne s'oublie pas...

— Enfin...Il y a bien vingt ans que je n'ai pas mis mon pied à l'étrier !

— Fais-moi confiance, fit-il en souriant.

Il me présenta nos fidèles destriers et m'aida à monter sur mon cheval. C'était un magnifique holsteiner à la robe brun foncé qui se nommait Mushroom, il semblait assez docile. Il ne sourcilla même pas lorsque je le montai. Je lui caressais doucement le cou, ce qui m'aidait à me relaxer un peu. Philip monta sur son cheval en moins de temps qu'il en faut pour le dire. Thunder était un mustang très élégant avec sa robe beige, il avait le poil brillant et semblait très vif. C'était son cheval, cela se voyait qu'ils étaient complices. Philip me rappela quelques bases de communication puis nous avançâmes prudemment sur le chemin qui menait à la forêt. L'air était doux et je sentais la chaleur des rayons du soleil sur ma peau. Cela faisait un bien fou !

Petit à petit, je maîtrisais ma monture et je commençais à avoir moins peur, je me sentais même capable de descendre de mon cheval sans aide... Du moins, en théorie. Philip me raconta la première fois qu'il avait fait de l'équitation, c'était avec Ian. Il avait été subjugué par l'aisance de son frère à monter à cheval. Avec des années de pratique, il avait réussi à acquérir les mêmes compétences et appréciait beaucoup la compagnie des chevaux. De mon point de vue, c'était surtout des animaux majestueux et impressionnants de par leur taille mais aussi de par leur intelligence. Il y avait un tel respect entre l'animal et l'Homme, et ce depuis quelques milliers d'années.

Nous nous arrêtâmes dans une clairière, nous attachâmes nos chevaux à un arbre ; Philip sortit un thermos et deux gobelets de sa musette. Nous nous assîmes sur la mousse à peine humide.

— C'est du thé ?
— Oui, du thé glacé à la pêche, tu en veux ?
— S'il te plaît, répondis-je.

Nous trinquâmes. Le thé glacé était délicieux, à peine sucré et très fort en goût. Sa fraîcheur faisait du bien par ce temps !

— J'ai beaucoup pensé à toi depuis le Mexique, lança Philip.
— Comment ça ? m'étonnai-je.
— Nous étions 24 heures sur 24 ensemble, ça laisse des marques ! plaisanta-t-il.
— Certes, mais je ne pensais pas à ce point-là ! lançai-je sur le même ton.
— Il faut dire que tu es quelqu'un d'attachant et nous avons traversé beaucoup de choses ensemble.
— C'est vrai. J'aurais préféré qu'autre chose nous rapproche. Quelque chose de positif, au moins.
— Tu crois qu'il est mort ? me demanda-t-il sérieusement.
— Je... Je préfère me dire qu'il a refait sa vie parce qu'il n'en avait pas le choix. Je ne veux pas croire à sa mort. Peut-être est-il emprisonné ou qu'il a eu une forte commotion cérébrale et que c'est pour ça qu'il ne peut rentrer ou nous contacter. Peut-être a-t-il oublié qui il est... Je préfère ça à penser qu'il est mort, déclarai-je.
— Mais tu ne penses pas qu'il reviendra.
— La surprise est préférable à la déception, répondis-je doucement.
— Tu as raison.
— Et toi ?
— Hélas, je suis beaucoup moins optimiste que toi. Peut-être que je me trompe, mais ça fait longtemps qu'il a disparu. Et les circonstances sont vraiment étranges.
— Et tes parents ? demandai-je.

248

— Ils gardent espoir, ils y croient encore dur comme fer.

Ce doit être horrible pour eux de s'imaginer ne plus revoir leur enfant, pourvu qu'ils ne se trompent pas. Ce serait une vraie tragédie d'apprendre qu'il est décédé. Je me servis un autre gobelet de thé glacé. Je sentais les larmes arriver doucement mais sûrement, je devais me ressaisir.

— Pardon, je ne voulais pas te faire du mal, me dit doucement Philip en rangeant une mèche derrière mon oreille.
— Ce n'est rien. Je devrais me faire une idée et avancer, mais je n'y parviens pas. C'est encore trop frais, malgré tout.
— C'est normal, tu l'aimes, fit-il en posant une main compatissante sur mon épaule.
— Oui et rester dans l'ignorance est encore pire que de savoir qu'il ne rentrera pas, avouai-je.
— Tu crois que te persuader qu'il est mort t'aiderait ?
— Non. Dans tous les cas, je serai triste. Est-ce que je me sentirai soulagée de savoir qu'il n'y a plus rien à faire pour lui ? Peut-être d'une certaine façon, mais pas assez pour aller mieux que maintenant.

Il me prit dans ses bras et je m'y réfugiai volontiers. J'avais besoin d'une étreinte, d'une consolation. Un câlin, aussi puéril soit-il, j'en avais besoin. Nous restâmes là, enlacés, dans cette forêt qui semblait si accueillante et rassurante.

— Laisse-toi aller, Cassie. Je suis là, chuchota-t-il à mon oreille.

Les larmes coulèrent le long de mes joues comme automatiquement, ruinant mon maquillage au passage.

J'eus chaud à force de sangloter, je m'écartai doucement de Philip et rencontrai son regard. Il me regardait, ému lui aussi. Ses yeux me fixaient d'une manière particulière. Il ressemblait beaucoup à son frère à ce moment, il y avait la même intensité dans son regard. Il essuya doucement d'un revers de main ma joue encore mouillée et s'approcha à un point que je sentis son souffle chaud sur mon visage. Je baissais les yeux, me rendant compte à quel point il était proche. Cela me mit légèrement mal à l'aise.

> — Mon maquillage a dû bien couler, dis-je pour détendre un peu l'atmosphère que je trouvai un peu trop tendue.
> — Cela n'altère en rien ton joli visage, chuchota-t-il.
> — Philip...
> — Excuse-moi, fit-il en se reculant non sans me regarder une dernière fois intensément.
> — Ce n'est rien, dis-je en essuyant correctement mes joues.

Il se leva et me tendit la main pour que je me lève à mon tour. Il rangea le thermos et les gobelets dans sa musette puis nous remontâmes à cheval. Les cinq premières minutes furent bien silencieuses. Seuls le bruit de la forêt et le trot des chevaux venaient ponctuer ce silence. Une gêne s'instaurait et je ne voulais pas du tout que cela prenne trop d'importance dans notre relation.

> — Philip...
> — Oui ?
> — Pour tout à l'heure...
> — Laisse tomber, lâcha-t-il.
> — Non, mieux vaut en parler une fois pour toute et passer à autre chose.
> — Il n'y a rien à dire, fit-il.

— Tu étais à deux doigts de m'embrasser…

— C'était très déplacé de ma part, je n'aurais pas dû.

— Il ne s'est rien passé et je ne t'en veux pas. Je ne veux pas qu'une gêne s'installe entre nous à cause de ça, dis-je doucement.

— Trop tard, je crois.

— Nous étions tous deux en proie à la tristesse et je comprends tout à fait. J'ai apprécié que tu me consoles, cela faisait bien longtemps que personne ne l'avait fait. Mais j'aimerai être certaine qu'il s'agissait seulement d'un moment d'égarement de notre part.

— C'est le cas, répondit-il.

— Donc, tout va bien ?

— Parfaitement.

— D'accord, tu m'en vois rassurée…

Je soufflais, soulagée. Nous continuâmes à marcher au pas. Je profitais pleinement de la nature, inspirant de grands bols d'air pur, appréciant les senteurs de la forêt et la douce fraîcheur qui y régnait.

— Philip…

— Oui ?

— Est-ce qu'on pourrait s'arrêter, j'ai un besoin pressant, fis-je doucement.

— Ah ! C'est le thé ça ! Ne t'en fais pas, nous arrivons presque chez mon grand-père, tu pourras utiliser ses toilettes.

— Oh ! Parfait ! Comment va-t-il d'ailleurs ? m'enquis-je.

— Ce n'est pas la grande forme ces temps-ci, ne sois pas étonnée de le voir un peu plus fatigué que d'habitude.

— D'accord, je suis contente de lui rendre visite, dis-je en souriant.

Nous arrivâmes, en effet, cinq minutes plus tard au cottage de Davis Duncan. Philip n'avait pas menti, il était bien affaibli et se déplaçait lentement. Il nous offrit le thé accompagné de quelques mignardises. Nous restâmes une bonne heure avec lui avant de regagner le château. Avant le dîner, je me retirais dans ma chambre pour prendre une douche et me changer. Les Stewart donnaient une réception, chose que Philip avait oublié de me dire. Par chance, Dorothy me prêta une robe de sa fille. Elle était quasiment à ma taille, à quelques détails prêts. C'était une très jolie robe cocktail de marque, j'aimais beaucoup sa couleur. Elle était d'un bordeaux profond. J'arrangeais convenablement mes cheveux et enfilais mes escarpins noirs avant de descendre dans le hall. Le majordome me guida jusqu'à la salle de réception. J'eus une petite bouffée de chaleur en voyant tout le monde déjà présent. Je repérais en vain quelques visages amicaux. Tant pis, je vais dénicher un verre de champagne, je finirais bien par trouver un Stewart dans cette foule !

J'étais en train de regarder par la fenêtre lorsqu'une main se posa sur mon épaule. Je me retournai et vis Dorothy.

— Ah tu es là ! J'ai failli ne pas te reconnaître, elle te va très bien cette robe !
— Merci, il y a beaucoup de monde ce soir ! dis-je en montrant la salle blindée.
— Oui, j'espère que tu ne vas pas trop t'ennuyer, tu peux rester avec Philip, il te présentera des jeunes ! fit-elle en riant.
— Il est où ? Je ne l'ai pas vu en arrivant...
— Suis-moi, dit-elle en souriant.

Je la suivis jusqu'à l'autre bout de la salle où se trouvaient en effet, Matthew et Philip. Ils discutaient avec un homme qui semblait avoir l'âge de Philip, vêtu d'un costume gris anthracite très élégant et d'un kilt au tartan noir et blanc. Il était très grand, avait des cheveux bruns coupés courts, ses yeux noirs étaient vifs. Je remarquais alors que les Stewart portaient aussi un kilt.

— Ah Dottie ! Tu as retrouvé Cassandra ! s'exclama Matthew en nous voyant arriver.
— Oui et je te la confie Philip, je compte sur toi pour qu'elle passe une bonne soirée. Chéri, les Macleod souhaiteraient discuter avec toi...
— Oh ! Je te suis ! Bonne soirée, les jeunes, nous dit Matthew avant de prendre congé.
— Cassandra, je te présente William Menzies. William, Cassandra Lloyd.
— Ravi de faire votre connaissance, Cassandra, me dit William avec le sourire.
— Moi de même, fis-je.
— William était au lycée avec Ian... m'expliqua Philip.
— C'était il y a une éternité, déjà... lança l'intéressé.
— Cass, tu veux un verre ?
— Non je... Ah euh oui, volontiers, fis-je en remarquant que j'avais déjà bu tout mon champagne.
— Tu veux quoi ? s'enquit-il.
— Surprends-moi !
— Ouh là ! lança-t-il en riant avant de disparaître dans la foule.
— Je suis sûre qu'il va revenir avec un whisky, plaisantai-je.

Cela fit rire William. Nous discutâmes un peu, nous échangeâmes surtout des banalités puis Philip revint, avec un verre de whisky comme je l'avais pressenti.

> — Vous le connaissez bien ! fit William lorsque Philip me tendit le verre.
> — Nous avons fait un stage intensif, plaisanta Philip.
> — *Slàinte*[8] ! lançai-je avant de boire une gorgée.
> — Un stage intensif ? s'étonna William.
> — Nous sommes partis trois semaines au Mexique ensemble, expliquai-je.
> — 24 heures sur 24 pendant 21 jours...
> — C'est génial ça ! C'est vraiment sympa le Mexique, dit William.
> — Ouais, fis-je avant de boire une gorgée de whisky.

Philip me regarda, nous nous comprîmes.

> — Et toi, Will... Comment ça se passe le travail ? embraya Philip.
> — Oh ! La routine, le commerce se porte bien, il y a toujours autour d'engouement autour du tartan...
> — Vous travaillez dans le textile ? demandai-je.
> — Oui, j'ai une usine de production de tartan à Leith, je porte d'ailleurs les couleurs de mon clan...
> — C'est plutôt rare de voir des tartans de cette couleur, remarquai-je.
> — Oui, il faut dire que les tartans type stewart, auld scotland et black watch modern sont très en vogue, expliqua-t-il.
> — C'est vrai, fis-je sans vraiment savoir à quelles couleurs correspondaient ces types de tartans.
> — Cette robe vous va à ravir en tous cas, lança-t-il.

---

[8] Santé en gaélique écossais.

— Merci, répondis-je.

— Yves Saint Laurent ? s'enquit-il.

— Euh... Mary Stewart, dis-je avec aplomb.

Philip rit doucement derrière son verre. Je lui souris.

— Très belle pièce... Je ne connaissais pas cette maison...

— C'est vrai qu'elle te va bien, me dit Philip avant de boire un peu de whisky.

— C'est gentil, fis-je un peu gênée d'être le sujet de conversation.

— Oh ! Je dois vous laisser, on me fait signe là-bas, s'excusa William.

Il s'en alla vers un couple de quinquagénaires à la pointe de la mode écossaise.

— Je ne supporte pas ce type, avoua Philip.

— Parce qu'il ne comprend pas la plaisanterie ?

— Cela aurait pu, mais non. Même Ian n'a jamais pu l'encadrer...

— Il ne sait rien sur sa disparition ? demandai-je.

— Non, c'est mieux ainsi. Mes parents n'ont pas besoin qu'on remue le couteau.

— Difficile de faire semblant, dis-je.

— Ils ont besoin de penser à autre chose, cette soirée va leur faire du bien, je pense.

— Je dois avouer que je ne me sens pas trop à ma place, fis-je doucement avant de boire une gorgée de whisky.

— Je suis désolé ça m'était sorti de la tête lorsque je t'ai proposé de venir. Les soirées mondaines n'ont jamais été notre truc à Ian et moi. Nous cherchions toujours une façon de les éviter, plaisanta-t-il.

255

— Tu veux qu'on fasse le mur ?

— Hum... On pourrait aller à Edimbourg, je connais quelques bars...

— Mais tes parents ne vont pas mal le prendre ?

— Non, puis nous avons salués quelques personnes... Ne t'en fais pas... On reste encore une heure ?

— D'accord, par contre, je ne veux pas risquer d'abîmer la robe de ta sœur, fis-je en jetant un coup d'œil à ma magnifique tenue.

— Bien sûr !

Nous trinquâmes à la promesse d'une meilleure soirée puis il s'absenta quelques minutes pour avertir le majordome. J'en profitais pour grignoter quelques amuses-bouches, je terminais rapidement mon verre de whisky pour passer à de grands verres d'eau. Je n'avais pas envie d'être ivre trop rapidement, la soirée commençait à peine.

L'heure passa, je me dérobais à la soirée et montais me changer. J'enfilais une robe d'été, me repoudrais le nez et allais attendre Philip devant sa chambre. Nous nous éclipsâmes par la porte de service qui donnait sur une plus petite cour où nous attendait un domestique à côté d'une sublime Aston Martin. Il nous déposa au centre-ville d'Edimbourg où tous les bars nous appelaient. Philip m'amena au Black Rose Tavern où nous commandâmes deux pintes de Guinness. Nous étions beaucoup mieux ici que dans la grande salle de réception avec tous ces gens, cela devenait oppressant.

Nous passâmes une très bonne soirée à parler de tout et de rien. On vint nous chercher vers 2 heures du matin et heureusement parce qu'aucun de nous n'était en état de conduire. Je ne fus pas fâchée de retrouver mon lit. Je réglais mon réveil pour 8 heures et sombrais rapidement.

Chapitre 12

L'été était déjà bien avancé et les soirées étaient encore douces mais les nuits rallongeaient déjà. Victoria devait arriver d'une minute à l'autre et j'étais encore à batailler avec mon eye-liner. Après m'être démaquillée plusieurs fois, je décidai de laisser tomber et de faire un simple trait de khôl. Ce fut beaucoup plus efficace et bien plus rapide ! J'entendis frapper à la porte et criai « c'est ouvert ! » avant d'appliquer mon rouge à lèvres. Victoria ne tarda pas à me trouver. Elle était magnifique dans sa jolie robe crème cintrée, elle avait détaché ses cheveux qui ondulaient gracieusement sur ses épaules. Célibataire depuis peu, elle aurait tous les regards posés sur elle, ce soir. Cette tournée des bars nous changerait les idées à toutes les deux. Nous n'avions aucune attente particulière de cette soirée, seulement de boire des verres entre copines, comme avant.

Les rues de Londres n'attendaient plus que nous. Nous nous installâmes dans notre bar préféré et commandâmes des bières. Un match de rugby était diffusé et quelques habitués faisaient entendre leurs encouragements ou leur mécontentement en fonction des actions menées par les joueurs. Nous regardions ça d'un œil tout en discutant voyages. Nous changeâmes de bar lorsque nous eûmes terminé notre bière. Nous ne nous éloignâmes pas beaucoup du premier, en réalité. Installées à une table, nous commandâmes deux fishes and chips et deux bières.

— Au moins ici, nous ne serons pas dérangées par le match, lança Victoria.
— On s'entendra mieux, la musique n'est pas si forte, remarquai-je.

— Je meurs de faim, pas toi ?

— Si, j'espère que nous serons vite servies, répondis-je.

— Tu voudras bouger encore après ?

— Je ne sais pas, ce n'est pas si mal ici.

— C'est vrai... fit-elle en jetant un regard d'ensemble au bar.

Nos boissons et nos plats arrivèrent peu de temps après. Cela nous fit du bien de manger quelque chose. En réalité, cela faisait du bien de passer une soirée entre filles. C'était une pause bien méritée dans notre quotidien plutôt morne.

Nous commandâmes d'autres boissons après avoir dîné. Nous étions en train de nous remémorer de vieux souvenirs lorsque le barman plaça un verre devant moi. Je le regardais, étonnée.

— De la part de l'homme assis au bar, me dit-il avec le sourire.

— Euh... Merci, fis-je.

— Hé bien ! s'exclama Victoria alors que le barman retournait travailler.

— Je le connais...dis-je en jetant un coup d'œil à l'homme qui me souriait.

— C'est qui ?

— Un médecin de la clinique où je travaillais... Daniel, je crois.

— Beau gosse...

— Il me faisait du rentre-dedans peu avant que je ne quitte la clinique... Il racontait à tout le monde qu'il « se tapait l'hôtesse d'accueil » ... Je ne te dis pas la réaction d'Ian...

— Je peux comprendre... Tu vas aller lui parler ? me demanda-t-elle.

— Je vais boire son verre, pour commencer. Tout verre
est bon à prendre, fis-je en riant.

— Si tu ne veux pas de lui...

— Oh oui ! Fais-toi plaisir ! Il ne m'appartient pas du
tout ! m'exclamai-je avant de finir le verre que
j'avais commandé.

— Oho...

— Quoi ?

— Il arrive... dit-elle sans regarder dans sa direction.

Je ne savais pas trop quoi penser. La dernière fois que nous
nous étions parlés, je l'avais carrément rembarré. La
situation était tout à fait différente, j'avais Ian. Même si
aujourd'hui il n'était plus là, je pensais toujours à lui et je
n'avais pas vraiment l'impression de l'avoir quitté ou qu'il
m'avait quittée.

— Bonsoir mesdames, commença Daniel.

— Daniel, fis-je.

— Bonsoir, répondit Victoria.

— Cela faisait longtemps, dit-il en me regardant.

— C'est vrai... Daniel, laisse-moi te présenter
Victoria...

— Enchanté, fit-il de sa voix suave.

Victoria lui répondit par un sourire.

— Merci pour le verre. Comment vas-tu ? demandai-je.

Il prit ma question comme une invitation à s'asseoir avec
nous. Je bus quelques gorgées alors qu'il nous racontait un
peu sa vie. Victoria nous abandonna quelques instants pour
aller au bar.

— Que deviens-tu ? s'enquit Daniel.

— Je travaille dans une galerie d'art, toujours à la clinique ?

— Oui, elle n'est plus la même sans toi...

— Quoi de neuf ? demandai-je sans relever.

— Quelques départs en retraite et une disparition étrange... Tu te souviens du docteur Stewart ?

— Il était dans quel service, déjà ? fis-je innocemment.

— Gynéco... Il a disparu à la suite d'un séminaire à New-York... Ça doit faire presque deux ans je crois...

— Hé ben ! Il s'en passe des choses ! m'exclamai-je.

— Ouais, beaucoup disent qu'il est mort. D'autres qu'il avait une double vie... Enfin, les rumeurs... D'ailleurs... Il y en avait une te concernant...

— Celle qui disait qu'on couchait ensemble toi et moi ? lançai-je amèrement.

Il parut choqué. Peut-être qu'elle n'était connue que des médecins.

— Encore navré pour cette histoire, mais tu sais, entre mecs, on plaisante...

— C'est ça... Pas très malin de ta part, répliquai-je.

— Je suis vraiment désolé, mais je doute que quelqu'un l'ait prise pour argent comptant. Par contre celle sur Ian Stewart et toi...

— Je ne connaissais que vaguement cet homme... dis-je avant de boire une gorgée.

— Pourtant, on vous aurait souvent vus ensemble.

— Et qui ? Je serai bien curieuse de savoir qui a pu lancer cette rumeur infondée.

— Quelqu'un de son service.

— Tu as bien peu de travail pour écouter de telles bêtises. J'étais en couple lorsque je travaillais à l'accueil.

261

— Et maintenant ? s'enquit-il.

Victoria s'installa avec sa bière à la main.

— Cassie, je viens de voir qu'ils faisaient des mojitos ici !
— Ne m'en dis pas plus ! plaisantai-je.
— Alors, soirée entre filles ?
— Ouais, la deuxième chose qui remonte le moral après le shopping !
— Quel cliché ! Mais tellement vrai, plaisantai-je en trinquant avec Victoria.
— Vous vous connaissez depuis longtemps ? demanda Daniel, bien trop curieux.
— Depuis toujours, lança Victoria.
— Pourquoi ? demandai-je en regardant Daniel.
— On sent une certaine alchimie entre vous deux... Je voulais être sûr de mon ressentis.
— Ah... Tu es mentaliste en plus d'être cardiologue ? pouffai-je avant de boire un coup.

Daniel éclata de rire pour toute réponse. Victoria le dévorait des yeux. Je m'excusais et les laissais discuter seuls. J'en profitais pour faire un tour aux toilettes. Nous avions prévu cette soirée pour penser à tout sauf à ce qui nous faisait de la peine et le sujet que je voulais éviter avait fini par ressurgir, malgré moi. La tristesse se lisait dans mes yeux. Je me laissais glisser contre le mur froid. J'avais envie de tout envoyer balader, de ne plus penser à rien, de me laisser aller, réellement. Je fermais les yeux et respirais profondément. Je me concentrais sur le vide, le noir complet.

La porte s'ouvrit violemment et me tira du calme que j'essayai de recréer.

— Tout va bien mademoiselle ? s'inquiéta la jeune femme qui venait d'entrer.

— Oui, fis-je avant de me relever.

Je me repris et quittai les toilettes, retrouvant Victoria et Daniel en pleine discussion animée. Je terminais mon verre d'une traite.

— On se les boit ces mojitos ? demandai-je à Victoria.

— Et comment ! répondit-elle.

— Daniel, que veux-tu boire ?

— Tu m'offres un verre ? Je ne sais comment le prendre, fit-il de sa voix suave.

— Prends-le comme tu veux, dis-je.

— Un gin tonic, s'il te plait.

Je me rendis au bar pour commander et retournai m'assoir.

— Daniel me demandait ce que nous avions prévu de faire après...

— J'avais l'intention d'aller en boîte, ça vous dirait ?

— Ce serait sympa, non ? demanda Victoria avec enthousiasme.

— Ouais, pourquoi pas, répondis-je.

Nos verres arrivèrent, nous trinquâmes. Je n'avais plus vraiment l'impression d'être ici avec eux. C'était comme si je voyais la scène depuis un autre siège que le mien. C'était une sensation vraiment particulière. Ils discutaient et quand ils me posaient des questions, je ne reconnaissais pas ma voix.

— Je vous abandonne cinq minutes, je vais prendre l'air, fis-je en prenant mon verre.

L'air n'était pas aussi frais que je l'avais espéré mais cela me fit du bien. J'eus l'impression de reprendre le contrôle sur la situation. La rue était déserte, pourtant la soirée était belle et il aurait été dommage de la passer enfermée.

— Tout va bien ?

Je me tournai et découvris que Daniel m'avait rejoint.

— Oui, j'avais juste l'impression d'étouffer à l'intérieur.
— Tu as l'air bizarre...
— Non, ça va, mentis-je.
— Je te trouve bizarre depuis que j'ai parlé des rumeurs...
— Je n'ai pas envie de parler de ça. Je suis ici pour me changer les idées, ces rumeurs débiles et puériles ne vont pas m'aider à passer une bonne soirée ! dis-je sèchement.
— Si elles étaient infondées, elles ne te mettraient pas dans un tel état.
— Tu ne sais pas ce qu'il se passe dans ma vie et tu arrives avec tes histoires en pensant me sortir les vers du nez... Et qu'est-ce que ça peut bien te faire que j'aie une relation avec Ian Stewart ? En quoi ça te regarde ? Bien, soit... Et alors ?! Oublie-moi un peu. Va rejoindre Victoria, elle est intéressée, elle.
— Cassandra...
— Hé merde ! m'exclamai-je en sentant mes larmes couler.

J'avais envie de tout casser. J'avais même envie de lui en coller une. Lorsqu'il s'approcha de moi et me regarda fixement, j'eus envie de passer à l'acte.

— Je suis sincèrement désolé.

— M'en fous, lançai-je en séchant mes larmes du mieux possible.

— J'aimerai pouvoir faire quelque chose, dit-il doucement.

— Retrouve-le. Évidemment tu ne le peux pas, personne ne peut. J'en ai assez de vivre ainsi.

— Ben alors, on y va ? demanda Victoria qui venait d'arriver.

— Ouais... Allons-y, fis-je.

— Que t'arrive-t-il Cassie ? s'étonna Vic.

— Rien, dis-je en terminant mon mojito.

Je ramenai mon verre au bar et sortis. Nous marchâmes vers Oxford Street. Je savais que si je rentrais chez moi, j'allais davantage broyer du noir que dans le bruit d'une piste de danse. Je suivis donc Daniel et Victoria. Nous entrâmes dans la boîte de nuit plutôt bondée, il faisait chaud dans la salle et le bar était pris d'assaut par ceux qui ne dansaient plus.

Je fermais les yeux et me laissais aller sur la musique. L'alcool aidant, j'avais l'impression de flotter sur une portée de notes. Lorsque je rouvris les yeux, Daniel était face à moi et me souriait. Victoria nous tournait le dos et dansait. Elle semblait s'éclater et je trouvai ça beau. J'avais envie de ressentir ce qu'elle vivait à cet instant. Elle dansait comme si plus rien ne comptait, comme si chaque pas de danse était un pas vers la guérison de son cœur brisé. Et si je guérissais le mien à mon tour ? Et s'il était temps pour moi de passer véritablement à autre chose ?

Je dansais avec Daniel pendant plusieurs chansons, puis nous décidâmes de tenter d'approcher le bar. Nous sortîmes pour offrir une petite trêve à nos oreilles et respirer plus facilement par la même occasion.

— Je n'ai pas vu Victoria en sortant, elle n'était pas derrière nous sur la piste ? demandai-je.

— Si, mais je crois qu'elle a suivi un gars à un moment.

— Hum... J'espère qu'elle sait ce qu'elle fait. Elle avait l'air de s'amuser juste avant.

— Ne t'en fais pas. Tu veux retourner la chercher ?

— Non... Au pire, elle sait qu'elle peut m'appeler, dis-je en vérifiant immédiatement mon téléphone.

— On dirait qu'elle aussi a besoin de se laisser aller.

— Je pense qu'elle réussit plutôt bien, ce soir, remarquai-je en souriant.

— Et si tu faisais pareil ? me proposa-t-il de sa voix profonde.

— Et si tu m'y aidais ? dis-je doucement.

Je bus une gorgée, il me prit la main et la caressa doucement.

— Tu es sûre que c'est ce que tu veux ? s'enquit-il.

— J'aimerai seulement laisser mon cerveau dans un coin et ne plus avoir à le reprendre.

— Je sais ce que c'est, viens par là, dit-il en prenant ma bière et en la posant sur le muret.

Il me prit dans ses bras. Je fermais les yeux et me laissais porter. Ma tête commençait légèrement à tourner.

Lorsque j'ouvris les yeux, je ne reconnus pas du tout l'endroit où j'étais. Je me relevais péniblement, j'avais l'impression qu'on avait lesté mon crâne. Les rayons du soleil perçaient à travers les persiennes et je me rendis compte avec stupeur, que quelqu'un était allongé à mes côtés. Je soulevai doucement la couette et découvris le visage de Daniel.

Je fis littéralement un bond, ma tête me rappela à l'ordre et je perdis équilibre, me retrouvant inévitablement par terre. Je remarquais que je portais encore tous mes vêtements, ce qui me rassura un peu sur la nuit précédente. Je n'en avais aucun souvenir, ce qui était un peu inquiétant. Je me relevais et cherchais mon sac à main. Il fallait absolument que je prenne un médicament pour ce mal de crâne assourdissant. Par chance, j'en trouvais un dans une poche intérieure. Je sortis de la chambre et cherchais désespérément la salle de bain. Je faisais peur à voir, je me passais un peu d'eau froide sur le visage et pris mon médicament. Je sursautai en croisant Daniel dans le couloir.

— Salut, dit-il avec un léger sourire.
— Bonjour, fis-je après avoir retrouvé un rythme cardiaque à peu près normal.
— J'allais faire du café, tu en veux ?
— Euh…
— Je crois que tu en as bien besoin, plaisanta-t-il.
— D'accord, capitulai-je.

Je retournais dans la chambre avant de le retrouver dans la cuisine.

— Je peux être honnête avec toi ? demandai-je timidement.
— Dis moi…
— Je ne sais pas du tout ce que je fais là, avouai-je.
— Quelle est la dernière chose dont tu te rappelles ? fit-il sans paraître si choqué.
— Nous étions à l'extérieur de la boîte de nuit…
— Ah oui… Il te manque quelques épisodes…

267

— Pourquoi ça ne semble pas t'étonner ? demandai-je.
— Tu en as beaucoup demandé à ton foie cette nuit. Quand on est retournés à l'intérieur, on a vu Victoria. Elle nous a dit qu'elle rentrait et elle t'a proposé de la suivre, mais tu as préféré profiter encore un peu de la musique. On a dansé ensemble, puis une chose en entraînant une autre, on est rentrés chez moi.
— Il s'est passé quelque chose entre nous ? m'inquiétai-je.
— Nous nous sommes embrassés, plusieurs fois. Nous avons failli passer à l'étape supérieure mais j'ai bien vu que tu ne le voulais pas vraiment.
— Navrée si la soirée ne s'est pas terminée comme tu le désirais, dis-je rassurée de ne pas avoir trop fauté.
— Je ne sais pas comment le prendre, sobre tu n'aurais peut-être pas voulu venir chez moi.
— Peut-être, peut-être pas... Merci de m'avoir respectée.

Il nous servit des cafés. Je comptais sur la caféine pour me réveiller davantage. Je vis sur l'horloge du micro-ondes qu'il était déjà 10 heures. Je bus rapidement mon café et posai ma tasse dans l'évier.

— Je dois y aller, fis-je.
— On s'appelle ? demanda Daniel.
— Je ne sais pas. J'ai besoin d'un peu de temps.
— Je comprends.

J'allai récupérer mes affaires dans sa chambre et pris congé. En sortant de son immeuble, je n'avais pas la moindre idée d'où j'étais. Je dégainai mon téléphone pour activer le GPS et me rendis compte que sa batterie était déchargée. Je pris à droite et remontais la rue, je finis par trouver un métro et là, la situation se débloqua. Ce dimanche ne fut pas un des plus productifs. Je le passais à bouquiner à Hyde Park. Quelques souvenirs de la nuit précédente remontèrent à la surface et j'éprouvais le besoin d'appeler Victoria pour lui raconter ma nuit de débauche. Elle aussi avait terminé dans les bras d'un homme et ça l'avait fait réfléchir : elle devait s'accorder du temps pour elle, pour reprendre confiance en elle et se retrouver. Nous allions nous serrer les coudes plus que jamais. Plus j'y pensais et moins j'avais envie de recontacter Daniel, en plus je n'avais même pas son numéro ! Alors je ne sais pas comment il peut espérer que l'on s'appelle !

Lorsque j'allai me coucher ce dimanche, je fus satisfaite de savoir que ce week-end m'avait apporté quelques éléments de réflexion et surtout la certitude de ne plus revoir Daniel. Si je voulais avancer, ce serait plus lentement et avec quelqu'un que je connaissais un minimum. Je ne referai pas l'erreur de conclure le premier soir et de voir ensuite ce qu'il se passe. Même si ça avait plutôt réussi avec Ian, ce n'était qu'un coup de chance. Et la chance ne me souriait déjà plus.

L'automne était là, apportant avec lui la grisaille et les envies de plats réconfortants. Courir à Hyde Park devenait moins simple, je n'appréciais pas forcément courir sous la pluie. L'air était particulièrement frais ces jours-ci et j'appréhendais un peu l'hiver.

A force de me donner corps et âme à la galerie, mon implication avait porté ses fruits et mon patron m'envoyait à Berlin pour rencontrer des artistes et assister à une exposition chez un galeriste de renom. Je me demandais bien quel temps il ferait là-bas. Dans le doute, j'avais prévu quelques tenues chaudes pour les trois jours que durerait mon séjour. Je ne connaissais pas du tout l'Allemagne alors c'était l'occasion d'y mettre enfin les pieds. Je n'allais avoir qu'un après midi pour découvrir la ville, j'avais déjà repéré quelques endroits à voir mais ça allait être une visite chronométrée !

J'arrivais en fin de matinée et rejoignais la ville en bus. Je n'eus aucune difficulté à trouver mon hôtel qui se situait dans le quartier Mitte qui comptait un bon nombre d'artistes. C'était l'endroit où il fallait être. Berlin Est était devenu tendance et les jeunes se l'étaient réapproprié à la chute du mur, à la fin des années 1980. Les bourgeois-bohèmes habitaient aussi ces quartiers Est, du moins, c'est ce que mes recherches avaient donné. C'était un quartier assez vivant dont la fréquentation changeait à la nuit tombée. Les bâtiments étaient austères et il n'était pas difficile d'imaginer la vie telle qu'elle était au temps de la Guerre Froide. Mon hôtel, d'ailleurs, datait sûrement de cette époque. Mine de rien, la chambre m'avait parue accueillante au premier abord et je m'y étais sentie bien. Le temps de poser mes affaires, j'étais repartie à la recherche d'une superette pour m'acheter de quoi déjeuner. Je devais ensuite me rendre chez Alexander Welt, un artiste prometteur qui avait tapé dans l'œil de Leith. Peut-être que si le rendez-vous ne s'éternisait pas trop, je pourrais profiter de la fin d'après-midi pour aller me promener...

Je me refis une beauté avec mon miroir de poche et descendis de la rame de métro. J'avais l'itinéraire bien en tête en revenant à la surface, ce n'était plus très loin. Je parcourus les 200 m qui me séparaient de ma destination et sonnais au 83 Schönhauser Allee.

— *Ja ?*
— *Herr* Welt, je suis Miss Lloyd, dis-je à l'interphone.
— Je vous ouvre, c'est au dernier étage.

Il déverrouilla la porte et je grimpais les quatre étages. Le bâtiment était plutôt récent et bien entretenu. Lorsque j'arrivai enfin au dernier étage, la porte était déjà ouverte. Alexander Welt m'attendait avec le sourire et une cigarette à la main.

— *Guten Abend*, fis-je en me remémorant les quelques phrases apprises en allemand durant le vol.
— Bonjour, ravi de faire votre connaissance Miss Lloyd, me dit-il en me serrant la main avec poigne.
— Moi de même, répondis-je alors qu'il me laissait entrer.
— Souhaitez-vous boire quelque chose ? J'allais justement me faire un café...
— Volontiers, dis-je avec le sourire.

Son appartement était très spacieux et très lumineux. Nous étions dans ce qui ressemblait davantage à un atelier qu'à un salon, même si le canapé et la télévision indiquaient le contraire. La cuisine était ouverte sur cette pièce et était très moderne. Elle semblait très pratique ! Il fit couler deux cafés après m'avoir invitée à m'assoir. Sur la table basse, il y avait un portfolio. Je posais mon sac à main à mes pieds et laissais mon téléphone sur la table basse. Alexander arriva avec les cafés et s'installa à mes côtés.

— Merci beaucoup, *Herr* Welt, dis-je en prenant la tasse.

271

— Je vous en prie. Le portfolio est à votre disposition. Toutes mes peintures sont rangées pour ne pas qu'elles s'abîment, expliqua-t-il.

Je délaissai ma tasse et attrapai le portfolio que je feuilletai consciencieusement. Son travail était remarquable et méritait, en effet, sa place dans notre galerie. Leith me faisait entièrement confiance sur ce coup-là, il avait vu quelques peintures de Welt et c'est ce qui lui avait donné envie d'en savoir plus à propos de l'artiste. J'étais seulement là pour transformer l'essai. Nous discutâmes longuement de son travail puis je lui annonçais que ses peintures seraient très appréciées à la galerie et que nous allions l'inviter à Londres. Il me laissa un exemplaire de son portfolio afin de choisir les œuvres à exposer. Tout ceci n'avait duré qu'une heure, je fus ravie de retourner à mon hôtel pour poser mes affaires et partir visiter la capitale allemande.

Je devais rentrer me changer à l'hôtel en fin d'après-midi afin de me rendre à l'exposition. J'allais faire quelques rencontres au cours de la soirée, ce qui serait tout à fait bénéfique pour les mois ou mêmes les années à venir. J'avais opté pour une robe noire cintrée, simple mais parfaite pour l'occasion. Une touche de rouge à lèvres, j'enfilai mes escarpins, pris mon sac et quittai ma chambre d'hôtel. La galerie n'était pas très loin, j'avais très bien choisi mon hôtel !

A mon arrivée, je remarquais qu'il y avait déjà beaucoup de monde. Les gens oscillaient entre le buffet et les tableaux où quelques artistes vantaient les mérites de leur travail. Je m'avançais vers un tableau en noir et blanc qui représentait des vagues se brisant sur la plage. Il me plaisait beaucoup. Je m'approchais davantage pour apprécier les détails.

— Miss Lloyd ? fit une voix masculine derrière moi.

Je me retournai et reconnus Douglas Gordon, l'ami artiste d'Ian. Mon cœur chuta de trois étages en repensant à Ian.

— Bonsoir Douglas, comment allez-vous ? lui demandai-je poliment.
— Très bien et vous ?
— Pareillement. Je ne pensais pas vous revoir en Allemagne, fis-je.
— Moi de même ! Vous êtes ici pour le travail ou le loisir ?
— Pour le travail, c'est Leith qui m'envoie. Je ne vous remercierai jamais assez de m'avoir permis d'obtenir ce poste !
— Ce n'est rien, vraiment. Comment va notre ami commun, ce bon vieux Ian ? s'enquit-il.
— J'aimerai beaucoup le savoir... Il est porté disparu depuis avril 2019...
— Oh ! Je l'ignorais... Je suis désolé...
— Ce n'est rien... J'espère qu'il est encore en vie et qu'il reviendra, dis-je avec émotion.
— Je l'espère aussi, c'est un type bien. Ce n'est pas trop dur pour vous ?
— Je m'accroche à mon travail, je n'ai plus que ça. Certes, ce n'est pas un tableau très joyeux, mais pour l'instant c'est tout ce que je parviens à faire. C'est atroce de rester dans l'ignorance, fis-je.
— Je peux comprendre... Vous restez longtemps à Berlin ? Peut-être pourrions-nous prendre un verre ensemble ?
— Je rentre après-demain mais j'ai pas mal à faire d'ici là, répondis-je.
— Je comprends, une prochaine fois alors.

— Avec plaisir !

— Tenez-moi au courant si vous avez des nouvelles d'Ian, s'il vous plait...

— Bien entendu, dis-je avec le sourire.

— Je vous laisse à votre contemplation, dit-il avant de partir.

Je m'éloignais ensuite pour admirer d'autres tableaux. Je ne tardais pas à rencontrer les artistes. J'en repérais deux et leur laissais ma carte de visite. Je restais encore une bonne heure à palabrer art avec des artistes et des amateurs au détour d'une œuvre. Je ne fus assez satisfaite de retrouver ma chambre d'hôtel. Je ne mis pas longtemps avant de sombrer dans un profond sommeil.

Le lendemain, je n'avais aucun rendez-vous de prévu suite au vernissage de la veille, je me dépêchais de déjeuner et partais à l'aventure, bien décidée à explorer la ville. Berlin avait beaucoup à offrir. Je fis un saut au Reichstag, à la Branderburger Tor, au Tierpark qui était un parc immense et je pris le métro jusqu'au fameux Checkpoint Charlie. Je flânais dans un centre commercial avant de rentrer à l'hôtel. Il me fallait quelques bricoles à manger et je voulais aussi ramener quelques souvenirs. Je pensais à Leith, mais aussi à Victoria et Philip.

Après avoir fait quelques boutiques, je trouvais enfin les cadeaux adéquats pour chacun et me dirigeais vers un Rewe qui était un supermarché. Je dénichais de quoi grignoter pour ce soir, j'avais bien envie d'une grosse salade. Elles faisaient envie dans le rayon. Je réglai mes achats et sortis du Rewe. Je marchais tranquillement dans la galerie marchande, réfléchissant à l'heure à laquelle je devais me lever le lendemain pour prendre l'avion, lorsqu'on me bouscula. La femme s'excusa et continua son chemin. C'est là que je vis un homme qui ressemblait étrangement à Ian. Je crus halluciner, ce devait être le choc de la bousculade. Lorsque l'homme se mit de profil pour regarder une devanture de magasin, je fus sûre de moi. C'était Ian. Il était beaucoup moins amaigri que sur les images de vidéosurveillance du Mexique. Il portait un jean et un caban gris. Il était à 50 m de moi.

— Ian ! m'écriai-je !

Des gens se retournèrent alors que je courrai presque vers lui. Il me vit et je vis qu'il m'avait reconnue. Je ne ralentis pas, accélérant même ! Il avait commencé, m'échappant peu à peu. Je remarquais qu'il se mouvait très rapidement. Il était déjà sorti de la galerie marchande. Les portes coulissantes ne s'ouvrirent pas d'un seul coup quand je fus face à elles. Je perdis du temps...

Dehors, je ne vis pas Ian. Où était-il passé ? Pourquoi avait-il déguerpi en me voyant ? Des larmes inondèrent mon champ de vision. Je m'essuyai rapidement les yeux et tentais d'apercevoir Ian au loin. Malheureusement, il n'y avait rien à faire. Il n'était plus là. Il s'était volatilisé.

Je dégainais mon téléphone et appelais Philip.

— Allô ?
— Philip, c'est Cass... Je l'ai vu ! Il était là ! Il m'a vu mais il est parti... Je n'ai rien pu faire !!!
— Calme-toi... Tu es où ? demanda-t-il.
— A Berlin.
— Ah oui c'est vrai ! Raconte-moi, calmement.

— Je sortais d'un magasin quand je l'ai aperçu au loin, au début j'ai cru me tromper. Mais lorsqu'il s'est tourné, je l'ai reconnu et lui aussi m'a reconnue. Mais il a fui. La bonne nouvelle c'est qu'il est vivant et semble en bonne santé. La mauvaise, c'est qu'il ne semblait pas vouloir me parler.

— Étrange quand même, remarqua Philip.

— Je suis perdue... Que fait-on ? Et s'il ne voulait pas revenir ?

— Mais pourquoi ne le voudrait-il pas ?

— Aucune idée. Dois-je aller voir la police ? m'enquis-je.

— Semblait-il en danger ?

— Non. Mais je suis partagée... Une part de moi est déçue, l'autre est soulagée. Il est en vie, c'est tout ce que j'espérais. Il ne semble simplement pas vouloir revenir.

— La police ne voudra peut-être rien faire s'il ne semble pas vouloir retrouver sa vie. Il ne te semblait pas en danger... remarqua Philip à nouveau.

— Tu as raison. Même si c'est douloureux de dire cela, je doute que la police veuille bien se pencher sur son cas dans ces conditions...

— Hélas... Au moins est-il sorti de la jungle mexicaine où il se terrait...

— Oui ! Ce n'est pas rien, fis-je doucement.

— Je suis désolé.

— Tu n'y es pour rien. Que vas-tu dire à tes parents ? demandai-je.

— La vérité. Cela les rassurera de le savoir vivant, pour le reste... Nous ne pouvons rien faire, visiblement.

— D'accord.

— Merci beaucoup de m'avoir appelé en tous cas, dit-il.

— C'est normal.

— Je dois bientôt revenir à Londres pour le travail, je voulais arriver le week-end, on pourrait se voir...

— Avec plaisir ! Tu sais que ma porte t'est grande ouverte. On trouvera bien un truc à visiter !

— C'est gentil. Je te reconfirme la date rapidement. Sois forte Cass. Et n'hésite pas si tu as besoin de parler...

— Je sais, merci. A bientôt.

— Salut, dit-il avant de raccrocher.

Dépitée, je rentrais à l'hôtel. Je ne savais plus quoi ressentir suite au comportement d'Ian. Il ne m'avait adressé qu'un regard de surprise, même pas un sourire. Il ne semblait même pas ravi de me voir. Si j'avais disparu pendant plus d'un an et que j'avais revu par hasard l'homme que j'aimais, j'aurais été soulagée et ravie de le revoir. Mais je n'avais vu rien de tout ça sur son visage. C'était comme si j'étais devenue quelqu'un qu'il ne voulait pas voir. Demain je quitterai cette vile et laisserai les mauvais souvenirs ici. Je devais me contenter du fait qu'il était en vie. Tant pis pour mes sentiments, visiblement il n'en voulait plus. On aurait dit le signe que j'attendais pour aller de l'avant.

Mon escapade berlinoise nous avait apporté de nouveaux talents. Leith était très satisfait des nouveaux artistes que je lui avais dégotés. Plusieurs vernissages étaient prévus en novembre et décembre. L'année se terminait bien pour la galerie. En attendant, j'étais dans le train pour rendre visite à mes parents. Je regardais le paysage qui défilait à toute vitesse. L'automne était bel et bien là. Les arbres avaient perdu presque toutes leurs feuilles et le ciel était d'un gris sombre et déprimant. La nature mourait peu à peu pour ressusciter au printemps. La vie est un éternel recommencement. Du moins pour la nature au rythme du temps. Pour l'Homme c'est tout à fait différent. On naît, on vit et on meurt. Physiquement et spirituellement pour les athées. Nous naissons au printemps, nous épanouissons à l'été, nous dépérissons à l'automne et nous mourons à l'hiver. Peut-être pouvons-nous aussi décomposer la vie telle qu'est une année solaire, avec quatre saisons pleines de surprises ?

— Excusez-moi... Puis-je m'assoir ? demanda un vieillard qui me tira immédiatement de mes rêveries philosophiques.
— Bien sûr, je vous en prie, répondis-je après avoir repris mes esprits.

Je dégainais mon téléphone et arrêtais ma contemplation du paysage qui filait à toute vitesse. Après avoir lu les actualités, j'envoyai un message à Philip pour prendre de ses nouvelles. Nous étions fin octobre et il ne m'avait toujours pas confirmé sa venue.

Mon train ne tarda pas à entrer en gare de Barnet, annonçant la fin du voyage. Je descendis du train et pris un taxi jusqu'à chez mes parents. Scarlett m'ouvrit la porte. Je ne m'attendais pas à ce qu'elle soit là. J'étais ravie de la revoir, cela faisait un bon bout de temps ! Tout le monde était dans le salon. Je rencontrai le petit-ami de Scar qui se nommait Henry Thomson. C'était un homme de taille moyenne aux cheveux châtains et aux yeux noisette. Il était un peu plus âgé qu'elle et semblait très gentil de prime abord. J'étais ravie de les revoir, tous. J'avais cependant peur qu'on me reparle d'Ian. Encore et encore.

Heureusement, je me rendis compte d'une nouvelle bague à la main de ma sœur qui ne pouvait annoncer qu'une très bonne nouvelle. J'attendais patiemment qu'elle aborde le sujet.

Nous passâmes à table après avoir pris l'apéritif dans le salon et brisé la glace avec son fiancé. Mon père semblait l'apprécier, ce n'était pas du tout la première fois qu'il le rencontrait. Scar et Henry étaient venus passer quelques jours à la maison cet été. Je n'avais pas été présente, mais ma mère m'avait raconté cette « super semaine passée avec ma sœur et pendant laquelle ma présence avait grandement manqué... » C'est triste de me rendre compte que j'ai davantage le sentiment d'appartenir à la famille Stewart qu'à la mienne... Comme si j'avais ma place et que je n'étais pas un ersatz de quelqu'un. Peut-être n'était-ce que mon ressenti dans cette maison qui avait été mienne dix ans auparavant.

Scar prit la parole solennellement entre le fromage et le dessert. J'en étais encore à mettre du blue stilton cheese sur mon pain lorsqu'elle se leva de sa chaise. Henry et elle avaient prévu de s'unir début septembre 2021 et il y aurait beaucoup de monde. Mes parents étaient très émus, versant une toute petite larme devant leur bébé qui se mariait. Je félicitais Henry et plaisantais en lui souhaitant bon courage alors que ma sœur était dans les bras de notre mère.

Nous passâmes l'après-midi à parler mariage et tout ce que cela impliquait lorsque mon téléphone sonna. Je m'excusais et allais prendre l'appel dans la cuisine en prenant bien soin de fermer la porte. C'était Philip.

> — Dieu merci Philip, je suis ravie de t'avoir au téléphone !
> — A ce point ? plaisanta-t-il.

279

— Ma sœur va se marier, il y a beaucoup trop d'émotions positives dans cette maison, expliquai-je en riant.

— Elle ose se marier avant toi, quel affront !

— J'ai jusqu'à septembre pour y remédier, pouffai-je.

— Je suis sûre que tu peux y arriver !

— Ah ah ah ! Que me vaut ton appel, très cher ?

— Je voulais te dire que j'arrivais le week-end du 14 novembre, le samedi midi plus précisément.

— Parfait, je vais me noter ça. Tu restes une semaine, c'est bien ça ?

— Oui, tu es sûre que ça ne te dérange pas ?

— Évidemment ! Je ne te l'aurais pas proposé sinon. Tu es un peu de ma famille, tu sais.

— C'est gentil, ça. Sinon ça se passe bien avec tes parents ? demanda-t-il.

— Oui, oui. J'ai peur que tout cela devienne trop pesant pour moi.

— Je comprends. N'hésite pas si tu as besoin de décompresser...

— Merci. Et comment vont les tiens ?

— Ils vont bien et t'envoient le bonjour. Ils me demandent régulièrement de tes nouvelles, si tu as prévu de revenir à Dundas... Ils t'apprécient beaucoup.

— Moi aussi. Je reviendrai quand ça bougera un peu moins à la galerie, Berlin nous a apporté beaucoup d'événements à prévoir jusqu'à la fin de l'année, expliquai-je.

— Tant mieux !

— Oui, c'est très prenant et j'aime ça.

— Oh ! Je vais devoir te laisser, on sonne à ma porte.

— Elle est jolie ? plaisantai-je.

— Elle s'appelle Hugh... Alors pas vraiment !

— Dommage ! Bonne soirée, à bientôt.

— A toi aussi, salut.

Je raccrochai et retournai dans ce salon qui sentait bon la dentelle et l'organza... Enfin presque...

Ce week-end fut épuisant sentimentalement parlant. J'étais bien contente de retrouver le calme de mon appartement et son vide intersidéral. Je me couchai tôt car je voulais aller travailler aux aurores le lendemain. Beaucoup de travail m'attendait avec l'organisation des vernissages.

Chapitre 13

Le temps passa tellement vite sous la montagne de travail que j'avais à la galerie que je ne compris pas tout de suite le message de Philip qui me disait qu'il sortait de la gare de Paddington et qu'il venait à pied. C'est lorsque je vis la date sur mon téléphone que je compris et me levai en sursaut. Il était 13 heures et j'étais encore au fond de mon lit. La nuit avait été très longue et j'avais des heures de sommeil à rattraper. Résultat : je me réveillais à peine. Je rangeai rapidement les trois bricoles qui traînaient dans l'appartement, ce qui prit plus de temps que prévu. Je fonçai prendre une douche et sursautai en entendant la sonnette alors que j'attrapai une serviette. Tant pis. Je me couvris bien et allai ouvrir, prenant le risque de montrer à quel point j'avais oublié que Philip devait venir.

— Salut, fit-il lorsque j'ouvris la porte.
— Excusez ma tenue, je sors de la douche, fis-je non sans rougir.
— Si je m'attendais à un tel accueil, plaisanta-t-il.
— T'es bête... Entre, je t'en prie, dis-je avant de le laisser passer.
— Merci...
— Je suis désolée, j'avais complètement oublié que c'était ce week-end, je me suis couchée hyper tard à cause du travail hier et voilà le résultat...
— Ce n'est pas grave, je comprends mieux pourquoi tu ne me répondais pas !
— Je t'en prie, mets-toi à ton aise, je vais juste m'habiller, fis-je avant de disparaître dans la salle de bain.

Bien sûr, je n'avais pas pris le temps de prendre des vêtements... Je retournais donc dans ma chambre pour m'habiller. J'étais complètement à côté de la plaque et je détestais ça. J'avais besoin d'un litre de café, au moins. Lorsque je revins dans le salon, je vis Philip en train de regarder par la fenêtre.

— Ah tu as mis ta valise dans la chambre d'ami, parfait. Je te préparerai le lit ce soir. Tu as mangé ? lui demandai-je.
— Non et toi ?
— Je n'ai pas eu le temps et... C'est la honte, je n'ai plus rien dans mon frigo... On se commande un truc ? proposai-je.
— Pizza ou chinois ?
— Pizza, j'ai la carte sur le frigo, répondis-je.

Nous allâmes dans la cuisine pour choisir nos pizzas et j'appelai pour commander. Je me fis aussi couler un grand café, histoire de réveiller mon cerveau correctement. Je servis une bière à Philip et nous nous installâmes tranquillement dans le salon, en attendant que les pizzas arrivent. Nous nous mîmes d'accord sur ce que nous allions faire du reste de la journée. Il ne faisait pas trop froid et le temps était couvert. Marcher dans les rues ne serait pas trop difficile, mais se mettre à couvert était plus sage. Nous allions donc visiter le musée de Sherlock Holmes et celui de Madame Tussaud. Après ça, nous avions prévu un saut dans un supermarché, pour ne pas mourir de faim cette semaine et ce soir, et boire un verre dans un bar.

Pour la première fois depuis longtemps, je passais d'agréables moments non ternis par le fantôme d'Ian et de toutes les émotions négatives que cela m'avait apporté. Le week-end avait été une véritable bouffée d'air et je me

283

sentais bien. Pendant toute une semaine, j'allais partager mes soirées avec quelqu'un et c'était agréable de ne pas être seule. Même le temps d'une petite semaine. Je travaillais un peu moins car le plus gros était passé et la prochaine salve était prévue pour mi décembre. Je respirais à nouveau. J'avais même le temps d'aller courir sous la pluie à Hyde Park.

Lorsque je rentrai de mon footing, j'eus la surprise de trouver Philip que je n'attendais pas avant une bonne heure. Lui aussi avait fini plus tôt et en profitait pour bouquiner, confortablement installé dans le canapé.

— Salut, fis-je en ôtant mes baskets.
— Alors ce footing ?
— On verra les courbatures demain, je vais me doucher et j'arrive.
— Un thé ça t'intéresse ? proposa-t-il.
— Avec joie ! Je me dépêche alors, dis-je en souriant.

Je pris une douche rapide et enfilais un jean et un gros pull. J'avais envie de cocooning, de douceur et de chaleur. Ce n'était super élégant mais j'avais tendance à préférer le confortable au sophistiqué. Une tasse de thé m'attendait sur la table basse, je m'installais dans le canapé.

— Alors ta journée ? demandai-je à Philip avant de m'ébouillanter avec mon thé.
— Très intense, j'avais hâte de rentrer me poser avec toi, répondit-il avant de boire une gorgée de thé.
— On ne sort pas ce soir, hein ? Je suis claquée aussi...
— Non, on est bien là. Petit film et au lit.
— Je n'aurais pas dit mieux ! m'exclamai-je.
— Ton pull a l'air vraiment doux...

— Il l'est ! C'est Ian qui me l'a offert, ce n'est pas très sexy, mais je suis vraiment bien dedans, un peu comme dans mon lit en plein hiver, plaisantai-je.

— Tu penses encore souvent à lui ? demanda-t-il assez sérieusement.

— Je penserai toujours à lui mais je crois que je n'existe plus pour lui. Je me suis fait une raison, même si cela a été difficile. Jamais je n'aurais pu penser aller de l'avant, mais il ne m'a pas laissé le choix.

— Je comprends. Tu as… Tu as fait des rencontres ? s'enquit-il timidement.

— Des rencontres ? Avec l'emploi du temps de malade que j'ai depuis deux mois ? J'aimerai bien !

— Tu as vu beaucoup d'artistes, cela aurait très bien pu arriver, remarqua-t-il.

— Certes, mais ce ne fut pas le cas. Je pense être prête, pourtant je sens que cela prendra encore un peu de temps. Il faudrait que je me dégote un homme compréhensif et patient. Encore faudrait-il que j'aie moi-même la patience de chercher cet homme-là ! dis-je en riant.

— Parfois, ça nous tombe dessus, constata-t-il.

— C'est vrai. Ce fut le cas pour ton frère, je ne m'y attendais pas du tout, avouai-je avant de boire un peu de thé légèrement moins chaud.

— Tu mérites d'être heureuse Cass…

— Comme tout le monde sur cette terre, fis-je.

Je buvais tranquillement mon thé et m'installais un peu mieux dans le canapé. Philip posa sa tasse vide.

— Je n'en reviens pas de la vitesse à laquelle la semaine est passée. On est déjà jeudi et je pars demain...

— C'est vrai que le temps est passé très vite. On s'habitue vite aux bonnes choses, dis-je en pensant que j'allais me retrouver à nouveau seule à son départ.

— Tu trouves aussi ?

— Oui. J'ai bien aimé cette semaine avec toi, avouai-je.

— Tu veux que je reste ce week-end ?

— Tu dois sûrement avoir des choses à faire et le vol va te coûter les yeux de la tête à reporter, réfléchis-je à haute-voix.

— Je prends le train, mais non, ça ne devrait pas poser de problème... Et puis... Si tu veux que je reste... En fait, pour être honnête, je n'ai pas envie de partir.

Je le regardai, étonnée. Son regard était intense et lourd de sens. Je me retrouvais quelques mois plus tôt dans cette forêt où l'ambiguïté de la situation m'avait mise mal à l'aise. Ce n'était plus le cas aujourd'hui. Quelque chose avait changé en moi. J'avais tenté de taire cette sensation depuis le début de la semaine, mais c'était visiblement peine perdue.

— Reste, dis-je doucement.

— D'accord, fit-il en prenant ma main.

Il la caressait doucement et je trouvais ce contact rassurant. Nous nous regardâmes un instant, j'eus l'impression de pouvoir lire en lui. C'était un drôle de sentiment.

Il prit ma tasse et la posa sur la table basse avant de s'approcher de moi. Il posa une main sur ma joue et ne cessait de me regarder. Sa main était chaude et douce sur ma joue. Je fermais les yeux. Ses lèvres se posèrent doucement sur les miennes et nous échangeâmes plusieurs baisers.

Je me reculai soudainement, mesurant l'importance de mon erreur.

— Je ne peux pas faire ça... Je ne peux pas entamer une relation avec son propre frère... fis-je choquée par la facilité avec laquelle il m'avait eue.
— Cassandra... Tu l'as dit toi-même... Il n'a pas réagi en te voyant, il s'est sauvé. Tu crois que s'il t'aimait encore il resterait loin de toi ? Je sais ce que vous aviez ensemble, il m'en avait parlé mais... Il n'est pas là. Il n'est pas revenu et peut-être qu'il ne reviendra pas.
— Oui, mais... J'ai quand même l'impression de le trahir... Pas toi ? m'étonnai-je.
— Il t'a abandonné. Qui part à la chasse, perd sa place.
— Alors c'est ça ? Tu récupères ce qu'il a laissé derrière lui ? m'offusquai-je.
— Ce n'est pas ce que je voulais dire... Je tiens à toi et dès le moment où je t'ai vue, j'ai regretté que tu sois avec lui et non avec moi.
— Quoi ? fis-je un peu choquée.
— Je n'ai jamais espéré t'avoir rien qu'à moi, mais j'aurais tout donné pour être à sa place. Tu me plais énormément, Cassandra. Et je te donnerai tout le temps dont tu as besoin.
— Mais... Suis-je la seule à trouver ça bizarre ?
— Certes, ce n'est pas habituel. Mais on s'en fiche, non ?

Je me levais et passais ma main dans mes cheveux, réfléchissant un peu, au passage, au bienfondé de cette relation.

— Si tu n'en as pas envie, nous en resterons là, dit-il.
— J'en ai envie, c'est juste que...
— ... Tu ne veux pas lui tourner le dos ?
— C'est débile, non ? Lui, il l'a déjà fait.

Il se leva et fit quelques pas vers moi.

— Raison de plus. Tu n'as plus à l'attendre, tu l'as dit toi-même, tu dois vivre ta vie.
— Avec son propre frère ? demandai-je.
— C'était inévitable, nous avons passé tant de temps ensemble... Nous nous sommes tellement rapprochés... C'est normal que tu aies développé des sentiments pour moi. Je suis là et je te soutiens.
— C'est vrai, admis-je.
— Tu n'as pas à t'en vouloir Cassandra. Tu l'as attendu, il t'a repoussée, que peux-tu faire de plus ?
— Tu as raison. Excuse-moi, dis-je avant de me réfugier dans ses bras.
— Ce n'est rien, tu as toutes les raisons de douter de notre relation. Je comprends tout à fait.

Il me serra tout contre lui et j'eus l'impression que mes réticences s'envolaient pour laisser place à la légèreté et l'excitation d'une relation amoureuse naissante. Cependant, je n'allais pas tout lui rendre facile. La première nuit n'allait pas être la bonne, je voulais prendre le temps de construire des fondations solides. J'ignorais où allait me mener cette relation et ce que je voulais qu'elle m'apporte. Était-ce une relation pansement ? L'aimais-je véritablement ? Il n'était pas son frère, mais ça ne m'empêchait pas de ressentir quelque chose pour lui. Il l'avait dit : il était là et me soutenait. C'était tout ce dont j'avais besoin pour le moment. Du réconfort et de la tendresse, je pense qu'il en avait conscience.

Ce n'était pas facile d'entretenir une relation à distance, mais nous mettions tout en œuvre pour nous voir le plus souvent possible. Ce week-end, c'était à moi d'aller le voir. J'avais sauté dans un avion et volé jusqu'à Edimbourg. Mon premier voyage non officiel en Ecosse. Il n'avait rien dit à ses parents nous concernant. J'allais rester dans son appartement de Leith le temps du court séjour. Nous n'avions pas prévu de grandes ballades en raison du temps hivernal particulièrement glacial. Le vent était fort et nous ôtait toute envie d'aventure écossaise. Dommage.

Son appartement était plus grand que le mien et fort lumineux malgré la situation géographique. La décoration était sobre aux allures scandinaves. Une bonne odeur de gâteau sortant du four régnait dans l'appartement, ce qui le rendit beaucoup chaleureux à mes yeux. Il posa mes affaires dans sa chambre qui disposait d'un immense dressing où, j'imagine, étaient rangés tous ses costumes de banquier. Il était tellement élégant dans un costume trois pièces... Nous nous installâmes dans son salon pour discuter un peu du programme du week-end. Je n'avais pas pu poser mon lundi en raison des événements à la galerie. C'était un très court séjour, mais je m'en fichais, j'avais besoin de le voir. Je m'étais levée avant le soleil et me sentais un peu fatiguée, n'ayant pas pu dormir pendant le vol. Il me proposa un café que j'acceptai avec plaisir et nécessité. Je ne voulais pas perdre mon temps à dormir alors que nous ne nous voyions si peu à mon goût.

— Tu voudrais venir passer Noël à Dundas ? me
demanda-t-il en posant ma tasse sur la table basse.
— En tant qu'amie de la famille ou que ta petite-amie ?
— Je ne pense pas que mes parents soient prêts à te
voir avec moi plutôt qu'avec leur ainé... avoua-t-il.
— C'est bien ce que je me disais, et je serais mal à
l'aise à cette idée. Comme si je jetais mon dévolu
sur le frère de celui que je n'ai pu garder...
— Je sais que je ne suis pas ta roue de secours.
— Je serais très heureuse de passer un nouveau Noël
avec ta famille, dis-je en souriant.
— Que diras-tu à la tienne ?
— Je trouverai bien comment esquiver.

Je l'embrassais.

— Je ferai mieux de réserver mes vols, sinon je devrais
vendre un rein, dis-je en plaisantant.
— C'est vrai, mais tu seras en congés ?
— Oui, j'ai une semaine, la galerie ferme pendant les
fêtes, expliquai-je avant d'attraper mon téléphone
pour réserver mon vol.
— Tant mieux ! Je suis vraiment content que tu
viennes...
— Moi aussi, une grosse semaine avec toi, quel pied !
— Enfin... Il va peut-être falloir faire profil bas...
— J'en ai bien conscience, mais pas trop, nous étions
déjà complices, si nous nous éloignons, cela
paraîtra bizarre et mettra en lumière notre relation.
— C'est vrai. Nous trouverons le juste milieu, fit-il.

Je trouvai deux vols du mercredi 23 au 30 décembre et lui
demandai quels étaient ses plans pour le nouvel an. Il
voulait le passer à Londres, ce qui m'arrangeait bien. Lui
aussi réserva un vol pour venir me voir. Cela promettait de

très bonnes fêtes de fin d'année. Il me faudrait aussi trouver des idées de cadeaux pour chaque membre de la famille, encore un nouveau défi. J'espérais une aide de Philip, il connaissait beaucoup mieux les goûts de chacun, même si cela faisait quelques années que je les fréquentais. En attendant, nous devions profiter de ce week-end à Leith...

Ce fut Matthew qui vint me chercher à l'aéroport, j'étais ravie de le revoir mais me sentis coupable de lui cacher que je fréquentais son deuxième fils... Peut-être que cette sensation passerait d'ici mon retour à Londres... Du moins, je l'espérais.

Je ne me lasserai jamais de ces paysages écossais. Le froid était mordant mais je voulais quand même me promener dans la campagne. Nous discutâmes de la semaine qui se profilait. Toute la famille serait à nouveau réunie pour Noël, hormis celui qui manquait depuis quelques années, déjà. Mais nous ne parlâmes même pas d'Ian. J'occupais quand même sa chambre le temps de mon séjour, alors qu'il y avait pléthore de chambres d'amis dans ce grand château. Mais c'était ainsi, j'étais ce qui les rattachait encore à leur fils, même si nous n'étions plus ensemble depuis un bon moment, maintenant.

Je plaçais mes présents sous le grand sapin de la salle de réception avant de retrouver tout le monde dans le salon. Philip n'était pas encore arrivé, il était parti faire quelques courses, Mary le soupçonna d'avoir oublié quelques cadeaux. J'avais hâte de le revoir. L'enfant de Mary avait bien grandi et vadrouillait partout, faisant des frayeurs à ses parents lorsqu'il s'approchait trop près des meubles. William était une adorable petite terreur. J'espérais avoir un enfant un peu plus calme... Outre son côté un tantinet énervé, il était vraiment adorable et assez obéissant. J'eus envie de jouer un peu avec lui, si bien que je demandais à Mary quelques conseils. Il fallait bien apprendre un jour et peut-être que mon corps m'envoyait des signaux pour me rappeler que j'étais quasiment aux portes de la trentaine. Tout était réuni pour accueillir un enfant : j'avais un appartement, un travail et j'étais en couple. Même si nous n'étions pas du tout passés à l'étape supérieure avec Philip. Il suffisait d'une fois pour enfanter...

J'étais en train de jouer aux cubes avec William lorsque je reconnus la voix de Philip. Mary m'avait laissé les rênes et étais partie faire une petite sieste, son mari était dans la bibliothèque avec Matthew. Bref, j'étais seule avec la crapule.

> — Tonton est arrivé, on va aller lui dire bonjour, dis-je en le prenant contre moi.
> — Tonton ? demanda-t-il.
> — Oui ! Hé ben ! Tu en as mangé du haggys mon pt'it bonhomme ! lançai-je en peinant à le soulever.
> — Haggys ! Haggys !
> — Allez, on y va, crapule !

Nous marchâmes en direction du hall où Philip discutait avec le majordome. Lorsqu'il me vit, il me sourit. Le majordome prit congé et partit travailler.

> — Tonton !!!
> — Willie... Tu as changé de maman ? Salut ma belle, dit-il avant de me faire une bise.
> — Cassie jouait avec moi. Où est maman ? me demanda-t-il.

— Elle se repose, mon chat. Elle viendra tout à l'heure... Tu veux retourner jouer ?

— Oui ! Avec Tonton !!!!

— Si tu veux, dis-je en le posant par terre.

Nous le suivîmes jusqu'au salon. Philip me prit discrètement la main.

— Je suis ravi de te revoir... dit-il avec le sourire.

— Moi aussi, tu faisais quelques achats alors ?

— Oui ! J'avais une commande à récupérer et je devais acheter un dernier cadeau, m'expliqua-t-il.

— Un cadeau ??? s'étonna William que j'avais déjà oublié.

— Oui, mais ce n'est pas pour toi...

— C'est quoiiiii ?

— Tu verras demain soir, dis-je.

— Et toi tu en as un pour moi ? me demanda-t-il un cube à la main.

— Hum, ça dépend, tu as été sage ?

— Très !

— Alors peut-être que j'en ai un pour toi, répondis-je avec mystère.

— Ouais !!!

Il retourna à ses cubes. Nous nous assîmes un peu plus loin avec Philip.

— Lorsque ma sœur sera réveillée, ça te dirait d'aller faire du cheval ?

— Par ce froid ? N'est-ce pas un peu trop leur demander ? m'étonnai-je.

— Ne t'en fais pas, ils en ont vu d'autres ! Mais peut-être ne veux-tu pas sortir ?

— Le froid ne me fait pas peur, répondis-je.

293

— Tant mieux ! Tu as pris des vêtements chauds ?

— Bien sûr ! m'exclamai-je.

— Tu m'as manquée, me chuchota-t-il.

— Toi aussi, répondis-je sur le même ton.

— Ils t'ont donné quelle chambre ? me demanda-t-il toujours en chuchotant.

— Celle d'Ian.

— C'est noté, dit-il avec un sourire malicieux.

William s'énerva sur ses cubes et n'eut clairement plus envie de jouer avec. Je m'approchai de lui pour lui donner d'autres jouets et je sentis une odeur de bébé pas du tout propre.

— Ah... Bon... Il va falloir faire quelque chose, là...

Je pris William contre moi et demandai à Philip où Mary changeait habituellement William. Il m'amena dans la salle de bain de Mary où tout était prévu pour changer un bébé. J'allongeais William et regardais comment le déshabiller. Je lui retirais son pantalon, défaisais le body. Je retirais la couche et attrapais une lingette.

— Hé bien ! C'est le baptême du feu ! m'exclamai-je en nettoyant consciencieusement William.

— Elle est où maman ?

— Elle se repose, mon chat. Allez, j'ai presque fini... Reste tranquille.

Je lui remis une couche, le rhabillai et jetai les déchets radioactifs dans la poubelle avant de redescendre dans le salon. Je fus soulagée d'y trouver le mari de Mary en pleine discussion avec Philip.

— Hum... J'ai changé le petit monstre mais je ne sais pas si j'ai fait ça comme il fallait, dis-je en posant William sur le tapis.

— Je regarderai, merci beaucoup de t'en être occupée. On va réveiller maman, Willie ?

— Ouiiiii !!!

Il attrapa son fils comme un sac à patates et s'en alla avec lui.

— On va se promener ?

— Avec plaisir !

— Je demande à ce qu'on prépare nos chevaux et je vais me changer, annonça Philip.

— Je prends un peu d'avance alors, on se retrouve là-haut ?

— Oui, répondit-il.

Nous partîmes chacun dans une direction différente. Je défis toute ma valise à la recherche d'une veste polaire, d'un collant en laine à mettre sous mon jeans. Il manquait seulement une paire de bottes. Je me changeais rapidement, me repoudrais le nez et entendis frapper à la porte de la chambre.

— Ouaip ? dis-je au fin fond de la salle de bain.

— C'est moi... Je peux entrer ?

— Oui, oui j'ai terminé.

Il entra, je rebouchai mon tube de rouge à lèvres et le rejoignis dans la chambre. Il referma bien la porte et s'approcha de moi.

— Salut, toi, dit-il avant de m'enlacer.

Je lui répondis avec un sourire et me blottis contre lui. Il m'embrassa longuement, ruinant au passage mon rouge à lèvres fraîchement appliqué... Tant pis.

> — Philip... Nous ferions mieux d'y aller, dis-je alors que je le sentais enclin à autre chose de plus intéressant qu'une promenade à cheval.
> — Tu as raison.
> — Comme souvent, plaisantai-je avant d'aller ôter mon rouge à lèvres correctement pour mettre un baume à lèvres.

Nous finîmes par descendre à l'écurie où nos chevaux nous attendaient patiemment. Nous trottâmes doucement vers la forêt qui n'avait plus du tout le même aspect romantique que cet été. Elle était devenue plus austère mais aussi mystérieuse. Il faisait vraiment froid, heureusement que nous n'allions pas vite.

> — Tu voudras faire quoi pendant ces quelques jours ici ? me demanda Philip.
> — J'aimerai beaucoup continuer à explorer l'Ecosse, c'est dommage de le faire à cette époque de l'année, mais je veux en savoir plus sur ce joli pays, répondis-je en souriant.
> — Où étiez-vous allés avec Ian ?
> — Hum...Inverness, Glencoe... Si ma mémoire est bonne.
> — Très bien, nous irons du côté d'Aberdeen alors. C'est plus haut sur la côte. Nous prendrons une chambre par là-bas. Je me disais que partir plusieurs jours serait plus intéressant.
> — J'ai vraiment hâte ! Quand veux-tu partir ?

— Pour le Boxing Day. Nous nous lèverons tôt. Nous irons à Glasgow aussi, ce n'est pas du tout sur la route, mais peut-être que tu ne connais pas.

— En effet. Très bonne idée ! Mais... Tu n'as pas peur que tes parents se doutent de quelque chose ? m'inquiétai-je.

— Non, tu fais partie de la famille, je ne pense pas qu'ils aient des soupçons parce que nous partons tous les deux au fin fond de l'Ecosse.

— D'accord...Décidément pour moi, Noël rime de plus en plus avec Ecosse...

— On dirait bien, dit-il en riant.

Nous nous arrêtâmes après une bonne dizaine de minutes. Philip descendit de son cheval et je l'imitai. Nous les attachâmes à un arbre puis je suivis Philip. Nous sortîmes du bois. Le lac était gelé, je voyais de la fumée s'échapper de la cheminée du cottage du grand-père de Philip. Il devait être bien au chaud devant son feu de cheminée. Je l'enviais un instant.

— Tu m'autorises à venir te rendre visite ce soir ? me demanda Philip alors que je contemplais le paysage gelé.

— Et si c'était moi qui venais ? répliquai-je mal à l'aise de batifoler dans la chambre d'Ian.

— Oui, si tu veux. Il faudra être prudent.

— Je sais, dis-je avant de l'embrasser.

— C'est difficile de ne pas pouvoir t'enlacer ou t'embrasser quand je le veux...

— Allez, c'est l'histoire de deux jours, ensuite nous serons en vadrouille, seuls au monde, le rassurai-je.

— Oui... Je devrais surmonter ça, plaisanta-t-il.

Nous fîmes quelques pas et il insista pour prendre une photo de nous deux devant le lac gelé. Nous remontâmes ensuite à cheval pour retourner au château par un chemin différent. Nous fûmes plus qu'heureux de partager une boisson chaude à notre retour. Je sentais encore la morsure du froid jusque dans mes os. Cela promettait pour notre escapade au fin fond de l'Ecosse, sachant qu'Aberdeen était encore plus au Nord...

Je retrouvais, lors du dîner, l'ambiance chaleureuse et familiale qui m'avait tant plu lors de on premier Noël. Je m'étais tout de suite sentie chez moi, comme si j'avais toujours fait partie de la famille. Les parents d'Ian m'avaient acceptée d'emblée et m'avaient soutenue depuis sa disparition. C'est pour cela que j'avais tant peur de les décevoir et de passer pour une croqueuse d'hommes en fricotant aussi avec leur second fils.

Après le repas, nous nous retrouvâmes autour du sempiternel digestif dans le salon. Philip me servit un verre de whisky, connaissant mon désamour de la gnaule familiale. Il s'assit à côté de moi dans le sofa. Nous discutâmes un bon moment du voyage que nous avions prévu avec Philip. Matthew nous donna quelques bons plans et nous proposa de prendre le 4x4 pour rouler dans la neige si nous devions prendre des routes enneigées. Dorothy m'invita à lui emprunter quelques habits chauds et même des chaussures. J'hallucinais littéralement en découvrant son dressing, composé de vêtements magnifiques et de marque. Il y en avait de toutes les couleurs. Elle me prêta un manteau blanc très épais mais très élégant que je mourrai d'envie de porter dans la neige... Je pris quelques autres vêtements, elle me gâtait beaucoup trop !

Nous revînmes dans le salon où il manquait Mary et Angus qui étaient partis se coucher. Les doyens de la maisonnée ne tardèrent pas non plus, sans un mot, Philip et moi regagnâmes nos chambres respectives.

Je pris une douche rapide et réconfortante. Je défis mon lit et sortis discrètement de ma chambre pour aller gratter à celle de Philip, qui ne tarda pas à me laisser entrer sans bruit. Il referma doucement la porte.

> — J'avais hâte que la soirée se termine, dit-il avant de m'embrasser longuement.
> — Moi aussi, réussis-je à dire entre deux baisers.

Je pris place sous la couette, il me rejoignit.

> — Comment on fait pour demain matin, je me mets un réveil ? demandai-je à Philip alors qu'il posait son téléphone sur la table de nuit.
> — Ou je te dis quand tu peux y retourner...
> — C'est vrai, fis-je en me blottissant contre lui.
> — Tu t'en fais beaucoup trop, Cass...
> — Je sais mais...
> — Laisse-toi aller. Tout simplement. Je te sens tendue, un massage peut-être ? proposa-t-il.
> — Refuser serait de la folie, plaisantai-je.

Il me massa mais je sentis qu'il avait une idée derrière la tête et je n'avais pas du tout prévu. Certes, cela faisait un bon mois que nous étions devenus intimes mais je n'avais pas envie de céder aussi facilement. Je passais d'une extrême à l'autre, entre son frère à qui je m'étais donnée le premier soir et lui à qui je ne donnais que des miettes. Il s'agissait de deux relations tout à fait différentes. Ian avait été un pur coup de foudre, de type hollywoodien, celui qui vous fait oublier tous vos principes de femme qui veut faire languir le prétendant. Philip était davantage l'ami devenu amant. Celui qui vous sécurise, avec qui vous vous sentez en confiance, mais qui est très séduisant. Je ne dis pas que passer une nuit mémorable avec Philip ne m'intéressait pas et ne me travaillait pas, seulement que je n'étais pas prête. J'avais peur que cela fasse ressurgir des souvenirs et que je fonde en larmes, bêtement.

— Philip... commençai-je alors que le massage prenait une tournure inadéquate.
— Oui ?
— Je suis désolée... J'ai besoin d'un peu de temps encore. Je ne serai pas tout à fait avec toi, je le sens.
— D'accord, excuse-moi, fit-il un peu déçu.
— Tu n'as rien fait de mal. C'est moi qui bloque sûrement pour rien.
— Je suis là pour toi, si tu n'es pas prête, alors j'attendrai.
— Je te remercie d'être aussi patient avec moi, dis-je en me blottissant contre lui.

Il m'embrassa doucement, nous discutâmes un peu avant de nous endormir, l'un contre l'autre.

Ce furent les pleurs étouffés de William qui me réveillèrent. Dans l'impossibilité de me rendormir, je sortis discrètement du lit. Philip dormait à poings fermés. Je profitais pour m'éclipser dans ma chambre. Par chance, je ne croisai personne dans le couloir. Je m'habillai et descendis déjeuner. Matthew était déjà là, assis en train de lire son journal. Je le saluai et m'installai. Je déjeunai sans bruit, perdue dans mes pensées. Nous étions le 24 et j'en connaissais un qui devait trépigner à l'idée de croiser le Père Noël. C'est là que je me rendis compte que Philip avait dit à William que son cadeau était déjà sous le sapin, je n'avais pas du tout fait le rapprochement, tellement habituée à vivre avec des adultes. Mais William ne croyait pas au Père Noël. Mais est-ce qu'à trois ans on comprenait bien cette histoire de Père Noël ? Ma connaissance du développement de l'enfant était vraiment inexistante. J'avais mis mes cadeaux sous le sapin sans même penser à William. Bon... C'est un peu dommage de ne pas y croire, il n'y aura pas cette magie. Mais au moins, ça évitera la déception quelques années plus tard. J'ignorai ce qui était le mieux à ce sujet.

J'eus envie de courir. Il faisait froid, certes, mais ce bois m'inspirait une petite course. J'en parlais succinctement à Matthew, au cas où il croise son fils en mon absence, et montais me changer. Je partis en petites foulées en direction de la forêt. Il faisait vraiment un froid de canard, mais j'étais motivée.

Courir me fit le plus grand bien. J'étais émerveillée par l'atmosphère qui régnait en ces lieux. Tout était calme et silencieux. Seul le bruit de mes pas venait rompre ce silence hivernal. Je ralentis et levai la tête, pour admirer un peu cette forêt. Je ne tardais pas à faire demi-tour pour éviter de finir congelée. Je croisais Frank, le majordome, dans le hall. Je montais rapidement les marches et entrais dans ma chambre. Je pris une douche qui me parut bouillante après être restée un peu trop longtemps dans le froid écossais. Je retrouvais Philip et ses parents dans le salon.

> — Tu es folle de courir par ce temps ! me lança Philip lorsque j'eus salué ceux que je n'avais pas vus au petit-déjeuner.

— Peut-être que je deviens écossaise et que je m'habitue au climat, plaisantai-je.

— Ça, c'est parce que tu es très souvent ici ! lança Dorothy en riant.

— C'est peut-être ça.

Philip rangea son téléphone dans sa poche.

— Je voulais te montrer quelques peintures, me dit-il.

— Ah oui ! C'est vrai ! m'exclamai-je.

Je le suivis dans le grand hall, nous montâmes l'escalier pour aller dans l'autre aile de la maison qui comptait de nombreuses chambres. Nous entrâmes dans une première pièce qui était un bureau très peu utilisé d'après ses dires, la tapisserie sombre rendait la pièce assez lugubre. Cela ne donnait pas envie de travailler dans cette pièce. Les volets étaient fermés, peut-être que la lumière naturelle l'aurait rendue moins menaçante.

Je savais que cette histoire de tableaux n'était qu'une façon de m'avoir rien que pour lui, loin des regards. Nous nous retrouvâmes à nous bécoter dans un petit salon, bien installés dans un canapé moelleux à souhait. Nous nous résignâmes à retrouver toute la famille afin de préserver les apparences.

La journée fut relativement calme, du moins pour celles et ceux qui ne devaient pas préparer le repas de Noël. Nous fîmes une balade à cheval avec Philip avant qu'il ne retourne chercher son grand-père pour le dîner. Tout le monde s'était bien habillé pour l'occasion, non pas que la famille Stewart fut mal habillée d'habitude…

Nous passâmes une agréable soirée et l'ouverture des cadeaux sous le sapin fut tout aussi sympathique. J'avais plaisir à regarder les Stewart ouvrir leurs cadeaux. Mes petites attentions plurent et j'appréciai beaucoup les présents qu'ils m'avaient offerts. Nous n'attendîmes pas minuit pour ouvrir les cadeaux pour ne pas trop retarder l'heure de coucher de William. Mais avec tous les cadeaux qu'il avait reçus, je me demandais s'il ne mettrait pas un peu trop de temps à s'endormir, trop excité par tous ces nouveaux jouets qui n'attendaient que lui pour s'animer. Sa mère allait voir de temps en temps s'il comptait les moutons ou si le compte avait eu raison de lui, bien qu'il ne sache pas encore compter...

Ce séjour en Ecosse me fit le plus grand bien, même les températures inhumaines du Nord de l'Ecosse furent bénéfiques. Notre petit voyage en voiture avait été une véritable aventure pleine de bonnes découvertes. Encore une fois, j'avais adoré découvrir ce pays que je ne connaissais que trop mal, même si j'en avais eu un bon aperçu avec Ian.

Nous arrivâmes à l'appartement un peu fatigués. Je n'avais plus grand-chose dans le réfrigérateur et repartis faire trois courses alors que Philip défaisait nos valises. Je n'achetais que quelques bricoles pour dîner et petit-déjeuner. Une bonne salade composée avec des produits pas du tout de saison ferait l'affaire et nous rendrait bien service après cette semaine de débauche culinaire. Nos estomacs allaient être choqués par tant de verdure ! Philip m'aida à préparer le repas et nous nous installâmes devant un bon film, film pendant lequel nous nous endormîmes presque. Nous capitulâmes et allâmes nous coucher sans en connaître la fin.

Le lendemain, ce fut une véritable épreuve olympique de faire les courses pour le dîner du réveillon. Tous les retardataires étaient dans les magasins et certains rayons n'avaient pas le temps d'être réapprovisionnés. Déjà, il nous avait fallu nous mettre d'accord sur le menu et ensuite passer à la pratique. Nous avions prévu de dîner à l'appartement, tranquillement, et d'ensuite sortir apprécier le passage à l'année 2021.

Les rues étaient bondées, tout comme le métro. Tout le monde venait assister au feu d'artifice tiré près du London Eye. Il fallait trouver le meilleur endroit pour apprécier le spectacle, ce qui n'était pas chose facile. Tout le monde était à la recherche du meilleur point de vue. Nous finîmes par nous installer sur le Millenium Bridge, comme bon nombre de Londoniens. La vue n'était pas si mal. Nous étions serrés l'un contre l'autre, accoudés à la rambarde. C'était un peu long d'attendre dans le froid.

> — Je suis heureux d'être ici avec toi et de glisser vers la nouvelle année à tes côtés, me dit Philip.
> — Moi aussi, en espérant qu'elle nous apporte que de bonnes choses, fis-je en souriant.
> — Je n'en doute pas. Et nous ferons tout pour nous concentrer sur le positif.
> — Bien sûr, dis-je en lui prenant la main.

Le feu d'artifice commença, explosant dans le ciel de Londres de manière théâtrale et magnifique. Nous en primes plein les yeux, admirant les panaches de couleurs au-dessus de nos têtes. Lorsque ce fut terminé, nous attendîmes un bon moment avant de rejoindre Saint Paul. Tout le monde avançait dans la même direction, je n'osais imaginer l'état du métro. Les bus nocturnes devaient aussi être pleins. C'était un peu la folie.

Dix minutes plus tard, ça allait déjà beaucoup mieux et nous marchâmes vers le métro le plus proche. Nous hésitâmes entre finir la soirée dans un pub ou rentrer à l'appartement. Notre côté casanier l'emporta et nous regagnâmes nos pénates. Nous finîmes la bouteille de champagne entamée au dîner, paisiblement installés dans le canapé.

— Je sais que ça ne fait pas longtemps que nous sommes ensemble, mais je me suis dit qu'il valait mieux mettre toutes les chances de notre côté et je tiens énormément à toi. J'ai postulé pour être beaucoup plus souvent à Londres, pour gérer davantage de comptes de clients basés ici.

— Oh ! C'est... Je suis vraiment touchée...

— Tu ne m'en veux pas de ne pas t'en avoir parlé, j'espère...

— Pas du tout ! C'est une chouette surprise ! Tu vas rester sur Londres à quelle fréquence ?

— Je dois retourner deux-trois jours par mois à Leith, répondit Philip.

— Oh ! Mais... Tu crois que ça vaudra le coup de garder ton appartement là-bas ?

— Il m'appartient, donc je peux toujours le mettre en location ou en airbnb... expliqua-t-il.

— Je ne veux pas être défaitiste, hein... Et j'adore être avec toi...

— Mais ?

— Mais... Ce n'est pas un peu tôt pour emménager ensemble ?

— Je me suis également posé la question. J'ai encore un peu de temps pour donner ma réponse. Ce ne serait effectif que dans une semaine ou deux.

— Et si... Et si nous deux ça ne durait pas ?

305

— C'est un risque, mais ce dont j'ai envie en ce
moment, c'est d'être avec toi. Si notre relation ne
dure pas, je n'aurais aucun regret. Mais... Es-tu
sûre de toi ? Es-tu sûre de vouloir être en couple
avec moi ? me demanda-t-il sérieusement.
— Oui, j'éprouve des sentiments pour toi. Tu me
manques quand tu n'es pas là et j'adore tous ces
moments passés avec toi. J'ai envie de vivre
l'instant présent sans me soucier du lendemain.
— Moi aussi.
— Accepte.

Il m'embrassa longuement. J'étais à la fois heureuse et
dubitative. Je ne m'étais jamais mis en ménage aussi vite
avec quelqu'un. Était-ce vraiment une bonne chose ?
N'avais-je pas besoin de temps ? Ne faisais-je pas ça parce
que j'étais seule ? Non, mes sentiments pour lui sont bien
réels et il est temps de ne plus regarder en arrière et
d'avancer. Je ne veux plus vivre en me posant quarante mille
questions. Je veux être enfin heureusement et vivre
pleinement.

Je me sentis libérée d'un poids, véritablement. Tous mes
doutes s'étaient envolés, toues mes craintes avaient disparu.
Je me sentis enfin prête. Je me levai et lui pris la main.

— Suis-moi, dis-je doucement.
— Oh... Tu es sûre ? s'enquit-il.
— Oui, allons fêter dignement la nouvelle année et tout
ce qu'elle représente pour nous, fis-je avec aplomb.

Philip partit tôt pour l'aéroport. Les vacances étaient
terminées et avaient été très productives. Philip allait

annoncer sa décision d'accepter le poste à Londres et j'allais devoir tout organiser pour le recevoir à temps plein à l'appartement. J'avais vraiment hâte de le retrouver et de commencer cette nouvelle vie avec lui. Je me sentais vraiment bien avec lui, je ne me prenais plus la tête. C'était une relation simple. Nous n'abordions même plus le sujet de son frère disparu. C'était loin derrière moi, désormais.

Je passais mon dimanche à ranger et nettoyer l'appartement. Je fis le tri dans mes affaires, ne gardant que les vêtements et les choses qui m'étaient encore utiles. Cela me fit du bien de faire ce tri, j'avais vraiment l'impression de repartir de zéro. J'avais encore tout un carton d'affaires appartenant à Ian. Il y avait surtout ses vêtements, deux-trois babioles... Je les rapporterai à Dundas Castle à l'occasion, peut-être qu'il retournera un jour chez ses parents et qu'il sera content de les retrouver. Cela me fit bizarre de ranger ses affaires, mais cela me fit moins de mal que ce que j'avais pu imaginer. J'allais me coucher, satisfaite de cette journée productive.

Le lendemain, je partis travailler de bonne heure et de bonne humeur. Il y avait beaucoup de courriers à traiter. Je commençais par trier et répondre aux nombreux mails avant de m'attaquer au courrier. Une tasse de café m'accompagnait dans cette tâche. J'avais ouvert et trié toute la première moitié de la pile, je m'accordai quelques gorgées de café. Lorsque je vis une enveloppe à mon nom et provenant de République Tchèque, je crus m'étouffer. Je retournai l'enveloppe et ne vis aucun expéditeur d'écrit. Je ne connaissais personne en République Tchèque et aucun artiste tchèque n'avait attiré mon attention à Berlin ou à d'autres vernissages.

Je décachetai l'enveloppe et découvris une carte postale de Prague à l'intérieur. C'était une vue sur le château de Prague. Celui que nous avions visité avec Ian en décembre 2018. Je retournai la carte postale et reconnus immédiatement l'écriture d'Ian. Cela me fit penser que lorsque j'avais reçu la carte du Mexique, l'écriture ne m'avait pas semblée aussi familière. Il avait noté un numéro de téléphone et demandait à ce que j'achète un téléphone jetable pour le contacter, mais je devais le faire à partir des coordonnées GPS 51°26'07.6"N 0°00'45.1"E et n'en parler à personne. Je fourrai le courrier dans mon sac à main et repris mon travail. Ma récompense de la journée sera de regarder les coordonnées GPS et d'aller acheter un téléphone jetable.

J'eus beaucoup de mal à rester concentrée aujourd'hui. Je me demandais sans cesse pourquoi Ian me contactait de cette manière et pourquoi maintenant. C'était une drôle de façon de donner des nouvelles et c'était vraiment bizarre de me demander d'appeler depuis un certain endroit avec un téléphone prépayé. Pourquoi envoyer une carte de Prague pour me dire tout ça ? C'était carrément tiré par les cheveux et je n'arrivais pas du tout à comprendre. Je pus partir plus tôt. Si je suivais la logique d'Ian qui s'était donné les moyens de couvrir ses traces, il valait mieux que j'achète le téléphone dans un endroit où je n'allais jamais. Je décidais d'aller à Chinatown, qui n'était pas du tout près de mon travail ou de mon appartement. Je rentrais directement après avoir acheté le téléphone. J'allumais rapidement mon ordinateur pour chercher les coordonnées. Il s'agissait d'un endroit très précis du cimetière Garden of Remembrance situé au Sud Est de Londres. Un bien drôle d'endroit pour passer un appel. Je préférais passer ce coup de fil en pleine journée, trainer dans un cimetière la nuit ne me tentait pas plus que ça. Certes, aucun mort n'allait revenir à la vie et m'attirer en Enfer, mais je trouvais ça un peu lugubre.

J'étudiais l'itinéraire jusqu'au cimetière pendant que je mangeais ma soupe. Il fallait bien une bonne heure pour rejoindre le site. Tant pis, il fera très sombre. Mais c'était mieux que d'y aller en pleine nuit et peut-être que la conversation téléphonique ne durerait qu'une minute ou deux. Pourtant, j'avais beaucoup de choses à demander à Ian quant aux circonstances de sa disparition et ce qu'il était devenu depuis, mais surtout pourquoi il m'avait ignorée à Berlin.

J'eus beaucoup de difficultés à trouver le sommeil avec toute cette histoire. Le fantôme d'Ian revenait à la vie et je fis plusieurs rêves dont il était le personnage principal. Tout ce que j'avais pris le temps et la peine d'enterrer au fin fond de mon esprit ressurgissait et venait fragiliser le futur que je préparais avec Philip.

Le lendemain, j'eus l'impression d'avoir dormi seulement deux heures. J'étais complètement au ralenti, je devais pourtant me dépêcher d'aller travailler si je voulais pouvoir finir plus tôt. J'avalai mon café rapidement, pris une douche éclair et filai prendre le métro. Peut-être que j'arriverai à davantage à me concentrer lorsque j'aurais eu Ian au téléphone. Enfin arrivée à la galerie, je me fis couler un café afin d'augmenter ma capacité à rester éveillée et me plongeais dans le travail. La journée semblait passer lentement, comme pour retarder l'échéance. Je pus quitter la galerie vers 16 h 30, je me hâtais de prendre le métro avant de me rappeler qu'il valait peut-être mieux que j'aie l'air normal. J'avais pris de quoi lire dans le métro, entre les changements de ligne.

Arrivée au cimetière, j'allumais le téléphone jetable et entrais les coordonnées GPS afin de m'arrêter au bon endroit. Je marchais cinq bonnes minutes jusqu'à la bonne tombe. Il s'agissait de celle d'Anthony Garbett. J'ignore qui est cet homme ! Je sortis la carte postale de mon sac à main et composai le numéro.

— Allô ? fis-je lorsque la communication fut établie.
— Qui est-ce ? demanda une voix masculine qui n'était pas du tout celle d'Ian.
— Cassandra Lloyd. Ian Stewart m'a dit de le joindre à ce numéro.
— Vous avez suivi ses instructions ?
— Bien sûr. Qui êtes-vous ?
— C'est secret défense. Il vous faudra détruire ce téléphone, après cette conversation.
— Vous travaillez pour le gouvernement ? m'enquis-je, étonnée.
— Oui.
— Quel est le rapport avec Ian Stewart ? demandai-je.
— Il travaille pour nous.
— Où est-il ? Et pourquoi travaille-t-il pour vous ? Il n'est que gynécologue...
— Il est en sécurité et pour sa survie, il ne peut pas revenir pour l'instant. Vous ne devez en parler à personne si vous tenez à lui. Je ne suis même pas autorisé à discuter avec vous.
— Pourquoi lui ? Pourquoi travaille-t-il pour vous?
— Si vous désobéissez, nous le saurons. Vous êtes déjà sous surveillance.
— Quoi ?
— N'essayer plus de joindre ce numéro et détruisez votre téléphone.
— D'accord, mais...

Il avait déjà raccroché. Il me laissait avec encore beaucoup de questions sans réponse et un drôle de sentiment. Déjà, beaucoup de culpabilité d'avoir baissé les bras aussi facilement, ensuite un certain degré de honte et enfin de l'espoir. Ian était bel et bien en vie mais avait de très bonnes raisons de m'avoir repoussée. Tout autant qu'il en avait d'avoir joué à cache-cache au Mexique. Ce que j'avais pris pour du dédain et qui avait fait naître en moi une certaine détresse et colère n'était en fait que de la sécurité. Il avait voulu me protéger. De quoi ? De qui ? Aucune idée. Et pourquoi l'avoir choisi lui ? Cela n'avait aucun sens ! Avait-il eu un passé en rapport avec la sécurité nationale ou des relations suspectes pouvant menacer le pays ? M'avait-il caché des choses ? Ou avait-il été obligé de jouer un rôle, lui médecin sans histoire ?

Je rentrais chez moi, encore chamboulée par ces révélations. Je ne pouvais en parler à personne. Je devais garder ce gros secret pour moi. Il en allait de la survie et de la sécurité d'Ian.

Chapitre 14

Je faisais face à un dilemme. Je savais qu'Ian reviendrai mais j'ignorai quand. Ce qui était sûr, c'est qu'il avait fait son possible pur m'avertir, moi. Il tenait encore beaucoup à moi sinon il aurait tenté de prévenir quelqu'un d'autre. Sachant ça, il m'était difficile de faire semblant. Surtout que j'étais sous surveillance, si l'homme avait dit vrai. Que devais-je faire ? Était-ce bien judicieux de laisser Philip emménager avec moi alors que son frère tenait toujours à moi et semblait vouloir que je l'attende ? Mais n'était-ce pas suspect de vouloir mettre un terme à cette relation après tout ce que j'avais pu dire à Philip ?

Mes sentiments pour Ian étaient indéniables, mais ceux pour Philip étaient réels. Je devais prendre une décision et ce très rapidement. Je ne pouvais me résoudre à tourner le dos à Ian, je n'en avais pas du tout envie, non seulement par rapport aux sentiments que j'avais pour lui mais aussi au vu de ce qu'il devait vivre depuis sa « disparition ». Il ne devait pas revenir et se rendre compte qu'il l'avait fait pour rien, que rien ni personne ne l'attendait. Aussi pénible que cela puisse paraître, il me sera plus facile de rompre avec Philip. Notre relation était à son commencement et les dégâts seraient moindre. La carrière de Philip pourrait en prendre un coup, également. S'il venait travailler à Londres, je serai amenée à le croiser et il serait sans doute blasé d'être ici, sans être avec moi. Mais pourtant, il me plaisait... Je ne savais pas combien de temps ça prendrait à Ian pour revenir, mais je ne pouvais pas sortir avec Philip en attendant.

Alors, tout devint clair. Je devais mettre un terme à cette relation, m'en mordre un peu les doigts mais avoir meilleure conscience. Mon Ian allait revenir et j'en étais très heureuse. Le reste n'était plus important.

Je réservai un vol pour Edimbourg, prévenant Philip de ma venue, au passage. Je prenais l'avion vendredi, il me restait un peu de répit pour trouver la raison à notre rupture. Je faisais le bon choix. Il ne pouvait en être autrement. Et si je souffrais de cette rupture, ce ne serait que juste retour des choses, je n'aurais jamais dû perdre espoir. Ce serait peut-être difficile, mais je n'avais pas le choix. Je croyais en la relation que nous avions avec Ian et j'avais foi en son potentiel. Et si je me trompais... Non, restons positif.

Je ne faisais pas la maline en posant les pieds sur le sol écossais. Je savais pertinemment ce qui m'attendait. Ce serait un moment très difficile à passer et je ne pouvais pas déléguer. Par respect et par bienséance, j'avais préféré sauter dans un avion pour le lui annoncer plutôt que lui passer un coup de téléphone. De plus, je savais pertinemment que je serai toujours amenée à fréquenter sa famille. Il valait mieux agir correctement.

Il m'attendait, avec un grand sourire, prêt à prendre ma valise qui était plus que légère. Je ne savais même pas si j'allais passer la nuit en Ecosse, sans doute rentrerai-je le jour-même chez moi.

— Salut, beauté ! me fit-il avant de m'embrasser.
— Salut, répondis-je.
— Tu as fait bon voyage ? s'enquit-il.
— Oui, fis-je.

Il prit ma valise et je le suivis jusqu'au parking. J'étais angoissée à l'idée de lui annoncer la fin de notre relation. Je n'avais jamais rompu avec quelqu'un. Non pas que je préférai que ce soit l'autre qui en prenne l'initiative, disons que je n'avais jamais vu la fin arriver.

Nous roulâmes jusqu'à Leith, discutant de tout et de rien. J'avais peur qu'il aborde le sujet de son nouveau poste, je n'avais pas envie de rompre dans la voiture. Par chance, le trajet se déroula sans encombre, nous arrivâmes à l'appartement. Il fit chauffer de l'eau pour le thé, nous nous assîmes dans le canapé. J'étais plus que mal à l'aise.

> — Oh ! J'allais oublier ! J'ai quelque chose pour toi ! fit-il avec entrain avant de se lever pour chercher ce fameux quelque chose.

Il disparut dans la chambre et revint avec un petit paquet. Je ne l'avais même pas entre les mains que je pleurais déjà, culpabilisant. Il s'assit à côté de moi, inquiet.

> — Il ne faut pas pleurer, c'est pas grand-chose, dit-il en me donnant le cadeau.
> — Je ne peux pas l'accepter...
> — Tu ne l'ouvres pas ? s'étonna-t-il alors que je lui rendais l'objet.
> — Philip... Je ne le mérite pas, je suis sincèrement désolée...
> — Que se passe-t-il ? me demanda Philip complètement choqué.
> — Tu ne dois pas accepter le poste à Londres, dis-je en me calmant un peu.
> — Mais je croyais que tu voulais bien...
> — Je ne peux pas, je croyais être prête mais je ne le suis pas du tout. Je ne parviens pas à tourner la

page et même si tu comptes pour moi, je ne peux pas être à 50 % avec toi. Je ne peux pas te faire ça. Je suis sincèrement désolée...

Il resta interdit. Pour l'instant, cela me semblait plus aisé que ce que j'avais pu imaginer. Il restait calme. J'essuyais mes larmes avec le bout de ma manche, respirais profondément. Cet instant me parut durer une éternité.

— Tu me quittes, arriva-t-il à articuler.
— J'en ai bien peur.
— Mais tu tiens à moi.
— Oui, fis-je.
— Tu as fait tout ce chemin pour me dire ça ?
— Oui. Je te le devais. Mais je peux repartir, si tu préfères être seul ou...
— Non, reste. Tu m'as brisé le cœur, tu dois voir ce que cela me fait, rétorqua-t-il.
— Tu crois que c'est facile pour moi ? Tu crois que ça me soulage ? Certes, c'est davantage pénible pour toi, mais sache que ça me blesse d'avoir à te faire du mal, de la sorte, lançai-je pour me défendre.
— Je croyais que tu l'avais oublié... Je t'ai laissé du temps... J'ai été patient avec toi.
— Et je t'en remercie, mais malgré ça, je l'aime encore.
— Il ne reviendra jamais, il t'a tourné le dos, tu l'as dit, toi-même... gronda-t-il.
— S'il reste ne serait-ce qu'une infime chance qu'il revienne, je veux la saisir. Peu importe le prix, aussi difficile que cela puisse être et même si cela signifie pour moi des années de solitude. Ce n'est pas du tout de ta faute, Philip. Si je ne l'avais jamais rencontré...

— Tu ne m'aurais jamais connu, non plus... Avec des
« si », on referait le monde...
— Je suis désolée, dis-je en me levant.

Il me retint par la main.

— Reste, dit-il avec insistance.
— Mais, pourquoi ?
— Je veux un adieu décent, répondit-il.
— C'est malsain.
— Notre relation était déjà malsaine. Tu ne vas pas me
dire que quelqu'un t'attend à Londres.
— Non mais...
— Je pense que tu me le dois, et si tu tiens à moi
comme tu le dis, tu voudras bien d'un peu de
chaleur avant d'entamer l'hiver de ta vie
sentimentale.
— Je...

Je me levai, véritablement et cherchai mon manteau.

— Je veux repartir sur des bases saines avec toi,
quand tu seras prêt. Je doute que rester ce week-
end à faire je ne sais quoi, nous aide à sauver notre
relation amicale.

Je pris ma valise, il me suivit jusqu'à la porte d'entrée.

— Je suis vraiment désolée, Philip, fis-je avant de
partir.

Je quittais son immeuble et rejoignais la gare à pied. Il y
avait forcément un train pour Edimbourg. Pour ce qui était
du retour à Londres, je m'en fichais de le faire en avion ou
en train. Personne ne m'attendait, comme Philip l'avait si
bien dit.

316

Je finis par trouver un train et continuais ma lancée sur les rails jusqu'en Angleterre. Lorsque j'arrivais chez moi, la nuit était déjà tombée. J'étais exténuée d'avoir passé ma journée dans les transports en commun, je ne tardais pas trop à aller me coucher après avoir dîné.

Les mois passèrent. Philip ne m'avait pas recontacté, ni son frère d'ailleurs. Mais pour Ian, je n'étais pas du tout étonnée. Victoria venait souvent à l'appartement et inversement. Nous sortions régulièrement ensemble, faisant la tournée des bars tout en restant raisonnables. Je n'aimais pas devoir lui mentir à propos d'Ian. Mais c'était ainsi, je ne faisais pas les règles.

Les Stewart m'invitèrent à passer une semaine à Dundas Castle au mois de juillet. J'allais revoir Philip et je n'en avais pas plus envie que ça. Le souci était que nous étions proches et que ses parents l'avaient bien remarqué. Il faudrait encore faire bonne figure pour qu'ils ne se doutent de rien.

J'atterris à Edimbourg, un samedi en fin de matinée. Le soleil était haut dans le ciel, le vent faisait voleter les pans de ma robe d'été. Je vis une superbe voiture de luxe arriver alors que j'attendais au parking courte durée. Je commençais à sourire en m'attendant à voir Matthew sortir de cette splendide voiture, lorsqu'un autre Stewart descendit.

— Salut Cass, me dit Philip avec un léger sourire.
— Philip, comment vas-tu ? demandai-je poliment en avançant pour lui faire une bise.

Mon dieu que ce moment est gênant ! Pourquoi Matthew n'est pas venu, bon sang !

> — Plutôt bien, à vrai dire. Et toi ? me demanda-t-il en chargeant ma valise dans le coffre.
> — Pareil.

Nous montâmes dans la voiture, il démarra et quitta l'aéroport.

> — Écoute, je ne vais pas y aller par trente-six chemins, ça me met un peu mal à l'aise, commençai-je.
> — Si tu joues le jeu, je le jouerai aussi. Je ne dis pas que je suis parfaitement serein à l'idée de te croiser tous les jours pendant une semaine... Mais nous n'avons guère le choix.
> — Compte sur moi, dis-je soulagée qu'il partage mon avis.

Pour autant, nous ne parlâmes pas plus que ça pendant le trajet qui par chance, n'était pas très long. Je fus heureuse de retrouver toute la famille au complet. Je repris rapidement mes petites habitudes. On m'avait à nouveau donné la chambre d'Ian et j'avais hâte d'aller courir dans la forêt, tôt le matin. Cette semaine allait encore passer à la vitesse de la lumière.

Pour ne pas déroger à la règle, Philip me proposa quelques promenades à cheval. Je conversais beaucoup plus que d'habitude avec Dorothy. Bref, je profitais encore plus de chaque Stewart présent. Pour une fois, j'appris à connaître beaucoup mieux le grand-père, lors d'une visite avec Philip, après une balade à cheval. Notre relation post-rupture se limitait au strict minimum lorsque nous n'étions que tous le deux. Philip faisait semblant d'être très sympathique quand la famille était au complet. Autant dire que les promenades à cheval étaient silencieuses. Nous ne voulions pas faire semblant. Même si j'avais mis un terme à notre relation, je ne restais pas moins attachée à lui. C'était encore douloureux de le côtoyer, il m'arrivait de repenser à nos bons moments. Mais ces sentiments n'arrivaient pas à la hauteur de ceux que j'éprouvais pour Ian. Il me manquait d'autant plus, j'avais tellement hâte de le retrouver. Mais il fallait encore patienter. En attendant, je profitais de chaque moment passé à Dundas Castle où j'étais très heureuse, malgré la tension latente avec Philip. C'est avec regret que je quittai l'Ecosse, une semaine plus tard, reprenant mon rythme londonien.

J'avais une autre semaine de vacances pendant laquelle nous devions partir Victoria et moi dans le Sud de la France. A nous les plages bondées, la bonne cuisine, les paysages fantastiques... Je comptais les jours et ils étaient encore nombreux. L'attente serait longue même si les étés passaient toujours trop vite !

Ma sœur se mariait début septembre, je n'avais toujours pas trouvé de robe pour l'événement. Victoria et moi étions en train d'écumer les magasins d'Oxford Street à la recherche de la robe parfaite pour l'occasion. Il n'y avait pas de thème particulier pour son mariage donc je n'avais pas à choisir ma robe dans une certaine couleur. Je pensais éviter le noir et le blanc dans tous les cas. Victoria me dégota une jolie robe bleu nuit assez cintrée et sophistiquée qui me plut d'emblée. Je ne cherchais pas plus loin et l'achetais, nous allâmes ensuite fêter ça autour d'un thé accompagné de gourmandises.

Je n'avais pas vraiment hâte d'aller enterrer la vie de jeune fille de Scarlett. Ce genre de journées ne m'attirait pas du tout mais je n'avais pas eu le choix. J'étais une de ses demoiselles d'honneur, sœur oblige, je ne devais pas déroger à la règle. La demoiselle d'honneur en chef, Mathilda (que je trouvais insupportable d'ailleurs), avait tout organisé. Nous allions passer tout un week-end dans un spa à nous faire masser, badigeonner d'argile, boire du champagne... Un week-end « détente ». Pour moi, cela rimait davantage avec un week-end « ennui ». Quatre filles et une future mariée enfermées dans un centre de bien-être tout un week-end... Je savais d'avance que je ne pourrais pas m'échapper. J'allais passer pour la rabat-joie de service, je n'avais rien contre faire trempette dans un jacuzzi mais être tripotée par des masseuses ne m'enchantait pas du tout. Au moins, ma sœur passerait un bon moment et c'était ce qui importait.

J'avais pris le train jusqu'à Brighton et rejoint le complexe hôtelier dans lequel était le centre de bien-être. Une chambre avait été réservée à mon nom, je montais directement y poser mes affaires. J'avais une superbe vue sur la mer, je m'installais sur le petit balcon pour admirer les vagues. En attendant le coup d'envoi, je décidais de profiter un peu. Je sortis mon carnet de croquis, mes crayons et repris place sur le balcon pour croquer le paysage qui s'offrait à moi. J'élaborais une stratégie tout en dessinant. J'allais simuler une intoxication alimentaire afin d'éviter les massages et autres activités de ce genre.

A l'heure actuelle, ma sœur ne savait rien du plan qu'avait concocté Mathilda. Elle savait qu'elle allait passer le week-end à Brighton mais pensait que nous allions profiter de la plage et visiter la ville. Un programme qui m'aurait enchanté ! Mathilda devait m'écrire une fois arrivées à l'hôtel. Nous devions nous retrouver dans le hall et ensuite nous diriger vers l'institut de bien-être.

Je terminais mon ébauche et décidais de passer l'heure qui me restait avant leur arrivée, à visiter les alentours, me balader au bord de la mer. La plage était bondée de touristes, c'était également le cas dans les rues. Les boutiques de souvenirs étaient prises d'assaut, les gens étaient nombreux à se promener dans la ville, profitant du temps clément. Je finis par me retrouver face au Royal Pavilion, ancienne résidence royale aux allures de palais indien. Il était gigantesque et magnifique. Bâti deux ans cents plus tôt pour George IV, le Royal Pavilion avait servi d'hôpital pendant la Première Guerre Mondiale, c'était désormais un musée. Je pris quelques photos et retournais au bord de la mer. Je ne tardais pas à avoir des nouvelles des filles qui arrivaient à l'hôtel. Je rentrais moi aussi afin d'arriver à temps. J'attendis patiemment dans le hall. Elles arrivèrent quelques minutes plus tard, bagage à la main. Elles montèrent toutes poser leurs affaires dans leurs chambres avant de me rejoindre. Nous annonçâmes à Scarlett le programme du séjour et elle en fut plus que ravie. Au moins, Mathilda connaissait très bien son amie. Nous prîmes donc toutes la direction du spa où nous furent correctement accueillies par le personnel.

Par chance, nous commençâmes par le hammam. Si c'est une véritable chance de cuire à l'étouffée... L'air était chaud et humide, nous transpirions à grosses gouttes, mais c'était pour nous détoxifier. En attendant, c'était une sacrée expérience et je n'avais pas vraiment hâte de recommencer. La douche froide après le hammam me fit le plus grand bien. On nous massa ensuite puis ce fut tout pour aujourd'hui. Nous nous retrouvâmes au bar à siroter des cocktails. Ensuite, nous sortîmes à la recherche d'un restaurant sympathique. Ma sœur était aux anges, ses copines aussi. Elles étaient toutes en couple et deux d'entre elles avaient des enfants. Je me sentis comme le vilain petit canard. Raison de plus pour feindre une intoxication alimentaire ! Nous terminâmes la soirée dans un bar avant de rentrer bien sagement à notre hôtel.

Le lendemain, je ne descendis pas déjeuner. Si je voulais être parfaite dans mon rôle, je devais feindre jusqu'au bout. Faire monter le petit-déjeuner en chambre serait apparu au moment de payer et je doutais pouvoir régler mon séjour sans mes copines du week-end. Je plaçais le panneau ne pas déranger sur ma porte et attendais sagement. Scarlett vint frapper à ma porte vers 9 heures et je lui répondis de ma voix la plus malade possible. Visiblement convaincue, elle me souhaita un bon rétablissement, en espérant que je sois rétablie ce soir. Je ne tardais pas à chercher, sur internet, la durée d'une intoxication. Je pouvais faire semblant pendant deux jours.

Connaissant le programme du jour, après l'avoir savamment demandé la veille au cours du dîner, j'en profitais pour m'éclipser en ville et rentrais en milieu de journée au cas où quelqu'un vienne à nouveau prendre de mes nouvelles. Scar m'envoya un message pour savoir comment j'allais, auquel je répondis que j'étais très fatiguée et que j'avais des nausées., je devais donc rester dans ma chambre et espérer aller mieux le lendemain.

Je continuais mon cinéma jusqu'au moment de prendre mon train qui, par chance, partait avant le leur. J'avais quand même pu profiter de ces quelques jours à la mer, Scarlett avait passé un bon séjour, malgré mon absence, donc tout le monde était satisfait. Je rentrais chez moi et retrouvais mon train-train quotidien.

Deux semaines plus tard, j'étais à nouveau dans un train pour me rendre au mariage de ma sœur à Plymouth. Mes parents et moi avions loué une chambre dans le même hôtel. Ils étaient déjà arrivés et je devais les rejoindre après avoir posé mes affaires dans ma chambre. Nous étions invités à dîner chez les parents d'Henry qui vivaient à Stoke Village, à l'Ouest de la ville. Nous prîmes tous les trois un taxi et arrivâmes dans le quartier résidentiel où vivaient les beaux-parents de Scar.

Nous nous arrêtâmes devant une maison aux murs blancs, au jardin impeccable qui sortait du lot. La rue n'était qu'une enfilade de maisons de style victorien, chaque habitant tentait de se démarquer en peignant sa façade d'une couleur différente de celle de la maison voisine. Bien que semblable à toutes les autres, elle dégageait une certaine élégance. Mon père sonna à la porte d'entrée. Ce fut Scarlett qui vint nous ouvrir. Elle portait une robe longue corail qui lui allait plutôt bien. Elle avait fait un chignon et n'était pas maquillée. Elle nous accueillit chaleureusement et nous invita à entrer. Les parents d'Henry s'affairaient en cuisine. Ils arrêtèrent tout en nous voyant et vinrent nous saluer. La maison était joliment décorée. Ils avaient de l'argent et beaucoup de style. De prime abord, John et Lucy semblaient sympathiques. Ils nous offrirent des rafraîchissements, puis repartirent en cuisine lorsque Scar revint avec Henry. Henry allait passer la nuit chez ses parents alors que Scar dormirait chez elle pour sa dernière nuit de fiancée. Je remarquais le calme et la sérénité que dégageait le couple. Ils ne semblaient pas du tout angoissés à l'idée de s'unir pour la vie, chose qui pourtant pouvait en secouer plus d'un. Ils étaient sûrs d'eux, voilà tout. Scarlett nous invita à passer chez elle avant le mariage, elle devait se faire coiffer et maquiller avant de rejoindre tout le monde à l'église. Je me demandais pourquoi mes parents avaient réservé une chambre d'hôtel plutôt que d'aller dormir chez Scarlett, j'eus l'explication au cours de la discussion. Il y avait eu un dégât des eaux dans son appartement et la chambre d'amis étaient impraticable. Tout avait été déménagé dans son salon et elle ne pouvait recevoir personne, plutôt gênant à une semaine de son mariage... De leur côté, les Thomson hébergeaient déjà pas mal d'invités et mes parents n'avaient pas voulu s'imposer.

Nous passâmes une agréable soirée. Les beaux-parents de ma sœur étaient vraiment des gens gentils et je sentais qu'elle pouvait se sentir aussi bien dans cette famille que moi chez les Stewart. Ce fut Scarlett qui nous ramena à l'hôtel avant de rentrer chez elle.

Le lendemain, je me réveillai tôt et descendis déjeuner avant toute chose. Je remontais me préparer. Je n'avais pas de maquilleuse ni de coiffeuse donc il me fallait un peu de temps pour paraître présentable. Lorsque je fus prête, j'allai frapper à la chambre de mes parents afin d'arriver à l'heure chez Scar. Nous ne pouvions nous pas permettre d'être en retard !

Quand nous arrivâmes chez elle, elle portait sa robe de mariée et n'était pas encore maquillée. Ses cheveux étaient mouillés. Nous prîmes place dans la cuisine, regardant la coiffeuse s'affairer autour de ses cheveux. Sa robe était vraiment très belle. Elle avait choisi une robe blanche de coupe princesse qui devait être bien pratique pour se mouvoir dans son appartement ! Elle lui allait comme un gant. La qualité du travail de la dentelle était remarquable. On sonna à la porte. J'allai ouvrir et accueillis Mathilda dans sa robe rose saumon. Elle semblait légèrement en stress, ce qui n'était pas du tout le cas de ma sœur.

Nous attendîmes là, que Scarlett soit prête à partir. Elle nous prêta les clés de sa voiture et partit dans sa jolie voiture de collection accompagnée de son père et de Mathilda. Nous la suivîmes jusqu'à l'église. Ma mère était très émue de marier sa cadette, si bien que j'avais pris le volant, voyant venir à des kilomètres son émotion. Conduire les yeux embués de larmes n'était jamais une réussite. Je me garais sur le parking de l'église, sur lequel il restait encore quelques places de libres. Nous entrâmes dans l'église, suivant les ordres de Scarlett. Nous nous assîmes au premier rang. Tout le monde était là. Le prêtre, Henry et son témoin sur la droite de l'autel. Il ne manquait plus que l'entrée théâtrale de ma sœur au bras de notre père. La musique retentit, annonçant l'arrivée de la mariée. Ils marchèrent avec grâce jusqu'à l'autel où notre père donna symboliquement la main de Scarlett à Henry avant de s'assoir à nos côtés.

Mathilda prit place, les mariés aussi non sans avoir échangé quelques mots doux. Le prêtre commença la cérémonie. Je frissonnai lorsqu'il donna son accord aux deux mariés. Ils s'embrassèrent. Je ne pus m'empêcher de penser à Ian à ce moment-là. Peut-être que s'il n'avait pas disparu quelques années plus tôt, nous aurions été à la place d'Henry et de Scarlett, échangeant nos vœux dans une mignonne église écossaise. Peut-être...

Les mariés marchèrent gracieusement vers la sortie, sous une pluie de fleurs de lavande. Ils montèrent dans la magnifique voiture qu'avait prise Scarlett pour venir à l'église puis nous les suivîmes jusqu'au lieu de réception. La soirée s'annonçait prometteuse. Je déchantais rapidement lorsque je vis à quelle table j'étais. Je n'espérais pas être à la table de la mariée, mais je ne m'attendais pas être à celle des célibataires. Aucun des noms m'était familier, ce devait être des amis des mariés. Je posais mon sac à main sous ma chaise qui était recouverte d'une housse en tissu blanc et rejoignis tout le monde pour le vin d'honneur dans l'autre salle. Nous étions une bonne centaine. Les mariés nous remercièrent pour notre présence à ce jour fabuleux et ce fut à Scarlett de lancer les festivités en même temps que son bouquet. Les quelques filles à marier se mirent en position, Scar leur tourna le dos et lança son bouquet. Elles se précipitèrent toutes, telles des joueuses de rugby assoiffées de victoire, dans l'espoir d'attraper le Saint Graal. Le bouquet atterrit à mes pieds. Je le ramassai, incrédule.

— Oh Oh ! Tu ne nous as pas tout dit Cass ! Qui est l'heureux élu ? demanda Scar tout sourire.

Je haussai les épaules et lui rendis son bouquet. Je savais qu'elle voulait le conserver et un mariage avant la fin de l'année était difficilement possible, étant donnée ma situation. En l'absence de réponse satisfaisante de ma part, elle invita tout le monde à se rapprocher du buffet d'apéritif. Je me servis une coupe de champagne et allai le boire loin de la foule. J'aurais dû être heureuse d'être ici pour ce jour important. J'aurais dû me concentrer sur le caractère joyeux de l'événement, mais je n'y parvenais pas. J'étais d'humeur maussade, en proie à la morosité de ma situation amoureuse incertaine. Oui, Ian m'aimait puisqu'il faisait tout pour me protéger. Mais je restais seule en attendant son retour, ignorant combien de temps cela lui prendrait. Des semaines ? Des mois ? Des années ?

— Bonsoir...

Je tournai la tête et découvris un trentenaire assez séduisant, le sourire aux lèvres. Il était assez grand, avait des cheveux châtains légèrement frisés coupés courts, de grands yeux noisette et dégageait une allure d'aventurier avec sa barbe de trois jours. Qu'est-ce qu'il me veut ?

— B'soir, fis-je avant de boire une gorgée de champagne.
— Qui aurait cru que des sœurs Lloyd, ce serait Scarlett qui se marierait la première...
— L'ordre n'est pas important, rétorquai-je.
— C'était pourtant toi qui faisais tourner toutes les têtes au lycée...

Je le regardai, étonnée. Certes, il y avait eu plusieurs garçons bien intéressés à l'époque, mais je me demandai comment il pouvait le savoir. On aurait presque dit une insulte, comme si j'étais une briseuse de cœurs.

— Qui êtes-vous ?
— Je ne sais pas comment je dois le prendre, Sandy...
— Peu de monde m'appelait comme ça au lycée... Mais votre tête ne me dit rien du tout, prenez-le comme vous le voulez, fis-je.
— John Colberth.
— Non... Impossible, m'étouffai-je presque en cherchant une quelconque ressemblance avec le joueur de polo qui passait son temps libre à la bibliothèque.
— Quel manque de tact...
— Disons que tu as grandi, changé de style et le costume ça change pas mal de choses... Hé bien ! Je ne savais pas que Scar avait gardé contact avec des anciens du lycée...
— Nous sommes collègues. Je travaille dans le même hôpital qu'elle, en fait.

— Hé bien ! Jamais je n'aurais imaginé que tu ferais médecine... Quelle est ta spécialité ? demandai-je intéressée.

— Neurologie, dit-il avec une pointe de fierté.

— Pas mal ! Je suis vraiment désolée de ne pas t'avoir reconnu John... Je suis heureuse pour toi, tu sembles épanoui...

— Professionnellement, c'est le cas. Mais personnellement... Il me manque le plus important... Et à notre âge, c'est difficile de ne pas être jugé si on est seul. Tu dois savoir ce que c'est...

— Tout vient à point à qui sait attendre, ne dit-on pas ? lançai-je sans relever.

— C'est vrai... Mais je vois les années qui filent à la vitesse de la lumière et...

— ... Tu es charmant, tu sembles bien gagner ta vie, tu es sympathique... Et d'après ce que j'ai pu voir au lycée, tu n'es pas difficile à vivre... le coupai-je.

— Si les femmes pouvaient t'entendre...

— Il y a quelques célibataires à cette soirée, profites-en.

— Oui, Scarlett m'a dit qu'elle les avait réunis sur deux tables. Elle m'a aussi dit ce qu'il t'était arrivé...

— Quelle pipelette... Je ne suis pas un cœur à prendre.

— Pourtant... Tu l'aimes toujours ? Après tout ce temps...

— Écoute, John... Nous sommes au mariage de Scarlett, j'essaie de passer un bon moment, tu devrais en faire de même et aller chasser la donzelle ailleurs. Je ne suis pas intéressée, mais j'étais contente de te revoir, fis-je avant de finir mon verre de champagne.

— Ah... D'accord, lâcha-t-il un peu vexé.

— Passe une bonne soirée, dis-je en souriant légèrement.

— Toi aussi, répondit-il avant de s'éloigner.

J'allai me resservir en champagne et pris quelques amuses-bouches. Je passai inaperçue et heureusement. Tant pis si je passais pour quelqu'un d'asocial, mais John m'avait encore plus fait déprimer. Hélas, je ne ferai qu'office de présence ce soir. J'aurais préféré m'amuser comme tous les autres.

Pourtant, tout était là pour une soirée réussie : une bonne ambiance, des mets délicieux, de la bonne musique. Mais voilà, le cœur n'y était pas. Je quittais la fête après le dessert, félicitant une énième fois les mariés. Par chance, je pus profiter d'un couple d'amis de Scar qui rejoignait le centre-ville. Ils me déposèrent à l'hôtel. Je fus soulagée de retrouver ma chambre d'hôtel. Le temps de me dévêtir et de me démaquiller et j'étais enfin sous la couette. Demain, il faudrait encore faire bonne figure au brunch familial.

Le printemps naissait doucement à Londres. Les arbres se paraient de bourgeons, les fleurs habillaient les nombreux parcs de la ville, les jours rallongeaient et le moral s'améliorait. Courir à Hyde Park en cette saison était très agréable. Il faisait pourtant encore très frais, mais la promesse des beaux jours suffisait à réchauffer mon cœur. Il était loin le nouvel an passé à Dundas Castle, très loin le froid de décembre. La chaleur du château contrastait tellement avec la température extérieure. Même le cœur de Philip semblait s'être réchauffé. Il ne paraissait plus faire semblant, même lorsque nous étions seuls. Peu à peu, nous avions retrouvé une entente très cordiale. Je prenais régulièrement de ses nouvelles et je devais reconnaître qu'il me manquait. Notre relation avait été brève mais vraie. Si j'avais pu en faire le deuil, cela ne s'était pas passé aussi facilement que je l'aurais espéré. Qu'importe ! L'eau avait coulé sous les ponts et 2022 semblait être un nouveau départ pour nous deux.

Je dépassais un couple de personnes âgées et continuais mon tour à Hyde Park. Je ne rentrais que trente minutes plus tard, après avoir bien pris soin de m'étirer convenablement. Je pris une bonne douche brûlante à souhait et sortis de la salle de bain dans un nuage de buée. L'eau chauffait dans la cuisine. Des portraits d'Ian réalisés au fusain étaient dispersés sur la table basse, vestiges d'une nuit blanche. J'avais fait un très mauvais rêve dans lequel il mourrait et j'oubliais ses traits. Je m'étais mise à dessiner son visage sans m'arrêter pour être sûre de ne pas l'oublier. M'avait-il oublié ? Avait-il oublié sa promesse de revenir ? Je n'avais toujours aucune nouvelle. Personne n'avait tenté de me recontacter. Aucune carte postale, aucun coup de fil bizarre. Le calme plat. J'avais moi aussi fait une promesse, celle de l'attendre. Et je m'y étais tenue. Au moins, depuis la carte postale de Prague. J'avais déjà beaucoup à me faire pardonner.

Je versai l'eau dans ma tasse et y plongeai ma boule à thé. Je partis dans ma chambre pour préparer mon sac. Je partais une semaine à Dundas Castle, invitée par Dottie. Leith m'avait presque priée de prendre des vacances. En bonne employée que j'étais, je l'avais écouté. Une semaine au vert me serait bénéfique, rien qu'à l'idée de courir dans les bois du domaine de Dundas, je trépignais d'impatience.

Philip serait là aussi. J'étais sûre de monter à cheval, j'espérais un ciel clément.

Ce fut Matthew qui me récupéra à l'aéroport, nous nous arrêtâmes au centre-ville pour faire quelques achats avant de rejoindre le domaine. Le soleil brillait derrière d'épais nuages. Une brise glacée n'encourageait personne à rester dehors trop longtemps. Je retrouvais ma chambre habituelle avant de descendre prendre le thé avec Dottie qui était très contente de me revoir. Je retournais dans ma chambre pour me changer pour le dîner lorsque je croisais Philip dans le couloir.

— Miss Lloyd... Quelle joie de vous revoir, très chère, fit-il en une petite révérence.
— Lord Stewart... Plaisir partagé, dis-je en m'inclinant.
— Je rentre à peine du travail, cela fait longtemps que tu es là ? me demanda-t-il.
— Deux bonnes heures, je dirai. Comment vas-tu ?
— Bien et toi ? Le boulot ?
— Tout va bien. Toujours autant de monde à la galerie, de projets...
— Génial.
— J'allais me changer, on se retrouve en bas ? m'enquis-je.
— Bien sûr. Que dirais-tu d'une virée à Edimbourg, ensuite ?
— Je ne saurais refuser...
— Parfait !

Il me sourit et s'en alla. J'entrai dans ma chambre et mis la robe que j'avais prévue. J'arrangeai un peu mes cheveux et fis une légère retouche maquillage avant de rejoindre mes hôtes. Tout le monde était réuni dans le salon. Matthew dégustait du whisky avec son fils, Dottie discutait avec le majordome qui ne tarda pas à quitter la pièce. Me voyant arriver, Philip me servit un verre de whisky qu'il me tendit avec le sourire.

Nous discutâmes de tout et de rien. Une soirée habituelle à Dundas Castle, dans la joie et la bonne humeur. Il ne manquait que Mary et Angus, sans oublier Ian, pour que la famille soit complète. D'ailleurs, en parlant de Mary, elle attendait un nouvel enfant. Dottie et Philip pariaient sur un garçon, Matthew et moi tablions sur une fille. Après le dîner, nous nous éclipsâmes. Frank accepta de nous conduire à Edimbourg. Nous écumâmes tous les bars de la ville, refaisant le monde, jurant comme des charretiers sur des idioties. Nous rentrâmes à Dundas vers 3 heures du matin, complètement ivres. Frank fut une véritable bénédiction. Je ne me rappelais même pas du moment où j'avais ôté mes vêtements pour me mettre au lit.

Le réveil fut difficile. Ouvrir un œil fut une petite victoire, ouvrir le second me provoqua un choc.

> — Philip ?! m'exclamai-je en le voyant se réveiller à mes côtés.
> — Quoi ?
> — Qu'est-ce que... Pourquoi es-tu là ?
> — Je ne sais pas. Enfin, pas encore...

Je soulevai la couette et remarquai avec soulagement que nous avions encore quelques vêtements. Je soufflais, rassurée.

> — J'espère que la mémoire nous reviendra vite, plus jamais je n'accepte de tester le cinquième bar avec

toi ! Tu causeras la perdition de mon foie et par extension, la mienne, dis-je en me frottant le visage pour me réveiller.

Je me levais et retrouvais mes vêtements soigneusement pliés sur le fauteuil. Bien. Je vois que certaines choses finissent par rentrer. J'allais prendre une douche, fouillant dans ma valise désespérément.

— Est-ce que le fait que tu ne m'aies pas chassé de ton lit signifie quelque chose ? me demanda Philip.
— Je pense que je t'aime bien et que j'étais beaucoup trop ivre pour te dire de partir. Je doute qu'il y ait une signification à cela. Il y aurait eu une signification si nous avions franchi une limite, répondis-je en trouvant des vêtements pour la journée.
— Soit.
— Par contre, le fait que tu aies voulu dormir avec moi signifie-t-il quelque chose ?
— Peut-être que je t'aime bien et que j'étais trop ivre pour dormir seul...
— Je vais faire comme si cela n'avait pas d'importance. Tu devrais retourner dans ta chambre, sinon tes parents risquent de croire...
— ... Oui, j'y vais. J'ai grand besoin d'une bonne douche, fit-il avant de quitter ma chambre.

Je partis sous la douche, espérant que cela suffise pour me réveiller avant de retrouver les parents de Philip.

Il me fallut bien une demi journée pour me remettre de ma nuit mouvementée. Des bribes me revinrent alors que nous trottions tranquillement dans les bois, Philip et moi. Je lui en fis part. Aucune limite n'avait été franchie, même s'il m'était arrivé quelques instants de faiblesse au quatrième bar où nous nous étions arrêtés.

Nous rendîmes visite à David Duncan qui allait un peu mieux ces temps-ci. Ils avaient changé son traitement et il reprenait un peu de poil de la bête. Nous prîmes le thé puis nous le laissâmes se reposer. Nous rentrâmes au château. Le soleil se couchait, inondant de ses rayons orangés le paysage. Le château semblait briller à mesure que nous nous en approchions. Philip me racontait la dernière bêtise de William à laquelle il avait assisté, ce qui me fit beaucoup rire. J'imaginais le petit garçon couvert de boue courant dans la cuisine et atterrissant sur les fesses après avoir glissé sur le sol tout juste lessivé.

Quelqu'un marchait sur les graviers en direction du château. Nous étions encore loin mais je le voyais marcher doucement. De dos, il ne ressemblait ni à Matthew, ni à Frank. Ses vêtements semblaient un peu usés, ses cheveux blonds étaient en bataille. A mesure que nous avancions, je me demandais qui il pouvait être.

> — C'est qui ce type ? s'étonna Philip qui venait de le remarquer.

L'homme se retourna, il portait une barbe bien fournie et pas du tout soignée. Je pouvais le remarquer d'où je me tenais. Il me fixa et ses yeux suffirent à me faire frissonner. J'ordonnai à mon cheval d'accélérer et sautai rapidement à hauteur de l'homme.

> — Cassie, mais qu'est-ce qu'il te prend ?! s'étonna Philip qui ne tarda pas à arriver.

J'étais obnubilée par l'homme qui se tenait devant moi. Les larmes coulèrent le long de mes joues. Il me sourit et me tendit les bras. Je me blottis contre lui.

— Tu en auras mis du temps, lâchai-je en un sanglot de joie.

Chapitre 15

— Cass ?! Ôtez vos sales pattes d'elle !!!!

Il nous éloigna. Il ne reconnaissait pas son frère. Ce qui me semblait tellement irréel !

— Philip, c'est Ian, fis-je en séchant mes larmes.
— Quoi ?

Ils se fixèrent quelques secondes, puis Ian prit son frère dans ses bras. Je courus dans le château avertir toute la maisonnée. Je trouvais Frank qui savait exactement où se situaient les Stewart. Il s'en alla les chercher alors que je retournais vers Ian et Philip.

— Occupe-toi de lui, je me charge des chevaux, me dit Philip avant de partir vers l'écurie.

Je m'approchai de Ian, il me prit la main.

— Je n'ai jamais rien dit. Ils ne savent rien.
— Merci, dit-il.
— J'ignore ce qu'il t'est arrivé, le plus important pour moi est que tu sois rentré. Sain et sauf.
— J'ai rêvé de ce moment depuis si longtemps, dit-il avant de m'embrasser.

Ses parents arrivèrent à ce moment-là et se jetèrent sur lui pour l'embrasser. Ils laissèrent ensuite Ian monter prendre une douche et se raser, il disait ne plus supporter son apparence ainsi. Je ne savais pas si je devais le laisser seul ou rester dans la chambre. Je préférais lui laisser un moment rien qu'à lui, le temps de reprendre ses repères.

Nous nous retrouvâmes tous au salon pour rattraper le temps perdu.

Je ne pouvais m'empêcher de le regarder alors qu'il racontait qu'il ne se souvenait de pas grand-chose. Ainsi, c'était la version qu'il leur servirait. La version officielle de sa disparition. Il avait été enlevé à New-York, par erreur et avait été drogué. Il s'était retrouvé au Mexique, avait tenté de me faire parvenir un message mais il avait été retrouvé par les mauvaises personnes. On l'avait emprisonné et drogué. Il ne savait pas pourquoi on l'avait relâché ni comment il avait pu survivre à ça. Mais il était là. Il voulait retrouver sa vie telle qu'il l'avait laissée, malgré quelques cicatrices de cet épisode douloureux.

Je ne pus m'empêcher de regarder Philip, qui croisa également mon regard. Je me devais d'être honnête avec Ian. Je me devais d'être honnête, tout court. Aussi terrible que cela pouvait être, il fallait qu'il sache. Non, je n'avais pas attendu sagement son retour. Non, je ne m'étais pas conduite en bonne petite amie. J'avais considérablement failli et je devais assumer les conséquences de mes actes. Pour ma défense, je pensais qu'il était passé à autre chose, j'étais loin de me douter que tout ceci n'était qu'une vaste mission pour le gouvernement. Comment aurais-je pu ?

Mais je n'allais sûrement pas lui avouer ce soir, il devait se retrouver chez lui et profiter de ces moments. Je n'allais certainement pas tout gâcher.

Nous allâmes tout naturellement nous coucher, dans la chambre qui était la sienne. J'avais encore beaucoup de mal à me faire à sa présence. Il était là, assis sur le bord du lit, à regarder la cheminée éteinte.

— Tu veux m'en parler ? demandai-je hésitante.
— Je ne peux pas, j'ai promis de ne jamais en parler, même à toi.
— Je comprends. Je ne te demanderai rien.
— Merci.
— Tu m'as affreusement manqué, fis-je avant de me blottir contre lui.
— Toi aussi, j'ai tout fait pour revenir. J'avais tellement peur que tu ne m'aimes plus, que tu aies retrouvé quelqu'un...

Je déglutis, malencontreusement de façon audible. Il me regarda, étonné.

— Je n'ai jamais cessé de t'aimer, mais j'ai cru que tu ne voulais plus de moi.
— Berlin...
— Oui. Tu ne m'as même pas adressé un sourire ou...
— Je ne le pouvais pas. J'aurais tellement aimé...
— Cela a cassé quelque chose en moi et...
— J'en suis vraiment désolé, ma chérie, dit-il avant de m'embrasser doucement.
— Non, c'est moi qui le suis. Réellement.
— Tu as rencontré quelqu'un pendant mon absence ? me demanda-t-il doucement.
— J'ai.... Je te demande pardon. Cela a cessé dès que j'ai su que tu allais revenir.
— Je comprends, même si ça me fait mal, je comprends, dit-il avec un calme qui me scotcha.
— Je n'aurais jamais pu l'aimer comme je t'aime toi. Mais je n'aurais jamais dû...
— Qui était-ce ?

338

Je crus défaillir. Le moment que je voulais à tout prix retarder venait d'arriver. J'eus une bouffée de chaleur, la gorge serrée et les yeux mouillés.

— Je ne l'aime plus.
— Qui est-ce, Cassie ?
— Philip, lâchai-je soudainement.
— Mon propre frère ! s'exclama-t-il en se levant d'un coup.
— Je suis désolée, sincèrement.

Il fit quelques allers-retours rapides dans la pièce, furibond.

— Comment a-t-il osé ?! Il ne va pas s'en tirer comme ça !

Et sur ce, il sortit de la chambre, ouvrant la porte violemment. Je le suivis jusque dans la chambre de Philip qui était tranquillement installé à lire.

— Bon sang !!! Comment as-tu pu ?!!!!

Il le cogna. La lèvre inférieure de Philip saigna.

— Ian ! Arrête !!! criai-je.
— Toi ! Ne bouge pas !!! gronda-t-il.
— Ian ! Tu étais parti ! Elle s'est sentie abandonnée, j'ai été là pour elle. Je l'ai soutenue, je l'ai aimée et devine quoi ? Elle m'a aimé en retour. Tu n'étais pas là, je n'allais pas laisser passer ma chance ! lança Philip.
— Tu n'as donc aucun sens de l'honneur ? gronda Ian.
— Personne ne croyait à ton retour ! se défendit Philip en évitant un autre coup.
— Arrêtez !!!

Ils se retournèrent tous deux comme un seul homme. Matthew était sur le pas de la porte, offusqué par le spectacle. Il exigea des explications. Je ne savais plus du tout où me mettre. Je ne me sentis pas bien, tout à coup. Une bouffée de chaleur me submergea, j'eus des vertiges puis ma vue se brouilla. Je me sentis tomber et tout devint noir.

Lorsque j'ouvris les yeux, j'étais dans la chambre d'Ian. J'étais seule, à première vue. Je sentis une douleur lascive à l'arrière de mon crâne, j'avais dû me cogner en tombant. J'entendis de l'eau couler dans la salle de bain puis vis la porte s'ouvrir. Ian était là, l'inquiétude se lisait sur son visage avec une pointe de...

> — Comment te sens-tu ? me demanda-t-il en s'asseyant au bord du lit.
> — Bien, je crois. Que s'est-il passé ?

Je remarquais qu'il avait un pansement sur le nez, sans doute que Philip avait réussi à l'atteindre à ce niveau-là. Une pointe de colère, voilà ce qu'il y avait dans son regard.

> — Tu t'es évanouie. Rassure-moi, tu... Tu n'es pas enceinte ?

Je me relevais, choquée par ces accusations maquillées.

> — Tu veux rire ? Si j'étais enceinte, ce serait sans doute l'opération du Saint Esprit !
> — Ah mais je ne peux pas savoir ! Tu semblais tellement attachée à mon frère, selon ses dires...

340

— Ian, je me suis déjà évanouie une fois, suite au trop-plein d'émotions que ton retour m'a causé... N'en rajoute pas !

— Je suis... Déçu, lâcha-t-il.

— J'ai aimé ton frère, c'est vrai. Mais je ne saurais te dire si j'en étais vraiment convaincue ou si c'était aussi réel qu'il le laissait sous-entendre. Quoi qu'il en soit, ça n'a duré que trois mois, rien de comparable à toi et moi, expliquai-je.

Il ne répondit pas. Je fis l'inventaire de ce qui clochait dans mon corps et ne trouvai que la douleur lascive à l'arrière de ma tête. Je décidais de me lever pour de bon. Il faisait nuit noire dehors, au moins je n'étais pas restée inconsciente des jours durant.

— Ian, j'espère que tu trouveras en toi la force de me pardonner, de nous pardonner. Je me suis égarée, mais cela n'arrivera plus. Je n'ai jamais autant aimé qui que ce soit mais si tu décides que cet égarement est impardonnable, je comprendrais et tu n'entendras plus jamais parler de moi, fis-je solennellement.

Penser que j'avais attendu tout ce temps pour qu'il mette une fin à notre relation me glaçait le sang. La rupture serait nette et précise. Mais la douleur et la déception seraient inévitables.

— J'ai besoin de temps.

— Je t'ai donné trois ans, je peux t'en donner davantage. Tout ce dont tu as besoin, dis-je la larme à l'œil.

— Merci.

— Tu veux que je rentre à Londres ? demandai-je en priant pour qu'il refuse.
— S'il te plait. Je sais que c'est beaucoup te demander, mais...
— Je comprends, répondis-je en chérissant les moments éphémères de nos retrouvailles.

Je fis ma valise, en silence. Il finit par quitter la chambre. Je ne pus m'empêcher de pleurer. J'avais tout gâché, encore plus que ce que j'avais pu imaginer. Il ne souhaitait plus me voir alors que j'aurais tout abandonné pour le retrouver. J'avais laissé ma vie en suspens, pour lui. J'avais pleuré toutes les larmes de mon corps, l'imaginant mort, perdu à jamais. Et maintenant qu'il était là, sain et sauf, il m'était complètement hors de portée. Présent mais absent. Je me douchais rapidement, bouclais ma valise et descendais dans le hall.

— Personne n'est réveillé. Je t'emmène à l'aéroport, me dit Ian.
— Tu es sûr ? Sinon j'attends que Frank...
— Je peux t'y conduire, attends-moi là, fit-il avant de sortir.

Je m'exécutai. Je ne comprenais pas pourquoi il tenait absolument à me conduire à l'aéroport, au vu de tout ce qu'il s'était passé. Je pensais à Philip puis à Matthew. Pour sûr, les parents savaient que j'avais fauté avec leurs fils. L'un après l'autre. Telle une catin. Bravo. Ian ne voulait déjà plus de moi, j'étais désormais persona non grata dans cette maison. Moi aussi j'étais déçue, moi aussi j'étais en colère.

La porte s'ouvrit et je suivis Ian à l'extérieur. Il chargea ma voiture dans le coffre et nous fîmes la route jusqu'à l'aéroport. Je le regardai, mémorisant à nouveau chaque trait de son visage que j'avais tant aimé et que j'aimais encore à en perdre la raison. Ah pour ça ! J'avais clairement perdu la raison !

Après un trajet interminable, nous arrivâmes à destination. Le jour se faisait encore timide, l'air était glacé, mais je ne frissonnais pas à cause de ça.

> — Pour ce que ça vaut, je suis désolée, dis-je timidement.
> — Je sais. Moi aussi.
> — Ravie que tu sois en vie et chez toi.
> — Fais attention à toi, me dit-il avant de repartir.

J'entrais dans l'aéroport, retenant mes larmes, me résignant à laisser ma relation entre les mains d'Ian. Je pus échanger mon vol et rentrer chez moi. Je retrouvais sans tarder mon appartement, avec une forme de soulagement. L'attente était terminée. Du moins, en partie. Je savais où il était et il était entre de bonnes mains. J'allais devoir me contenter de cela un petit moment, jusqu'à ce qu'il décide du rôle que j'allais pouvoir jouer dans sa vie.

La vie reprit son cours, je passais mes derniers jours de congé à tenter d'occuper mon esprit. Le sport et le dessin m'aidèrent beaucoup, mais pas autant que Victoria. Elle réussit à me changer les idées, temporairement. Son soutien m'était vital dans cette mauvaise passe.

Philip m'avait écrit, me disant qu'il évitait Dundas Castle pour un petit moment, pansant ses plaies et laissant de l'espace à son frère. D'après Dottie, Ian retrouvait peu à peu ses habitudes, s'adonnant à nouveau aux promenades à cheval, mais il passait de longs moments, seul à regarder par la fenêtre. Cela l'inquiétait un peu, elle lui conseilla même de consulter un psychologue, après les années traumatisantes qu'il avait passées. Mais il refusait.

Cela faisait déjà deux mois. Deux mois qu'il était rentré et qu'il ne me donnait aucune nouvelle, directement. Un jour, mon téléphone sonna. En pleine réunion avec Leith et un artiste serbe, je ne répondis pas. Mais il sonna à nouveau. Je m'excusai et décrochai, bien qu'ignorant le numéro.

— Allô ?
— Cassandra, c'est Ian.
— Oh... Salut. Comment tu vas ?
— Mal. Mon grand-père est à l'hôpital, il a fait une attaque, m'annonça-t-il bouleversé.
— J'arrive, dès que je peux, lançai-je sans réfléchir.
— Non... Tu ne pourras rien faire de plus...
— M'en fous, je viens. Tiens-moi au courant.
— Euh, d'accord...
— Courage à vous. Je t'aime, dis-je non sans émotion.

Je raccrochai, émue par cette mauvaise nouvelle. Je retournai en réunion. Par chance, Leith concluait avec l'artiste. Ils étaient debout, prêts à partir.

— Très bien, nous vous recontacterons pour vous définir d'une date pour l'exposition, dit Leith.
— Parfait, j'attend votre appel, répondit le peintre.
— Cassandra va vous raccompagner, fit-il en lui serrant la main.

Je retrouvai une bribe de sourire et raccompagnai l'homme à la sortie. Je revins rapidement voir Leith pour lui expliquer l'urgence.

— Tu veux partir maintenant ?

— Oui, si tu me le permets. Je sais que ce n'est pas mon grand-père mais...

— Je comprends, file. Et tiens-moi au courant. On s'arrangera, prends le temps qu'il faut, de toute manière tu avais beaucoup de jours à prendre.

— Oui, mais l'expo...

— Ne t'en fais pas, je gère. Va les retrouver.

— Merci beaucoup Leith.

Je me hâtais de prendre mes affaires et de rentrer chez moi, je pris quelques vêtements clairs et foncés, je mis une tenue d'enterrement au cas où. Je filais à l'aéroport, j'avais profité du trajet pour me renseigner sur les prochains vols à destination d'Edimbourg. J'avais même pu réserver un siège. Bien évidemment en m'y prenant à la dernière minute, je n'avais pas pu trouver de tarif raisonnable, mais l'urgence de la situation valait bien ce prix-là.

J'envoyai un message à Ian lorsque je fus dans l'avion. Le vol me sembla interminable. J'espérais vraiment que David Duncan s'en sorte, que son état s'améliore. J'ignorais la gravité de la situation. Mais à son âge, comme à tout autre d'ailleurs, une attaque ne signifiait rien de bon. Je me dépêchais de sortir de l'avion, j'appelais Ian pour savoir où était hospitalisé David Duncan. Je sautais dans un taxi et me rendais à l'hôpital. Philip était dans la cour, fumant cigarette sur cigarette. Je le pris dans mes bras.

— Que s'est-il passé ? demandai-je inquiète.

— Il a fait un arrêt cardiaque alors qu'il était en train de s'occuper de ses fleurs. Il est actuellement inconscient. Je ne pouvais pas rester là-haut...

— Merde.

— Ian y est. Mes parents aussi. Mary devrait arriver.

— Tu crois que je peux y aller ?

— Tu fais partie de la famille, vas y. Il est aux soins
  intensifs de cardiologie. Tu les trouveras sûrement
  dans le couloir...
— D'accord. Tu es sûr que tu ne veux pas que je reste
  un peu avec toi ? demandai-je en lui prenant la
  main.
— Ne t'en fais pas, je vous rejoindrai tout à l'heure.
  J'ai juste besoin de prendre l'air. Merci d'être venue.

Je le pris une dernière fois dans mes bras et entrai dans
l'hôpital. Je suivis les indications et me rendis au second
étage, je trouvai toute la famille réunie dans le hall. Dottie
faisait les cent pas. Ian et Matthew étaient assis par terre,
fixant le sol inlassablement. Lorsque Dottie me vit, son
visage s'éclaira un petit peu.

— Oh Cassandra ! Merci d'être venue ! s'exclama-t-elle
  en venant me serrer dans ses bras.
— C'est normal, fis-je doucement.

Matthew me serra à son tour dans ses bras, puis Ian
s'avança. Il me prit contre lui, comme pour se décharger de
toute sa tristesse. Chose pourtant impossible. Qu'importe, je
profitais de ce câlin comme si c'était le dernier.

— Tu veux aller le voir ? me demanda Ian doucement.
— Oui, mais pas toute seule, dis-je timidement.

Il me prit la main et nous allâmes rendre visite à son grand-
père. Il était là, paisible. Il semblait dormir. Son état était
stable, il respirait correctement et son cœur semblait battre
de manière régulière. Un peu ralentie, mais régulière.

— Parle-lui, on dit que les malades inconscients nous
  entendent, me fit-il.

Je me demandais clairement ce que je pouvais bien lui dire. Ce n'était pas mon grand-père, je ne me sentais pas légitime de lui dire quelques mots. Même si cela faisait quelques temps que je le connaissais et que je l'appréciais...

> — Nous sommes là, vous n'êtes pas tout seul, murmurai-je.

Nous restâmes encore un peu, puis nous retournâmes auprès de ses parents. Philip était là avec Mary. Ils prirent le relais auprès du grand-père. Je proposais à Ian et ses parents de prendre un café ou de sortir prendre l'air. L'atmosphère était trop étouffante. Ian accepta de me suivre. Nous prîmes un café au distributeur puis nous sortîmes nous assoir sur un banc. D'abord silencieux, Ian finit par me regarder.

> — Ta présence ici me fait beaucoup de bien en ces temps difficiles, avoua-t-il.
> — Je n'aurais pas pu être ailleurs qu'ici, avec vous.
> — Merci de ne pas m'avoir écouté, dit-il en prenant ma main.
> — Je te connais assez bien pour savoir quand tu as besoin de moi, même si nous nous sommes éloignés ces temps-ci.
> — C'est vrai.

Il but une gorgée de son café, je fis de même. Une certaine gêne s'était installée entre nous. J'avais besoin d'être sienne à nouveau mais me heurtais à la réalité. Il était content que je sois là, mais cela ne signifiait pas qu'il me voulait à nouveau à ses côtés, comme avant. Je ne savais pas trop où était ma place. Et ce n'était pas du tout le moment opportun pour lui demander. Nous restâmes là, silencieux, fixant les graviers. Nous remontâmes puis il fut temps de quitter l'hôpital pour aller au château. Ian m'accompagna jusqu'à ma chambre, située à l'opposé de la sienne mais au même étage. Le message était clair. Peut-être que j'aurais deux deuils à faire cette semaine. Non pas que je souhaite la mort du grand-père...

Cela me fit du bien de prendre une bonne douche chaude. Il était tard et mon estomac criait famine, en dépit de la situation qui couperait l'appétit à plus d'un. Je tombais sur Philip en sortant de ma chambre.

> — C'est là qu'il t'a mise ? me demanda-t-il.
> — Visiblement. T'a-t-il dit quelque chose ?
> — Rien du tout. Je suis bien le dernier à qui il parlerait de toi...
> — C'est vrai.

Nous descendîmes ensemble. Nous retrouvâmes tout le monde dans la salle à manger. Ce fut la première fois que le dîner se déroula dans un silence sans pareil. Tout le monde semblait perdu dans ses pensées, fixant son assiette, mangeant sans bruit. Nous quittâmes la salle à manger, penauds. L'inquiétude se lisait sur le visage de chacun. L'attente de nouvelles, bonnes ou mauvaises, minait chacun d'entre nous. Nous ne pouvions rien faire de plus, si ce n'est attendre. Matthew nous servit à chacun un verre de whisky, sauf à Mary, bien entendu dont le ventre était bien arrondi. Elle attendait une fille. Cette bonne nouvelle permit de changer un peu de sujet. Ian et Philip restaient silencieux, chacun assis sur un fauteuil distinct. Je mourrais d'envie de m'assoir tout près d'Ian, cette distance me faisait souffrir, mais je l'avais causée. Je ne pouvais rien exiger.

Nous partîmes nous coucher une heure plus tard. Je ne mis pas longtemps à trouver le sommeil. Je fus la première réveillée, je partis courir dans la forêt. J'étais tellement perdue dans mes pensées que lorsque je m'arrêtai pour faire une pause, je remarquai que j'étais devant le cottage de David Duncan. Toutes lumières éteintes, il semblait sans vie, dans l'attente de son habitant qui ne reviendrait peut-être jamais. Je ne pus m'empêcher de verser quelques larmes. Il n'avait pas encore trépassé, mais je revoyais tous les bons moments passés avec lui et ses petits-fils autour de cette maison. Ses massifs de fleurs qu'il chérissait tant, ce lac qu'il adorait admirer, ce banc sur lequel il s'asseyait si souvent pour lire. J'essuyais mes joues et retournais au château en adressant des prières silencieuses vers le ciel. Je croisais Ian en montant les escaliers.

— Salut, dis-je.
— Tu courrais ?
— Oui, tu as déjeuné ?
— J'y allais justement, tu veux que je t'attende ? me demanda-t-il.
— Oh euh... Je dois prendre une douche et...
— Je t'attends.

Je lui souris et montai vite me préparer. J'étais étonné qu'Ian veuille m'attendre, mais je n'allais pas m'en plaindre. J'avais fait l'impasse sur le maquillage et le séchage de cheveux attachés à la va-vite en un chignon vertigineux. Je le rejoignis et nous allâmes déjeuner.

Nous allions tous retourner à l'hôpital aujourd'hui. Nous partîmes tous vers 10 heures. Vers 11 heures, le médecin nous informa que David Duncan s'était réveillé. Dottie et Matthew allèrent à son chevet. Il était très faible et parlait très peu. Il les reconnut et était content de les voir. Nous attendîmes un peu avant de lui rendre visite. Nous rentrâmes à Dundas vers 13 heures pour y rester l'après-midi durant. David Duncan devait se reposer. Peut-être que nous irions le voir en fin d'après-midi. En attendant, il fallait s'occuper pour éviter d'y penser. Mary se reposait dans sa chambre, Matthew et Dottie étaient dans la bibliothèque, Philip était parti se promener à cheval. J'allais frapper à la porte de la chambre d'Ian, pour lui proposer une promenade à pieds ou toute autre activité pouvant lui changer les idées, en espérant qu'il veuille bien de ma présence.

Il me laissa entrer. Un livre était retourné sur son lit, *Hey Jude* des Beatles servait de fond sonore. Il s'assit sur son lit, m'invitant à faire de même.

> — Tu lis quoi en ce moment ? demandai-je pour briser la glace.
> — Un livre de science-fiction.
> — Ah...Comment tu vas ? m'enquis-je.

Il sut immédiatement à quoi je faisais allusion.

> — Mieux. Malgré les récents événements...
> — Tu penses reprendre le travail ?
> — Oui, cela m'a manqué. Tu travailles toujours à la galerie ?
> — Oui, j'y suis bien. Mon travail me plait beaucoup, répondis-je.
> — Tant mieux.

Un silence s'installa. Notre chanson résonna dans la chambre. Je crus voir défiler tous nos moments au rythme de la musique. Je ne pus retenir mes larmes, faible que je suis.

> — Pourquoi tu pleures ? s'étonna-t-il.
> — Pour rien, fis-je en essuyant mes larmes.

— Dis moi...

Il me regardait avec un regard tendre et bienveillant. Je pris une grande inspiration et décidai de lui avouer mes tourments.

> — Je voudrais que tu reviennes et que tu me pardonnes. Ce que nous avions était tellement fort...
> — Je sais.
> — J'aimerai pouvoir faire quelque chose...
> — Tu ne peux pas, hélas... dit-il doucement.

J'ignorais ce que je faisais là s'il ne pouvait me pardonner ou revenir. A quoi bon me torturer en me laissant rester ici, avec lui ? Nous restions là, assis à une bonne distance l'un de l'autre, à ne rien faire, à ne rien dire.

> — Peut-être qu'on pourrait aller prendre l'air ? proposai-je en me levant.
> — Je n'ai pas envie de croiser mon frère...
> — Le domaine est grand...
> — J'aimerai tout savoir sur votre relation en fait. Plus ça va et plus ça me travaille. Je veux savoir pourquoi et comment tu as fini dans ses bras, me dit-il très sérieusement.
> — Tu n'es pas sérieux ? demandai-je choquée.
> — Si. Je pense que j'en ai besoin, sinon je ne cesserai de me poser des questions, de l'imaginer avec toi...
> — Parce que tu crois que tu n'y songeras plus ensuite ? Au contraire, j'ai peur que tu ne veuilles plus de moi, si tu voulais encore de moi...
> — Contente-toi de tout me dire...

S'en suivit un exposé assez gênant de ma relation avec son frère. Heureusement que cela n'avait duré que trois mois, que j'avais plus que tardé à m'offrir à lui. Détail qui pouvait avoir toute son importance. Si on oubliait le fait que Philip voulait vivre avec moi... Je ne lui parlais même pas de Daniel avec qui j'avais failli passer une nuit déraisonnable. Rien n'était arrivé, fort heureusement.

Ian regardait dans le vide, cherchant sûrement quoi répondre. Sa porte s'ouvrit à la volée, c'était Dottie qui nous annonçait que quelque chose s'était passé à l'hôpital et que nous devions nous y rendre immédiatement. Nous la suivîmes, Frank nous conduisit jusqu'à l'hôpital. Il valait mieux qu'il conduise, les Stewart étaient dans un tel état qu'il n'aurait pas été raisonnable que l'un d'eux prenne le volant.

Dottie et Matthew partirent devant, talonnés de près par leurs enfants. Le médecin nous attendait à l'extérieur de la chambre, ne laissant rien paraître. Pour l'instant. Face aux visages tordus d'inquiétude de la famille, il prit une grande inspiration et se lança.

— Il ne souffre plus, dit-il calmement.

Comme frappée en plein cœur, Dottie s'effondra, se laissant glisser contre le mur. Matthew la soutenait du mieux possible. Ian, Philip et Mary semblaient tout à coup perdus. Triste et spectatrice de la tragédie des membres de cette famille, je cherchais ma place. Armés de courage et rongés par l'émotion, Matthew et son épouse entrèrent dans la chambre du défunt pour le saluer une dernière fois. Frank arriva, je m'approchai de lui pour lui annoncer la terrible nouvelle. Ce fut la première fois que je le vis ressentir une émotion aussi forte, ouvertement. Je m'approchais d'Ian

352

pour le serrer dans mes bras ainsi que Mary et Philip. C'était tout ce dont j'étais en mesure de faire en ce moment, les prendre dans mes bras. J'aurais aimé pouvoir en faire davantage, mais cela m'était impossible.

Deux jours plus tard, nous étions tous réunis dans le cimetière de Dundas Castle pour accompagner David Duncan Dundas vers sa dernière demeure. Ian voulut rester devant la tombe de son grand-père alors que tout le monde s'éloignait vers le château. Je restais à ses côtés, lui tenant la main.

> — Pourquoi faut-il se rendre compte de la valeur de la vie quand quelqu'un que nous aimons disparaît ?
> — On ne se rend compte de ce que l'on a, que lorsqu'on le perd, répondis-je à sa question purement rhétorique.
> — Même si sa vie fut longue, je ne voulais pas qu'elle se termine, dit-il doucement.
> — Le plus tragique est de comprendre que rien n'est éternel, si ce n'est l'amour que nous portons encore à nos disparus. Nous ne sommes que de passage et le vide laissé derrière nous est douloureux pour tous ceux pour qui nous comptons. Raison de plus pour chérir ceux qui sont encore là et que nous aimons, déclarai-je mélancolique.
> — Tu as raison. Et la vie est beaucoup trop courte.

Il se tourna vers moi, les yeux emplis de larmes.

> — Je te pardonne, me dit-il.
> — Vrai... Vraiment ?

— Oui, la vie est beaucoup trop courte pour t'en vouloir. Tu as été malheureuse par ma faute, je ne veux pas que cela se reproduise.

— Merci, fis-je émue avant de me blottir contre lui.

Retrouver Ian fut comme retrouver ce qui avait manqué à ma vie pour être heureuse. Plus rien ne pouvait me blesser tant qu'il était à mes côtés. Tout rentrait peu à peu dans l'ordre. Il avait quitté la clinique privée pour intégrer un cabinet privé et opérer quelques fois à l'hôpital. Il n'avait plus de gardes et avait beaucoup plus de temps libre.

Nous retrouvions peu à peu nos repères. Tout se passait bien à la galerie, Leith m'augmenta et me permit d'obtenir plus de responsabilités. J'avais beaucoup de projets à gérer et j'adorais ça. Je mesurais la chance que j'avais de faire un travail que j'adorais. Ian était revenu et notre couple reprenait vie, j'étais vraiment heureuse. Ma vie avait repris les couleurs qu'elle avait perdu pendant quelques années. Je la voyais tel un éternel printemps. Ian et Philip avaient fini par se rabibocher même si ce n'était pas du tout gagné, cela m'avait beaucoup soulagée quand Philip me l'avait annoncé.

Je rentrais du travail, bien décidée à profiter de cette belle soirée d'été pour aller courir à Hyde Park. L'air était doux, le soleil brillait encore haut dans le ciel et tout se prêtait à un footing. Ian devait rentrer d'ici une petite heure, j'avais bien le temps d'aller courir. Je me changeais rapidement et allais me dépenser. Écouteurs dans les oreilles, je courrais en rythme, c'était comme si je dansais. Je rentrais après avoir fait un grand tour et fonçais prendre une douche. J'entendis la porte d'entrée s'ouvrir alors que j'étais encore sous l'eau. Ian venait tout juste d'arriver. Je me dépêchais et le rejoignis dans le salon.

— Salut toi, tu as passé une bonne journée ? me demanda-t-il avant de m'embrasser.
— Oui et toi ?
— Assez bonne, je suis content d'être ici avec toi, me dit-il en me prenant dans ses bras.
— Que dirais-tu d'une bière ? lui proposai-je en me dirigeant vers la cuisine.
— Et si on allait la boire dans un bar ?
— Ah oui ! Pourquoi pas ! Autant profiter de cette belle soirée, je vais m'habiller, dis-je avant de disparaître dans notre chambre.

J'enfilais une jolie robe d'été et mes ballerines. Ian m'attendait dans le salon, je pris mon sac à main et le suivis. Nous marchâmes un bon moment jusqu'à nous arrêter au bar où nous nous étions rencontrés. Nous nous assîmes au bar.

— Bonsoir, deux bières pression s'il vous plait, commanda Ian.

Le barman s'exécuta et nous servit aussi des cacahuètes, nous trinquâmes à la fin de cette journée avant de boire quelques gorgées bien rafraîchissantes. Nous discutâmes de nos plans pour le week-end, peut-être que nous irions à la mer profiter du soleil. Nous en étions à la moitié de nos bières quand Ian s'éclipsa pour aller aux toilettes.

Je buvais tranquillement ma bière en réfléchissant au travail lorsque *Better than that* de Marina and the Diamonds débuta. Décidément, cette chanson me suit !

— Bonsoir, excusez-moi, est-ce que la place est prise ?

Je me tournai et vis Ian agenouillé, me regardant avec tendresse et insistance.

— Mais que fais-tu ? m'étonnai-je.

Il sortit un écrin de velours de la poche intérieure de sa veste en cuir et me le tendit. Je le vis prendre une grande inspiration.

— Je fais ce que j'aurais dû faire depuis longtemps...
Cassandra, accepterais-tu de passer le restant de tes jours avec moi ?
— Et comment !

Je le relevais et l'embrassais longuement.

— A une seule condition, fis-je.
— Tout ce que tu voudras ! s'exclama-t-il.
— Je souhaiterai me marier en Ecosse, dis-je timidement.
— Cela tombe bien, je sais exactement où nous pourrions célébrer notre union, plaisanta-t-il.
— Parfait !
— Et, tu ne veux pas essayer ta bague ?
— Oh ! Où avais-je la tête !? Si, bien sûr !

Il rit et me passa la bague au doigt. C'était un joli solitaire en argent surmonté d'un saphir de taille moyenne. Vraiment très beau. Il avait très bien choisi la bague de fiançailles.

— Elle est superbe ! J'aime beaucoup, merci.
— Mais c'est normal, je savais qu'elle te plairait, dit-il en me faisant un clin d'œil.

Il demanda ensuite au barman une bouteille de champagne.

— Avec plaisir ! Ravi d'avoir pu vous aider, Ian. Félicitations à vous deux !
— Merci Moe.
— Tu connais le barman ? lui demandai-je lorsqu'il s'éloigna.
— Attends, cela a demandé un peu d'organisation...
— Tu t'es souvenu de ce que tu m'avais dit pour m'aborder, franchement.... C'est...
— Un peu trop romantique, j'en conviens. Mais je sais que tu as des tendances fleur bleue par moments...
— Tu me connais déjà trop bien. Tu n'as pas peur de t'ennuyer avec moi ? Le restant de tes jours, c'est assez long quand tout se passe bien... lançai-je.
— Je sais, mais non je ne pense pas m'ennuyer. Au pire, nous nous ennuierons ensemble...
— Et voilà les jeunes ! lança le barman en nous servant de coupes de champagne.
— Merci, dis-je en prenant mon verre.

Nous trinquâmes et passâmes le temps de vider la bouteille de champagne à réfléchir au mariage. J'étais excitée comme une puce ! Ian m'invita ensuite au restaurant et nous rentrâmes à l'appartement.

J'étais en train de me brosser les dents quand je sentis les mains d'Ian sur mes hanches. Il m'embrassa dans le cou. Je me hâtais de me laver les dents alors qu'il continuait à me faire frissonner.

— Ian...
— Oui ? fit-il alors que la bretelle de ma nuisette glissait le long de mon bras.

Je m'essuyai et me retournai pour l'embrasser. Ma nuisette se retrouva au sol, je suivis Ian jusque dans notre chambre, bien décidée à célébrer nos fiançailles et bonne et due forme.

Je n'aurais pu rêver mieux. Ces années sans lui semblaient comme balayées, bien qu'il tînt toujours sa promesse de me laisser ignorante quant à ce qu'un gynécologue tel que lui avait pu apporter au gouvernement britannique. Maintenant, il était là, il n'était rien qu'à moi et ce jusqu'à la fin. Une nouvelle vie s'offrait enfin à nous, plus rien ne pourrait entacher le bonheur de vivre ensemble. J'avais hâte de fonder une famille avec lui, de vieillir à ses côtés. J'étais prête.

Remerciements

Merci à tous ceux qui rendent cette aventure littéraire possible ! Merci pour vos avis, commentaires qui m'encouragent et me poussent à m'améliorer.

Merci à ma famille, ma deuxième famille et mes amis qui se reconnaîtront. Votre soutien et amour n'a pas de prix.

Un remerciement tout particulier pour ma petite famille qui rend ma vie plus belle et illumine mes journées.

Si l'on peut remercier une ville, alors je remercie celle de Londres qui regorge de magnifiques endroits et qui a servi de décor pour ce livre.

Table des matières

A paraitre :

Rencontre parisienne